修订纪念版

MY MR. MERMAID

江苏凤凰文艺出版社
JIANGSU PHOENIX LITERATURE AND ART PUBLISHING, LTD

图书在版编目（CIP）数据

浪花一朵朵 : 修订纪念版 : 全2册 / 酒小七著. —
南京 : 江苏凤凰文艺出版社, 2017.7
ISBN 978-7-5594-0435-0

Ⅰ. ①浪… Ⅱ. ①酒… Ⅲ. ①言情小说－中国－当代
Ⅳ. ①I247.5

中国版本图书馆CIP数据核字(2017)第108628号

书　　名 浪花一朵朵：修订纪念版
作　　者 酒小七
出版统筹 黄小初　侯　开
选题策划 李文峰　崔　悦
责任编辑 姚　丽
文字编辑 崔　悦
责任监制 刘　巍　江伟明
出版发行 江苏凤凰文艺出版社
出版社地址 南京市中央路165号，邮编：210009
出版社网址 http://www.jswenyi.com
印　　刷 三河市南阳印刷有限公司
开　　本 32开（880mm×1230mm）
字　　数 350千字
印　　张 15
版　　次 2017年7月第1版，2017年7月第1次印刷
标准书号 ISBN 978-7-5594-0435-0
定　　价 58.00元

影视版权抢订热线 13911704013
江苏凤凰文艺版图书凡印刷、装订错误可随时向承印厂调换

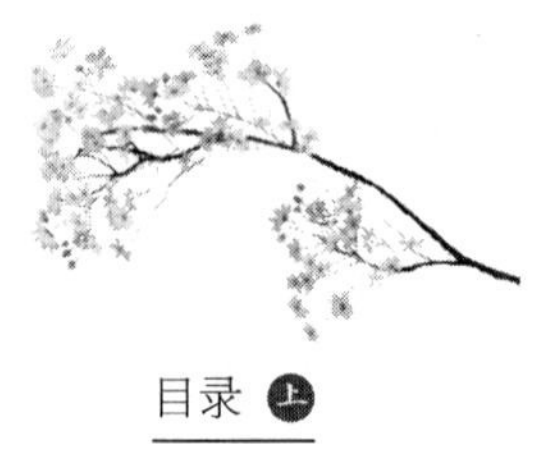

目录 上

浪 花 一 朵 朵

目录 下

浪 花 一 朵 朵

“云朵。”唐一白叫她。

“嗯？”云朵回头看他。

唐一白觑着她，似笑非笑：“这么多流氓，哪一个是你？”

酒小七 著

LANG HUA YI DUO DUO

第一章

最美不过相遇

进入十月后，Z 市的天气一直不太好，连绵的小雨，湿蒙蒙、冷飕飕的，整座城市像是跌入了灰暗朦胧的印象派画作中，人的心情也像被雨水浇透了，又湿又重。

这样的坏天气一直持续到云朵来到 Z 市的那天，天空骤然放晴，数日不见的太阳高高挂起，阳光耀眼，映照万物，霎时将这座城市变成了一幅明亮的油画。

“真是一座好客的城市呀！”云朵不禁感叹。

她背着一个大大的双肩包，一手扶着挂在胸前的相机，一手提着一个装着茶叶蛋的塑料袋——茶叶蛋是她早餐吃剩下的，不忍心浪费，就一直提着。

与她并肩而行的是一个矮个子中年男人，云朵称他为“孙老师”。

今年夏天，她大学毕业进入《中国体坛报》工作，一直是孙老师带她，现在她的试用期刚过。

孙老师扭头看她一眼，笑了笑——他是个很爱笑的人，待人一团和气。

孙老师打趣她：“云朵，带着茶叶蛋去游泳馆，成何体统？”

云朵嘿嘿一笑，把塑料袋打了个结，顺手丢进上衣宽大的口袋里。

孙老师又问她：“第一次正式做采访，紧不紧张？”

云朵仔细感受了一下此刻的心情，才答道：“不紧张啊，反正有您罩着我呢！”

“看把你出息的。”孙老师摇摇头，“下次有这样的场面，就让你单独去采访。”

云朵知道他在说笑，这样大的场面，怎么可能让她一个小虾米单独去采访呢?

是的，大场面，前方的游泳馆内，正在举办一年一度的全国游泳锦标赛。

一直以来，游泳在中国并不是一项受到广泛关注的运动，一个世锦赛游泳冠军的身价要远远低于一位普通的国足运动员，尽管后者在其领域内未必有什么建树。

这种稍显尴尬的状况，一直到去年的奥运会才被打破——中国游泳天才祁睿峰获得了一金两银，还打破了世界纪录，使中国扬眉吐气了一番。

这样的好成绩，自然在全国掀起了一阵游泳热。

云朵到的时候，游泳馆已经座无虚席，可见群众的热情之高。西看台上，一大群人正拉着条幅高声呐喊，条幅上写的口号是：祁睿峰，加油！还有许多人摇晃着各种面板，鼓励的、示爱的……看这气氛，很像是在参加明星见面会——游泳比赛耗时很短，会如此大费周章，一点也不考虑性价比地加油助威，一定是真爱粉了。

不愧是奥运冠军啊！云朵感叹，连真爱粉都比别人家的上档次。

也不怪这些真爱粉如此高调，今天的比赛有祁睿峰参加，先后进行男子100米自由泳预赛、半决赛和决赛。

祁睿峰擅长的是长距离游泳，他的奥运金牌也出自1500米自由泳，至于这次为什么会报名参加100米，大概只是想挑战一下自己吧。

当然了，在众粉丝眼中，祁睿峰就算是参加100米自由泳，也是所向披靡的。

这种自信并非盲目，祁睿峰在预赛和半决赛中都位列第一。

不愧是奥运冠军啊！云朵又要感叹。

可惜的是，这个奥运冠军比较大牌，预赛和半决赛刚结束，他就从运动员专用通道离开了，理由是不想因为记者采访而影响到接下来的比赛。

想要采访到他，只能等决赛结束了。

记者们不敢抱怨，都乖乖地等在媒体专区。

决赛即将开始时，孙老师已经做好了一会儿带着云朵抢采访位置的准备。

他担心云朵背着大大的双肩包跑不快，还主动把包背在了自己肩上。

云朵伸长脖子看着运动员入场。

运动员们一边走一边脱衣服，宽肩、腹肌、大长腿是他们的标配。

虽然看了好几次，她还是看得眼花缭乱。

几乎所有记者都盯着祁睿峰。

他在第四泳道，一露面，粉丝们就没停下呐喊和尖叫：“祁睿峰！冠军！祁睿峰！冠军！”

运动员们做好准备工作，像是蓄满力的弓弦，随着发令枪声响，飞快跃入水中，宛如剑鱼一般破开水面，逐浪前行。

云朵不是很能欣赏游泳的魅力，这场比赛给她的最深刻的印象就是——快，太快了，以及吵，太吵了。从运动员们入水开始，场馆内的呐喊声就提高了一个级别，云朵只觉得耳朵嗡嗡直响，半天回不过神来。

100 米自由泳，一分钟不到便已结束，云朵还在耳鸣。

孙老师拍了她的肩膀一下：“朵朵，快准备！”

孙老师当然很着急，因为运动员们已经上岸了，祁睿峰正朝这边走来，此时不抢更待何时。

记者们一窝蜂地冲过去，无一例外，目标全是祁睿峰。

祁睿峰最近话题度很高，又是女朋友曝光，又是和教练有矛盾……记者们看他的眼神十分饥渴。

云朵因为反应慢了半拍，不得已只能在外围干看着，而孙老师已经找不到了。

其他运动员陆续走过身边时，云朵心想反正闲着也是闲着，便随便拦下了一个打算采访一下。刚要开口，她突然觉得眼睛被晃了一下——这个人，呃……也太帅了吧？

此时，那人已经摘了泳帽和泳镜，脸上还挂着水珠。可能是经常泡在水里的原因，他的皮肤特别白，脸盘不大，鼻梁高挺，眉尾上挑，一双眸子灿若星辰。他正认真地看着云朵，直看得云朵不好意思了。

在他纯净的目光下，云朵局促地低下头，视线便落在了他的胸前，晶莹的水珠正沿着他宽阔结实的胸膛缓缓地向下流淌。出于本能，云朵的目光追随着水珠，也缓缓地向下移去。水珠淌过他紧绷的腹肌，白皙的皮肤包裹着

结实而匀称的肌理，整齐漂亮得如白色巧克力，却蕴含着勃勃的力量。

有生以来，云朵第一次如此近距离地观察一个男人的小腹，不免一阵慌乱，心虚地移开视线，恰好看到了他黑色泳裤边缘半隐半现的人鱼线。

“咳。”她的脸瞬间腾起阵阵热意。

“你好？”他微微偏了一下头，像是想要拉回她的注意力。

“……”云朵已经忘记要问什么了，大脑一片空白。

他抬脚刚要离开，云朵总算找回了大脑的正常波段，连忙抬头看他，脱口道：“你感觉自己发挥得怎么样？”话是说出来了，她的情绪仍停留在刚才那一瞬间的尴尬中。

“还不错。”

“嗯嗯，对自己的成绩满意吗？”深呼吸两下，云朵感觉内心平静了不少。

“满意。”他这样简单地回答着，静静地看着云朵的眼睛，等待她的下一个问题。

那温和而坚定的目光，让云朵莫名地又心虚了：“那个……嗯，接下来的……训练目标是什么？”终于又抛出一个问题，她觉得自己问得太没水准了，不禁暗暗鄙视自己。

他没有回答，而是轻轻一笑，那双眼睛便更灵动了，亮晶晶的，加上上挑的眼角，很像是勾引良家妇女的纨绔子弟，偏他的目光又很干净，让人不好意思想歪。

云朵为自己毫无水平的提问感到惭愧，仅存的那点底气也消散无踪了。她觉得自己像是全副武装上了战场的士兵，兵刃未接就先败下阵来，真是情何以堪！

无奈，她只好红着脸说：“对不起，我是第一次采访。”

“没关系，我也很久没接受采访了。”

这话有些奇怪，云朵却不好深究，挠了挠头，问道：“请问你叫什么名字？”

这是一个不太礼貌的问题，答了好几句，原来对方根本不知道你是谁，实在太伤人了。

云朵问出这个问题后就后悔了——真是猪脑子，怎么会问这种问题？她今天的表现实在太差劲了！

然而出乎意料的是，他并没有不悦，只是认真答道：“我叫唐一白。”

云朵依然陷在窘迫中，低着头，不想再开口了。

“加油！你是这几年第一个采访我的人。”他顿了顿，像是突然想起了什么，神色有一瞬间的恍惚，然后他伸手递过来一样东西，“这个送给你做个纪念，请你收下。”

那是他的泳镜。

云朵心想，他大概是在以这样的方式安慰她，不禁心头一暖，紧张的情绪也缓和了不少。

不过，这位仁兄也太大方了吧？

她不想随便收人家东西，可是看到他的目光澄澈而真诚，一时间，拒绝的话竟然说不出口来，只好硬着头皮接过泳镜：“谢谢！你是我第一次正式采访到的人，我也要送你点东西做纪念。”

“好啊。”他欣然道。

云朵想翻翻背包，这才想起来背包在孙老师那里，一种不妙的预感顿时爬上她的心头。无奈之下，她只好浑身上下掏口袋，越掏越尴尬，因为口袋里空空如也。最后，她只从上衣口袋里掏出了一个茶叶蛋——一个卑微的茶叶蛋。

云朵把头埋得低低的，哭丧着脸看着那个茶叶蛋，然后她就听到了他的笑声，缓慢而低沉，轻轻敲在人的耳膜上，悦耳而舒适。

云朵却无心欣赏这样动听的声音，她现在只想去死。

这时，一只白皙的手伸过来，拿走了她的茶叶蛋，悦耳的笑声仍在：“谢谢你！”他顿了顿，扫了一眼她胸前的媒体通行证：“云朵。”

云朵像雕塑一样保持着摊手的姿势呆立了很久，直到所有运动员都离开了，孙老师走了过来，拍了拍她的肩膀，安慰了几句，她才抬起头，茫然地扫视一周，最后视线落在巨大的电子屏幕上，上面还显示着刚才那场比赛的成绩。

第一名：唐一白，成绩 48 秒 52。

云朵在之后的采访中慢了不止一两拍，被孙老师同情地定性为“临场紧张”，不过孙老师觉得这也没关系，因为剩下的比赛项目里没有什么话题人物，而他们的报纸版面有限，言外之意就是今天可以收工了。

这个时候，孙老师竟然遇到了一个多年不见的老同学，惊喜之下，和老同学攀谈起来，越谈兴致越高，把云朵晾在了一旁。云朵只好自己跑到游泳馆外面转悠，看看能不能挖掘到有新闻价值的东西——今天的表现太差劲，她不甘心啊不甘心。

游泳馆外整齐地种着法国梧桐，这个季节，树叶已经变得金黄，远看像是一棵棵巨大的摇钱树。秋日的阳光透过茂密的枝叶，洒在浅灰色的地砖上，光影斑驳。在这样的光影中，云朵看到两群蚂蚁正在打架，战火烧起来的原因是一块面包渣的归属。为世界和平着想，云朵弯腰用一片枯叶劝开了它们。

她站起身时，突然听到啪的一声响，低头去看，一副泳镜正躺在地上，原来是她刚才弯腰时不小心滑出来的。

云朵捡起泳镜，擦干净上面的尘土。

她低头看着泳镜，突然想到了那个叫唐一白的运动员。真是一个超级友好的人啊！只是萍水相逢而已，就要送她纪念品。

这样的行为在一般人看来，可能会显得唐突，而他的眼神干净又真诚，让云朵一点反感的情绪也生不出来。

云朵低头笑了笑，笑过之后，脸上又现出困惑的神情。她对体育并不感兴趣，对体坛现状的了解也仅限于入职后的这三个月，不过为了这次采访，她也做了不少功课，至少知道当今中国泳坛比较有实力的选手里，并没有叫唐一白的，那么，这个在国家级比赛里一举摘金的选手，是从哪里冒出来的？而且，他的比赛项目是100米自由泳，要知道这相当于田径中的百米赛跑，是最惊艳、最受瞩目的，他竟能在一个如此备受关注的项目里横空出世，就更加匪夷所思了。

想不明白，云朵干脆不去想了，她摸了摸泳镜，没有再放回口袋，而是把它戴上了。

透过防雾涂层看世界，依然很清楚，只是稍稍过滤了一些色彩，这花花世界显得不那么浮躁了。云朵觉得好玩，也不在意别人诧异的目光，就这样戴着泳镜瞎转悠。

走到场馆后面，云朵看到一条隔离带拉着，隔离带外停着一辆大巴。

她好奇地东张西望，想看看这辆车是接送什么人的。

这时，场馆内走出来一群人，穿着统一的运动服，领头的身材高大，眉

宇间有种桀骜不驯的气质，正是中国泳坛新一代的领军人物祁睿峰。他正和一个比他矮一头的人勾肩搭背，笑嘻嘻的，不知道聊着什么。

走在他们身边的人五官俊美，双手插兜，目视前方。

云朵眼睛一亮，那是唐一白。

他们也发现了不远处这个向他们张望的姑娘，背个大双肩包，扎着马尾辫，鸭蛋脸干净白皙，胸前挂着又黑又大的相机，脸上戴着副……泳镜?

那个姑娘在太阳底下戴副泳镜傻乐着，还朝他们招了招手。

大概是被她这种打扮镇住了，鬼使神差地，看见云朵招手，祁睿峰脚步一顿，转了个弯，领着身后一群人朝云朵走了过去。

看着不可一世的祁睿峰竟然主动走过来，云朵惊呆了。

祁睿峰走到云朵面前时，已是一脸了然："不就是想要个签名吗，打扮成这样来吸引我的注意力，你成功了！"

"啊？"云朵摘掉泳镜，不明所以地应了一声，随即看向唐一白："你好，又见面了。"

唐一白也认出了她，冲她点了点头。

他的视线随即落在云朵手中的泳镜上，只是不经意地一扫，像是轻盈的雪片落入湖水，不留痕迹，却让云朵有些局促，拎着泳镜的手轻轻抖了一下。

此时，祁睿峰还在自说自话："签在哪里？"

他看到云朵抖泳镜，立刻会意地伸手拿过来，又快速从口袋里摸出一支签字笔，唰唰唰，在镜面上签了名。一番动作流畅迅速，云朵根本没来得及阻止，显然熟练度相当高。

她看了看镜片，几道飞扬的笔画，从哪个角度看都不像签名，而更像是鬼画符。

签完名，祁睿峰有些奇怪地看了唐一白一眼："这副泳镜和你今天戴的一样，难道她是你的粉丝？"

"不是……"云朵不知道该怎么解释，感觉这位天才先生的思维像脱缰的野马一样，正常人根本追不上它的脚步。

这时，刚才和祁睿峰勾肩搭背的那个男生突然凑到祁睿峰耳边，一边说着什么，一边看着云朵。

那个男生长着一张正太脸，个头也是几个男运动员里最矮的，看样子年

龄还小，也就十五六岁吧。

他说完后，祁睿峰一脸严肃地看着云朵，问道："你就是茶叶蛋妹妹？"

云朵差点倒地不起——茶叶蛋妹妹是什么鬼啊？

正太脸嘿嘿笑了起来。

云朵的脸腾地一下变成了火烧云，她偷偷看了唐一白一眼，发现他也在笑。

云朵羞愤不已，觉得自己被耍了，唐一白把她的糗事当乐子跟队友们分享了，不禁难过地低着头，转身就走。

刚迈步子，她就被人拉住了。

唐一白拽着她的手臂，问道："生气了？"

云朵低着头不看他，语气生硬地回了句："请你放开我。"

他却依然拽着她，力气很大，她根本动弹不了。

他固执地问："为什么生气？"

云朵感到很委屈，明明是他们取笑她，他为什么还这样理直气壮地质问她？

她深吸一口气："我当时没背包，身上就剩下一个……"她咬了咬牙："茶叶蛋。你不想要可以和我说，为什么拿走后又在背地里取笑我？我很伤心。"

唐一白恍然，终于明白了问题所在，摇了摇头："我没在背后取笑你，请你相信我。"

"那他们怎么知道的？"

唐一白哭笑不得："当时有很多人看到。"

云朵却不信："可是你刚才笑了。"

"抱歉，没忍住。"他的目光还是那样真诚，不过这次真诚得有些欠扁。

"你……"云朵顿觉无力。

不是说运动员都四肢发达、头脑简单吗，为什么这一个如此伶牙俐齿？

"我说，"祁睿峰发言了，"你们在吵什么？我觉得'茶叶蛋妹妹'这个称呼很可爱呀！"

他身旁的正太脸也深以为然地点点头："我也这样觉得。"

云朵瞪了正太脸一眼："你多大啊小屁孩，管别人叫妹妹？"

正太脸有些不服气，但显然底气不足，只好郁闷地撇了一下嘴。

欺负了小孩子，云朵一点也不觉得惭愧，她得意地一扬下巴，看向唐一白。

唐一白又笑了起来，眼尾上挑，唇角弯弯，本就好看得令人嫉妒的笑容，在阳光下又添了几分惊艳。

他特别诚恳地说："我也觉得很可爱，茶叶蛋妹妹。"

这回轮到云朵郁闷了："游泳运动员的想法都这么奇特吗？"

"大概是吧！ QQ，你说呢？"

云朵以为自己听错了："Q……Q？那是谁？"她说着，突然看到祁睿峰的脸臭臭的，像要发作的样子，一下子明白了："你是 QQ？"想不到啊想不到，这个身高一米九八的大个子竟然有着如此别致的昵称，云朵叉腰狂笑："哈哈哈……我要让全国人民都知道！"

"不许说！"祁睿峰横眉冷目。

"为什么？我觉得 QQ 这个称呼很可爱啊！"云朵笑得花枝乱颤。

祁睿峰眼珠一转，突然想到了什么："如果你保证不说出去，我就告诉你，唐一白为什么要送你这副泳镜。"

云朵愣住了，这事还能有什么特殊的原因吗？她和唐一白之前根本不认识啊！

难道是他对她一见钟情了？这个猜测也太自恋了吧？云朵有些尴尬，并且这样暧昧的猜想让她颇为不自在，脸又红了。

祁睿峰见她发呆，得意起来："其实……"

"咳！"一个声音打断了他，唐一白眯了眯眼睛，"QQ，你好像忘记了，你的黑历史快要被我记满一个笔记本了。"

祁睿峰咬牙看着他："你、个、禽、兽。"

闻言，云朵惊得瞪大了眼睛。

这时，大巴车旁有人朝这边喊："你们几个，不要逗留了，快上车！"

那人似乎挺有权威，几个运动员立刻转身离开了。

云朵站在隔离带外面，叫了一声："唐一白。"

唐一白停下脚步，回头看她："嗯，还有什么事？"

"为什么要送我泳镜？"

"反正不是一见钟情。"

他刚才竟然看出来了？云朵不好意思了，但依然执着地追问："到底为

什么？”

“大概是因为我们比较有缘吧！”他答得模棱两可，说完转过身，边走边抬起手臂随意晃了两下，算是告别。

云朵对这样的答案不甚满意。

然而，后来的事实证明，他们何止“比较”有缘，而是十分、特别、极其有缘。

孙老师临时兴起，和偶遇的老同学一起去吃饭了，云朵只好自己回了酒店。

她今天的采访毫无收获，唯一的亮点就是祁睿峰的绰号问题，可是想想祁睿峰当时郁闷的表情，她真担心自己爆料出去，会影响祁睿峰的比赛状态，那就是罪过了。

撇开公事，她打开电脑，在搜索界面键入了“唐一白”三个字——她对他真的十分好奇。

搜索出来的结果有很多，大都是无关的，看来与他重名的人不少。

云朵又在“唐一白”前面加了两个字：游泳。

这次结果少了，但更精确了。

排在前面的都是一些网媒刚刚发布的消息，报道全国游泳锦标赛的最新赛况。往后翻几页，越过这个话题，搜索结果就有点乱了。云朵瞪大眼睛找啊找，翻了十几页，终于看到一条新闻。

这条新闻是三年前的，内容是中国在亚运会获得 4×100 米混合泳接力赛金牌，获奖运动员是赵越、宋乐、唐一白、祁睿峰。

新闻配了图，唐一白和队友们站在一起，一手握鲜花，一手抓奖牌，正对着镜头微笑，笑容灿烂，也有种淡淡的青涩感。

原来他三年前就得过金牌啊，而且是亚运会的金牌，分量比昨天的还要重。

不过，也难怪云朵不知道他，三年的时间，对于年轻化的职业运动圈来说，足以更新换代。

云朵又看了一遍那四人的名单，突然愣住了。这是混合泳接力，也就是说，运动员要按照仰泳、蛙泳、蝶泳、自由泳的固定顺序进行比赛，而唐一白在

名单和领奖台的站位上都排在第三位，显然他游的是蝶泳，可是今天他夺冠的项目明明是自由泳。

云朵简直不敢相信自己的眼睛，她一开始以为是主办方把名单顺序弄错了，但她很快否定了这个猜测，因为这四人里还有一个祁睿峰，这位天才那时候已经大放光彩，所以最后一棒的自由泳肯定是他，不可能是别人。

云朵找到了那届亚运会的专题报道，她发现，唐一白当时还获得了一枚男子 50 米蝶泳的金牌。

没错，三年前，唐一白游的是蝶泳，并且从比赛成绩看，他那时就已经是一名成熟的职业运动员了。如今，他竟然放弃一切从头再来，改成了自由泳，这也太乱来了吧？一点都不专业！

他到底为什么这样做？无论从哪个角度看，他都没有理由如此啊！

云朵快要好奇死了，不停地变换关键词进行搜索，可是她找得眼睛都快瞎了，也没有找到他转投自由泳的原因。何止没找到原因，那次亚运会后，唐一白就销声匿迹了，各种比赛，大的、小的，国内的、国际的，都没了他的身影。倒是有不少游泳发烧友，一直追寻着他的踪迹，当然了，结果亦是徒劳。

这片空白一直持续到这次的游泳锦标赛，跨度有三年多。

在这三年里，他为什么不再参加比赛？为什么一点消息也没有？

三年时间，对于普通人来说或许不算长，对于运动员的职业生涯来说，却很可能是致命的。那么，到底是什么原因夺走了他这三年？伤病吗？云朵首先想到了这个可能。但是，就算是受伤，也该有消息放出来，因为唐一白的亚运会成绩很好，肯定有媒体盯着。同理，不管是其他什么原因，都该有消息的，却偏偏没有。

被阻挡在真相的大门之外，云朵纠结得要死，真的好想揪着唐一白的衣领问一问，并且她相信，今天的比赛结果出来后，一定有很多人也想这么做。

被吊起了这么大的胃口，让她今晚怎么睡觉嘛！

当晚云朵没睡好，第二天还是孙老师把她叫起来的，两人吃过早饭，直奔游泳馆。

不出云朵所料，今天同行们对唐一白的讨论明显增多了，显然大家都是

有备而来。

当然，唐一白的热度还是和祁睿峰没法比。

今天最有看点的比赛莫过于男子 4×100 米自由泳接力赛了，原因有二，一是祁睿峰，二自然是唐一白。

两人来自不同的省队，并且都是各自队里的压棒选手。

预赛和半决赛，祁睿峰队一直处于领先地位，复制了昨天祁睿峰在 100 米自由泳中的表现。唐一白游得四平八稳，暂时看不出昨天的霸气，然而此刻已没有人敢小觑他。

决赛开始后，连云朵这种不喜欢游泳的人，也集中注意力看了起来。

第一棒，第二棒，第三棒……

前两棒，祁睿峰队以微弱优势领先，到第三棒时，这种优势渐渐拉开了，足有四分之一个身位。

唐一白出发时面对的就是这样的局面，他的对手是天才祁睿峰，并且领先他四分之一个身位，这简直是难以超越的。

云朵忍不住捏了捏拳头，眼睛一眨不眨地盯着泳池，也不知自己在期待什么。

唐一白入水的动作迅猛而流畅，有如离弦的箭矢，入水后手臂长划，双腿摆动，飞快前行，像一只漂亮的海豚，在蔚蓝的水面劈波斩浪。

此时，泳池内的格局已大致形成，祁睿峰和唐一白处于第一梯队，第三名落后他们一个多身位，基本没有赶超的可能。

唐一白和祁睿峰之间的距离也始终咬在四分之一个身位，唐一白两次试图赶超，都没有成功，他加速时，祁睿峰也在加速。

云朵有些难过，并不是唐一白不够快，而是他们队之前落后太多，尽管现在唐一白和祁睿峰的速度不相上下，输的依然会是唐一白。

终于，游到五十米时，唐一白把差距缩小了一点点。尽管只是一点，肉眼却能看出来。然而很快，在接下来的转身后，这点努力又被抹掉了。

全力以赴，无济于事。

结果似乎已经提前宣布了，云朵不忍心再看下去，不忍心看着一个人在毫无希望的情况下百般挣扎，却于事无补。

她突然有些讨厌这样的比赛。

就在这时，唐一白突然又提速了，而与他相邻泳道的祁睿峰，几乎在相同时刻也提速了。

云朵不知道这是游泳运动员之间的默契，还是祁睿峰在水中感觉到了唐一白的动作，总之，两人同时提速，像两颗疯狂的鱼雷般，朝着共同的目标飞速前进。

这好像是在复制前半程的比赛，却有些不一样，因为两人之间的距离在渐渐缩短，他们确实都提速了，但是唐一白更快！

几乎眨眼之间，唐一白和祁睿峰之间的差距缩短到了一个头，而此时距离终点只有二十多米了，没有人知道唐一白来不来得及追平。

观众席上的加油声更加疯狂，简直到了震耳欲聋的程度。

云朵这次没有耳鸣，也根本顾不上这些嘈杂声，她把全部注意力都投到了泳池内。她屏住呼吸，全身紧绷，拳头攥得死死的，两眼直勾勾地盯着那两个身影。观众席上喧天的加油声渐渐远去，她听到了自己剧烈的心跳声。

比赛还在继续，差距依然在缩短，他们距离终点也越来越近，十五米……十米……五米、四米、三米、两米、一米……触壁！

两人几乎同时触壁，云朵根本分不清楚谁先谁后。

她愣了一下，抬头去看电子屏幕，而全场几乎所有人都做着和她一样的动作。

B 市代表队，最后一棒唐一白，个人成绩 47 秒 88，四棒总成绩 3 分 19 秒 20。

C 省代表队，最后一棒祁睿峰，个人成绩 48 秒 23，四棒总成绩 3 分 19 秒 22。

两个成绩相差二十毫秒，也就是五十分之一秒，甚至比一瞬间还要短，却决定了冠军的归属——唐一白，冠军！

云朵的一颗心吊了半天，终于浑身一松，扶着身边的护栏大喘气。

真是太紧张、太刺激了！

观众席上拼命为祁睿峰呐喊加油的粉丝们沉默了，媒体专区则沉浸在一片喜气洋洋中。这些记者高兴，并不是因为支持唐一白，而是“唐一白最后一棒惊天逆转赶超祁睿峰”，显然要比“祁睿峰发挥稳定顺利夺冠”更有看点。

此时的云朵还不能理解最后一棒代表的技术内涵，她望向泳池，看到唐

一白和祁睿峰已经被队友拉上了岸，两个人都累得不轻，胸口剧烈起伏着，连说话的力气都没有。

记者们摩拳擦掌地准备采访这二位，孙老师也已经带着云朵再次做好了抢采访位置的准备。

然后，大家眼睁睁地看到，泳池那边的祁睿峰和唐一白——这两个刚刚拼得你死我活的竞争对手，像一对好基友一样，互相扶着走向了运动员通道。

不要走啊！

记者这个职业是属小强的，他们的热情永远拍不死，目送着两大话题人物离开后，这群人又暗自准备在领奖仪式结束后抢采访。

孙老师给云朵安排了任务，一会儿他亲自去抢唐一白，云朵去抢祁睿峰，要全力以赴，一定抢到。

云朵汗津津地听着孙老师安排，觉得这架势像是要去抢亲。

好在唐一白和祁睿峰不可能缺席领奖仪式，他们这次跑不了。

上台领奖时，运动员们都已经穿好了衣服。

运动服是国内某知名服装品牌赞助的，设计得有点难看，而唐一白身材挺拔、长相俊美，照样 hold 住，穿出了一种别样的潇洒。

至于祁睿峰，不管穿什么衣服都是一副“老子天下第一”的拽样，加上大家经常看到他脱光光的样子，衣服自然可以忽略掉。

云朵这次反应很快，领奖仪式刚结束，她就抢到了祁睿峰面前。

祁睿峰也认出了她，严肃地点点头：“不愧是我的粉丝，你快扎进我怀里了。”

云朵：“……”真的好想转身就走啊！

这时，周围的记者已经七嘴八舌地问上了。

祁睿峰没有回答，只是看着云朵：“我允许你第一个提问。”

那神情，要多臭屁有多臭屁，让人有一种暴打他的冲动。

面对他这种不可一世的欠扁样子，云朵突然很想欺负人，于是笑嘻嘻地说：“请问，两次输给同一个人是什么感觉？”

周围的记者都震惊地看着云朵——这姑娘，太有胆色了！

祁睿峰的脸瞬间拉了下来：“下一个问题。”见云朵要再开口，他赶紧说道：

"你闭嘴，我不会回答你的问题了。"语气中带着毫不掩饰的愤怒，以及淡淡的忧伤。

云朵吐了吐舌头，从人群中挤出来。

反正她也不想采访这个脑回路神奇的天才，她要去看看唐一白的情况。

唐一白也被不少人围着，不出云朵所料，大家都在追问唐一白这几年在做什么。

"训练。"这是他的回答。

"为什么选择自由泳？"

他面色坦然："因为自由。"

"呃……"这算是什么答案啊？

记者汗津津的，又追问："那为什么这三年都没有参加比赛？"

"没有把握。"

这时，一个记者突然高声责问道："唐一白先生，请解释一下三年前你因为服用兴奋剂而被禁赛处罚的事情。"

此言一出，众皆哗然。

一旁围着祁睿峰的记者们，也感受到了这边的诡异气氛，纷纷疑惑地扭过头来。

云朵也被"兴奋剂"三个字惊到了。

这个词对于运动员来说意味着什么，不言而喻。它是欺骗、阴暗、耻辱的代名词，是运动员避之唯恐不及的东西。

然而，它也是媒体最热衷的词汇之一。记者们喜欢挖掘一切可以瞬间抓住人眼球的东西，无论它是美好的还是邪恶的，真实的还是虚伪的。因此，当这个问题被抛出时，短暂的平静之后，几乎所有记者眼中都迸射出了激动的光芒，他们虎视眈眈地盯着唐一白，仿佛久饿的豺狼盯着鲜美的羊羔。

一瞬间，唐一白吸引了现场所有人的目光，而这些目光有如实质般，把空气都挤压得凝结了。

这股无形的力量压迫着人们的胸腔，大家呼吸都缓慢下来，提着一口气注视着他。

与记者们的迫不及待相比，唐一白的表情淡淡的，显得从容不迫。他目光微微一扫，便找到了人群中那个提问者，他盯着那人，眼神一如既往地澄澈。

唐一白张口刚要说话，却被另一个人打断了。

一个清脆的女声，语气中含着十足的愤怒："你这人怎么这样，凭什么说别人用兴奋剂？"

一下子，众人的视线都投向了她。

大家定睛去看这位说话的姑娘，她也不知是哪家的记者，很年轻，长得也很漂亮，小巧的鸭蛋脸，眉毛又细又弯，此刻轻轻蹙起，眼睛是标准的杏核眼，由于生气而瞪得溜圆。

记者们面面相觑，都觉得很新鲜。

记者提的问题有时候会很没下限，但不管多没下限，都该由被提问的当事人面对，这还是第一次见到一个记者跳出来驳斥另一个记者。这算什么？同行之间当面拆台？这姑娘好像不太讲究呀！

云朵倒是没想讲究不讲究的，她现在很生气，一个运动员勤奋又努力，记者上下嘴唇一碰就给人家扣上兴奋剂的帽子，缺德！

孙老师悄悄拉了拉云朵的衣袖："算了。"

他真后悔没提前拉住她，年轻人啊，就是冲动！

那个男记者是个戴眼镜的中年人，见一个小姑娘当场反驳他，他也有些恼火："我提的问题是请唐一白先生回答的，你算什么？"

"我算什么？我只算一个普通的记者。也正因为我是一个记者，才会时刻牢记客观和真实，才会懂得一切都要用事实说话。这位先生，请问您说唐一白用兴奋剂，凭的是什么事实？您有证据吗？没有证据就是污蔑，那样不仅有违您的职业道德，甚至也违背了做人的底线。"

话说到这个份上，众人也知道不拿出证据是不行的，于是都盯着中年记者，希望他能有重大爆料。

中年记者果然不负众望，冷冷一笑，答道："据我所知，三年前，体育总局给予唐一白长达三年的禁赛处罚，处罚原因是他当时的兴奋剂尿检呈阳性。请问唐一白先生，此事是否属实？"他说完，得意地看着唐一白，似乎胸有成竹。

记者们精神一振，目光如探照灯般又齐刷刷地投向了唐一白，等待着他的回答。

云朵也看着唐一白，他的神色还是那样平静，她却看到了他清澈目光中

无法掩饰的淡淡落寞。

看来那个人说的是真的，唐一白真的被禁赛过，且是因为阳性尿检。

一瞬间，云朵突然意识到了这一点，可她无论如何也不愿相信唐一白会服用兴奋剂，不知道为什么，她就是不信。

一个人刚刚为了集体冠军拼尽全力，本来是该庆祝胜利的时刻，却要面对媒体的各种逼问，揭他伤疤，云朵感到十分难过。

她愣愣地看着唐一白。

后者像是察觉到了她的目光，突然回望了她一眼，然后，他牵起嘴角，轻轻笑了一下。无声的微笑，安然绽放于胶着而紧张的空气中，如淤泥中生出的莲花般，干净而从容。

云朵知道他这是在安慰她。

都这个时候了，他还想着安慰她，她突然觉得眼眶发热，血液呼呼地往头上冲。她不管不顾，几乎是胡搅蛮缠地，又对那个中年记者说："尿检呈阳性就一定是服用兴奋剂了吗？国内运动员由于误食某些食物而导致尿检呈阳性的案例有很多。你每天用瘦肉精拌饭吃的话，尿检也可以是阳性。"

她说到这里时，有几个记者忍不住笑了起来，紧张的气氛有一些松动。

中年记者生气道："谁会天天用瘦肉精拌饭吃？"

"我只是打个比方。你当记者这么多年，不会连事实和打比方都弄不清吧？"

"我……"

"总之，就算唐一白的尿检呈阳性，你也不能据此断定他服用了兴奋剂。想说他用了兴奋剂，请拿出更多确凿的证据。你们号称是有态度的媒体，这就是你们的态度吗？"

云朵咄咄逼人的架势，把孙老师都镇住了，本来打算拉住她的手，又收了回去。

中年记者被她说得满脸尴尬，最后一梗脖子，故意无视云朵："请唐一白先生回答我的问题。"

"哼！"云朵气呼呼地偏过头去，以此表示自己的鄙视。

看到她赌气般偏过头，唐一白莞尔，对中年记者道："我要说的都被这位记者回答了。"说着，他看向云朵："谢谢你。"

云朵小声答道："不客气。"

有细心的记者问道："所以说，尿检呈阳性是真的？"

"对！"唐一白点头，神色坦然，"尿检呈阳性是真的，禁赛处罚也是真的，但我并未使用过兴奋剂，从前没有，以后也绝不会有。"

"能说一说是什么原因导致尿检呈阳性的吗？"记者追问道。

他微微一笑："不能。"

"……"就不能答得委婉一些吗？

中年记者还不打算放弃，又追问道："那么此事为何没有被媒体报道？"

唐一白哑然失笑，像是听到了不可思议的话："你问我？"

是啊，媒体为什么没能报道出来，自然是媒体的问题，怎么反而跑去问当事人？

这短短的三个字，像是一巴掌扇到了中年记者的脸上，他的脸色很不好看，但是很快他发现这其实是唐一白玩的逻辑陷阱，于是压抑着怒气说道："若非你们刻意压下消息，媒体自然会报道。"

唐一白像是耐心已经用尽："你去体育总局问，问我没用。"

中年记者咬牙，他要是能问出来，至于跑到这里来吗？

这时，两个现场工作人员过来提醒众人，采访时间到了，他们不能继续逗留在这里。

记者们恋恋不舍地离开，临走时还抱着侥幸心理多问了几句。

唐一白面带微笑，假装没有听到。

到此，记者们不得不承认，他们遇上了十分厉害的对手。

"走吧！"孙老师对云朵说道。

他其实有些火气，不过当着这么多人的面，他没有责备云朵，只是说："你太冲动了。"

云朵吐了吐舌头，她现在也知道自己当时有点冲动，可是没忍住啊！

两人正要离开，唐一白却叫了她的名字："云朵。"

"哎？"云朵有些惊讶地转头看他，他竟然还记得她的名字。

唐一白走到她面前，点点头，目光温和："谢谢你。"

"客气了。"云朵不好意思地挠了挠后脑勺，她又没做什么。

唐一白把手中的鲜花递给她："送给你。"另外附送了一个比鲜花还好

看的笑容。

鲜花是他领奖时收到的花束，很大一捧，有好几种花，开得十分娇艳，抱在怀里，还能闻到淡淡的香气。

女孩子突然收到鲜花，没有不高兴的。

云朵脸蛋红扑扑的：“谢谢！”

唐一白又笑了起来，晶亮的眸中流溢着摄人心魂的光彩，看得云朵有些发呆。

这时，旁边一个声音突兀地响起：“没想到你也是条女汉子，很好，我已经原谅你了。”

云朵额角三条黑线，窘然地看着祁睿峰：“有你这样夸人的吗？”

祁睿峰表情酷酷的，抬手把手中的鲜花塞给她：“奖给你。”

可不可以不收啊？云朵看着怀中多出来的另一束鲜花，心想。

然而，这并不是结束，很快，唐一白的队友以及祁睿峰的队友，人手一束鲜花，都送给了云朵。

这些年轻人单纯、青涩而不谙世事，他们在唐一白被媒体围攻时无法帮上忙，此刻便以这样的方式表达对云朵仗义执言的谢意。

云朵不能拒绝这样的美好，整个人便淹没在了鲜花之中。

此事之后，孙老师送给云朵两个绰号——运动员之友、媒体公敌。

孙老师帮云朵分担了一部分压力，两人抱着鲜花，离开了众人的视线。

孙老师也不打算继续采访了，一边走一边对云朵说：“云朵，刚才那些话不该你来说。我们是记者，不是运动员代言人，你只需要记录当事人的回答并提问。”

云朵还在嘴硬：“可是那个问题太恶心了。”

孙老师拧拧眉：“又不是你提出来的，你不用有心理压力。”

“可是那样对被采访者不公平，还没回答呢，先被扣个屎盆子，万一当事人不善言辞，无法解释清楚，不就无辜地坐实罪名了？”以前也不是没出过这种事，甚至有的人心理素质不好，当场被问哭了呢。

“云朵！”孙老师的语气变得有些严厉，“你怎么还不明白？你不是审判官，公平问题不需要你关心。我们是记者，看问题时不能带着个人立场。

你站在唐一白那边，不符合一个记者的职业操守。”

云朵不以为然。什么是立场？客观公正才叫立场。像刚才那些人，全都无视那个问题的漏洞，等着唐一白吃亏，那不叫无立场，那叫看热闹不嫌事大。

她还想反驳，看到孙老师严肃的表情，到嘴边的话立刻咽了回去，只是低头说道：“好的，我知道了，对不起。”

孙老师欣慰地点点头。

在他眼中，云朵这姑娘是个可造之材，聪明、悟性好，专业素质也不错，就是吧，偶尔会脑子脱线，工作态度也不是特别认真，有时候很努力，有时候又好像很抵触自己的工作，真是一个谜一样的女子啊！

云朵还在硬着头皮说好话：“谢谢孙老师的提醒，我下次不会这样了。”

“好了，好了，这也不是什么大事，再说，刚才那样一闹也不是全没收获。祁睿峰和唐一白对你的印象都不错嘛！和运动员搞好关系，下次搞个独家采访也说不定呢！哈哈哈……”

孙老师这样说，安慰云朵的成分比较大。想要独家采访，只和运动员搞好关系是没有用的，更重要的是要和运动员的教练搞好关系。

两人正走向场馆的出口，孙老师像是突然想起了什么重要的事情：“我说……”

这时，他们听到另一头有谈话声传来。

A：“那姑娘胆子够大的啊，不过一看就是新人，什么话都敢说。《中国体坛报》的吗？据说叫云朵？”

B：“那就算胆子大了呀？她还干了更离谱的事呢！一开始采访祁睿峰，祁睿峰好像见过她，让她第一个提问，结果这位上来就问祁睿峰‘两次输给同一个人是什么感觉’。”

A：“真的？这什么脑回路啊？还有，祁睿峰怎么见过她一面就让她第一个提问呢？真是栽了啊！”

B：“她长得漂亮呗，漂亮姑娘谁不爱呀？不过，这姑娘如此口无遮拦、有恃无恐的样子，八成是有背景吧？会是什么背景呢？”

……

云朵没能继续偷听关于她背景的神展开，因为孙老师突然爆发了：“云朵，你竟然那样和祁睿峰说话，我跟你拼了！”

“啊……孙老师，对不起，我不是故意的，我那也是想另辟蹊径呀……”云朵一边说一边跑，绕过墙角，无视两个惊呆了的男女，一阵风似的跑出了游泳馆。

她怀抱鲜花还能身手敏捷，由于速度太快，乍一看像是一个低空飞行的大花篮。

孙老师在后面紧追不放，一开始还中气十足地喊打喊杀，后来随着两人的距离渐渐拉大，他也就改口了：“站住！云朵，你给我站住！”

云朵终于站住了，抱着鲜花喘气，回头看向孙老师，求饶道：“孙老师，你不要打我呀！”

孙老师气得直翻白眼：“我有那么残暴吗？”

他终于追上了云朵，由于刚才的剧烈运动，这会儿累得直吐舌头，活像一只伙食良好的哈士奇。

云朵不等孙老师责备，连声道歉认错——孙老师是一个吃软不吃硬的人，在试用期的时候，她就发现了。

“你、你给我说清楚，”孙老师瞪她，“唐一白为什么知道你的名字？”

“哎？孙老师，您这画风转换得有些快呀！”

“说！”

云朵只好答道：“那个……昨天有点误会，让我的名字深深印刻在了他的脑海里。”打死也不说是因为什么。

孙老师摇摇头：“你够自恋的。”

云朵这样说也只是开个玩笑活跃一下气氛，她估计过几天唐一白等人就会把她忘了，毕竟只是萍水相逢，也没什么交集。

想了想，孙老师又问：“那个，你能要到他的签名吗？”

“啊？”云朵想了一下，唐一白是个温和友好的人，要个签名应该没问题吧？想到这里她点点头：“唐一白人很好的。”

孙老师的眼睛亮了一些：“那祁睿峰的呢？也能要到？据说他签名看心情。”

想到那个神奇天才，云朵信心满满地微笑：“祁睿峰的签名就更好要啦！孙老师，你自己也可以的。见到他就说‘你好棒、好帅，我好喜欢你’，绝对能要到。”

孙老师吃力地空出一只手摸摸自己的脸，面带忧伤："我这样的卖相对他说那种话，会被当成老变态打出来吧？"

"呃……"

两人边走边聊，谁也没注意到他们前边一个颀长的身影，在听到他们的谈话时，身形顿了一顿。

吸引到云朵注意力的是啪的一声轻响，她定睛一看，发现是前方两三步远处某位先生的钱包掉在地上了，而那位先生正在掏手机要打电话，并未察觉。

她立刻高声喊道："先生，你钱包掉了。"

他的背影修长，已经秋天了还穿着短袖，看起来很抗冻的样子。

云朵话音刚落，他便转过身来，云朵也因此看到了他的正面，微微怔了一下——这个男人长得很帅嘛！

他长得很清瘦，面部轮廓分明，眉眼细长，薄薄的嘴唇抿成一条线，唇色很淡，寡淡的神情配上苍白的脸色，有种说不清道不明的冷艳感觉，浑身散发着一种"生人勿近"的气场。

云朵再次示意地上的钱包："先生？"

他终于弯腰捡起它："谢谢。"

他收好钱包，轻轻扫了一眼云朵和孙老师，随即问道："你们是记者？"

"是呀，是呀！"孙老师答道，"这里面有比赛。"

"我知道，我看了比赛。"他犹豫了一下，看着云朵："听说你能要到祁睿峰和唐一白的签名？"

"啊？"云朵愣了一下，随即明白过来，刚才他们的谈话被此人听到了。

孙老师凑上来："你只要告诉祁睿峰，他很棒、很帅，你很喜欢他，祁睿峰就会给你签名了。"

他摇摇头："You are so gay。"

然后，孙老师和这位帅帅男子一起看着云朵。

孙老师还得寸进尺："云朵，能不能让我跟祁睿峰合个影？"

云朵是个急人之所急的热心女青年，在两人殷切的目光下，她重重一点头："好吧，跟我走。"

花先放在了那个男人的车上，云朵带着他们两个，去了昨天她遇到祁睿

峰和唐一白的地方，蹲点。

路上，三人各自做了自我介绍。

帅帅男子名叫林梓，据他自己说，职业是投资顾问。

孙老师听到他的名字后，就陷入了纠结："你的名字很耳熟啊，我一定听过。"

"因为你一定听过'林子大了什么鸟都有'这句话。"一身清冷气质的男子突然幽默了一把。

"咳，呵呵……"云朵和孙老师都笑得好勉强。

这个游泳馆的出口有四个，运动员走的那个外面有好几条隔离带，为了防止运动员被骚扰，还有工作人员看守。云朵昨天也是走运，工作人员擅离职守，她才没被人发现。今天，他们被驱赶了两次，才终于等到了祁睿峰一行人。工作人员还想来赶云朵三人时，祁睿峰却走了过来。

林梓的身高超过一米八，站在祁睿峰面前却堪称娇小，至于云朵这样的，充其量只能算是渺小吧！云朵要把脖子仰出一个比较大的角度，才能看到祁睿峰的脸。

刚才，孙老师和林梓达成一致，由云朵来说那句话。

云朵终于知道什么叫搬起石头砸自己的脚了，此刻在两人的逼视下，硬着头皮对祁睿峰说道："祁睿峰，你好棒、好帅，我们好喜欢你！"

"我知道！"

云朵张了张嘴，不知道该怎么接话了。

祁睿峰却熟练地朝她伸手："签在哪里？"

孙老师递上一个笔记本，林梓递上一个带着白色外套的平板电脑。

祁睿峰一边签名一边说道："你把我们送你的花都扔了？"

"没……"

不等云朵解释，他又道："扔就扔吧，反正我自己也会扔的。"说着，把笔记本和平板电脑还给了那两位。

云朵觉得还是有必要解释一下："没有扔，我们放在车上了，一会儿带回酒店。"

孙老师得到了签名，又要求拍照。

祁睿峰有些不耐烦，但还是配合了。

拍完照，孙老师又向唐一白要签名、要合照。

唐一白比祁睿峰要好说话一些，至少未表现出任何不耐。

林梓没要求合照，他把平板电脑收好后，立在一旁安静等候。

云朵悄声问他：“你不和祁睿峰合影吗？”

他摇了摇头。

“那……你不要唐一白的签名吗？他人很好的，你要他就给。”

林梓又摇了摇头。

云朵有些奇怪：“怎么又不要了？”

这时，唐一白叫了她一声：“云朵。”

“嗯？”云朵扭头看向唐一白。

唐一白澄澈的目光落在她脸上，问道：“我呢？”

云朵偏着头看他，不理解这两个字是什么意思。

他微微挑了一下眉：“难道我不棒、不帅，你不喜欢我？”

“呃……”云朵看着他黑白分明的眼睛，那样真诚的目光，不像是开玩笑的，她不禁有点头大：“不是呀……”

“不是什么？”他定定地看着她，追问。

看样子，他非要一个答案才行啊！

云朵只好硬着头皮说道：“唐一白，你……好棒、好帅，我……好喜欢……”越说声音越小，到最后只剩下蚊子哼哼了。

真是奇怪，这种话对祁睿峰说毫无压力，对唐一白说怎么感觉那么别扭啊？

云朵不好意思地低下头去，不敢看他。

然后，她又听到了他的笑声，一如既往地悦耳，仿佛琴弦上流淌出来的乐章。

云朵抬起眼睛偷看他，发现他正眉目舒展、嘴角弯弯，唇间露出整齐洁白的牙齿，笑容虽然依旧足以惊艳时光，却完全是促狭之色。

孙老师很不合时宜地凑到云朵耳边，悄声说道：“云朵，你好像被调戏了。”

云朵：“……”这种话放在心里就好了，为什么要说出来啊？

云朵闹了个大红脸，不理会唐一白等人了，假装摆弄相机。

祁睿峰有些莫名其妙，不过身为一个偶像，他是不会给粉丝们留太多时间的，拍完合照就带着一帮小弟离开了。

云朵抓住机会和他们拉开距离，咔嚓咔嚓抓拍了几张照片。

甭管拍出来的照片能不能用，她至少能以此安慰自己，在这里蹲点并不是毫无意义的。

目送泳坛天团离开后，孙老师好奇地问林梓：“你刚才怎么没向唐一白要签名呢？现在要还容易一些，等他名气大了，你想要都来不及。”

林梓的神情依然寡淡，眉目微微垂着，看起来没精打采的。

说起来，从认识他到现在这几十分钟里，他好像一直这样，像是神游异次元等待灵魂归位般。

听到孙老师的话，他摇摇头，答道：“我帮我妹妹要的，她有祁睿峰一个就够了。”

云朵有些奇怪：“那你妹妹没有一起来看比赛吗？”

他叹了口气：“她来不了。”

云朵见他神情落寞，像是有心事，也不再追问。

林梓开车把云朵和孙老师送回酒店，双方就此别过。

云朵果然把鲜花都抱回了自己的房间，本来就不算宽敞的房间这下被摆满了。

做完这些，她闻着花香趴在电脑前开始写稿子。

《中国体坛报》一周双刊，遇到重大赛事比如奥运会或者世界杯时可以加刊，当然，“全国游泳锦标赛”够不上加刊的档次。

最迟明天，她和孙老师就要把这两天比赛的稿件发回采编中心。

云朵翻看着自己这两天拍的照片，想找出几张稍微拿得出手的，最后目光定在了今天下午抓拍的那一组上。

说起来，她第一个采访的人是唐一白，但是唐一白的照片只有这几张，真不知道她这个猪脑子之前干什么去了。

这组照片的角度选取还不错，其中一张抓拍得很好。照片上，祁睿峰的侧脸线条硬朗，昂首挺胸，自信依然，与他并肩而行的唐一白则微微低着头，嘴角挂着浅笑。秋日的阳光透过法国梧桐金黄色的叶子打在他们身上，桀骜

凌厉的那一个迎着阳光更显意气风发，低头浅笑的那一个在柔光下更显温和谦逊。一张照片，两种性格，跃然眼前。

云朵忍不住摸着下巴感叹，多么完美的抓拍啊！

照片中的主要人物就是这两个，至于其他人，只要不太违和就行。

云朵扫了照片一眼，突然看到祁睿峰身旁远离镜头的那一侧，突兀地探出一个脑袋和半个身体来。因为焦点不在那人身上，他的面孔有些模糊，但云朵还是一眼认出了他，正是昨天和祁睿峰勾肩搭背的那个正太脸。

正太脸一只手搭在祁睿峰的肩膀上，借以保持平衡，一边扭头望向镜头，笑嘻嘻地招手抢镜。云朵看见他腮帮子鼓起一块，唇边挂着一道又细又直的白色物体。她刚开始以为他流鼻涕了，可是能把鼻涕流得如此笔直，也太神奇了吧？待她托着下巴把照片放大了仔细观察，瞬间明了——这小子在吃棒棒糖呢！

这是谁家的熊孩子，真的好想把他 ps 掉啊！

正太脸的名字，昨天云朵已经搞清楚了，叫明天，主攻项目是蛙泳。

云朵之前做的功课里其实有这个名字，只不过她要记的人比较多，名字和脸经常对不上号。

明天今年只有十六岁，还未成年，但是已经参加过好几次国家级比赛，并且在今年夏天举办的游泳世锦赛里拿到了一枚铜牌，小小年纪能取得这样的成绩，堪称了得。

因为这个棒棒糖男孩的存在，整张照片的格调都发生了微妙的变化。

本着新闻人的职业操守，云朵控制住了自己的邪念，没有把熊孩子 ps 掉。

然后，她把照片发给了孙老师，这件事情就让经验丰富的老师去烦恼吧。

唐一白晚饭是和队友们一起吃的，他情绪放松，谈吐自然，丝毫没有受下午那件事的影响。

这种状态感染了队友，大家甚至没有安慰他，因为看起来根本没有那个必要。

吃完饭也不能随便玩耍，大家都回了各自的房间。

这次游泳锦标赛的参赛运动员有五百多，分在两个酒店入住。

大体上来说，运动员们是以省为单位登记入住的，而省队之上还有国家

队，像唐一白、祁睿峰这样的国家队队员，虽然也代表不同的省份出战，但依然由国家队组织带领，因此分配房间时，祁睿峰和唐一白被分到了同一个标间。

一回到酒店，祁睿峰就倒在床上，从枕头底下翻出手机来玩。唐一白没有翻枕头，因为他的枕头底下没有手机。他羡慕地看了一眼祁睿峰的手机，在后者发现之前很快移开目光，若无其事地打开电视机来看。

这时，有人敲门。

不等里边两个人反应，那人已经推门走了进来。

这世上能如此无视运动员隐私的，也只有教练了。

来人正是唐一白的指导教练，名叫伍勇。

伍勇身材魁梧，长着一双威风凛凛的虎目，留着络腮胡子——如此有犯罪气质的外形，在和平年代很容易吸引人民警察的目光。

“伍总，”唐一白叫他，“您找我？”

伍勇点点头，声音洪亮：“一白，你过来。”

他把唐一白叫到门口，先是表扬了一番唐一白今天的表现，接着话锋一转，说道：“你今天接受采访时的态度不太好，很容易得罪记者的，以后注意一些。”

“嗯。”唐一白点了一下头，并未申辩什么。

伍勇见他如此，倒不好再批评他，只是叹了口气，说道：“我知道你委屈，但是爷们嘛，就该拿得起放得下。记者们嘴都损着呢，一个不如意，背后指不定怎么编派你。你现在还没出成绩，没成绩就没底气。人家祁睿峰敢嚣张是因为手里攥着奥运会金牌，你没有，你最多有个亚运会金牌，还是蝶泳的，顶屁用。”说着说着，伍勇原形毕露，爆起了粗口。

唐一白笑起来：“道理我都懂，伍大妈！”

“你——”伍勇作势要打他，唐一白一缩脖子，伍勇却笑着放下手：“臭小子！”

“伍总。”唐一白有些犹豫地看着他。

“什么事？”

唐一白鼓起勇气，眼睛亮亮的，似乎试图制造卖萌的效果：“我能不能玩一会儿手机？睡前就给你。”

“想得美！”伍勇送他两个大大的白眼，“你死了这条心吧！比赛结束，手机才能还你。”

“可是……”

“没有可是。都说了不要和祁睿峰学，他已经抢救无效了，你还可以抢救一下。”

唐一白只好悻悻地回到房间。

祁睿峰听到他的脚步声，目光依旧停留在手机上，头也不抬地对他说：“刚才花游队的队花托我问你一句，为什么今天比赛没有戴她送你的泳镜？”

“你实话实说就好。”唐一白答得漫不经心，说完又坐在床上看电视。

“哦，好的。”祁睿峰应道，一边打字一边念叨：“送……给……蛋……妹……了……”

“……”唐一白眉头跳了一下，迅速转身，长臂一伸，就把祁睿峰的手机抢在了手中。

不愧是运动员，反应和动作都很快，他把手机抢过来时，祁睿峰那句话刚打完，还没发送。

唐一白迅速删掉那句莫名其妙的话，改为“昨天决赛结束后，就随手送给一个陌生人了”，然后发送，将手机还给祁睿峰。

祁睿峰看了看唐一白发的那句话，哈哈一笑：“这没什么区别嘛！我的还比你的简练些。不过，我果然猜对了，你就是想拒绝她对不对？”

唐一白呵呵一笑：“地球人都能猜对。”

祁睿峰有点鄙视唐一白：“那你当初为什么答应她？多此一举。”

“当着那么多人的面，要给姑娘留面子。”唐一白解释了一句。

他忍不住回想起当时的情形。

他生日当天中午，和几个队友在食堂吃饭，队花姑娘走过来，当着众人的面送他礼物——一副泳镜，希望他在不久后的锦标赛中戴上，并送上了自己的祝福。

如果直接拒绝，姑娘就太难堪了，但唐一白也不想给她留下不该有的希望，因此他在履行承诺后，迅速把泳镜转送他人，这意思就再明显不过了。

队花姑娘收到那句话后，隔了几分钟，回复祁睿峰：我知道了，谢谢峰哥。

祁睿峰感叹道：“我发现你这个小白脸，对于怎样拒绝女生很有一套嘛。”

唐一白正襟危坐地看电视，淡定道："无他，唯手熟尔。"

"什么意思？"

唐一白决定不理会祁睿峰了，只专注地按着遥控器切换电视频道。

祁睿峰又说道："不过嘛，你和蛋妹现在也不算陌生人了吧？她这人还挺仗义的。"

飞快按遥控器的手指突然顿住，唐一白沉默了几秒钟，突然扭头，蹙眉看了祁睿峰一眼："她叫云朵。"

晚上九点，孙老师把他精心写的本版头条给云朵看了一下。

当然了，所谓头条，也只是他的主观意愿，最终取哪个做头版，还是要看社里的决定。

云朵本以为孙老师会把头条定为祁睿峰，毕竟他是祁睿峰的死忠粉，拿过稿子一看，却是唐一白。在这篇稿子里，孙老师用一篇高考作文的字数详细叙述了唐一白在泳池中的抢眼表现，深刻挖掘了唐一白光明与黑暗并存的历史，专业地分析了唐一白具有的优势和劣势，并乐观地预言，他将成为中国泳坛又一颗光芒万丈的明星。

云朵有些不敢相信："孙老师，您这么快就移情别恋了？"

孙老师一本正经地道："我选唐一白做头条，当然是因为唐一白更适合做头条。我们可以用私人的感情去追星，但是做新闻，一定要有新闻的视野。"

道理其实也简单，祁睿峰虽然比较大牌，但这种国内一年一次的比赛，对于一个奥运冠军来说，舞台太小，无论取得怎样的成绩，都不会让人意外，所以记者们纷纷奔着祁睿峰的八卦去。奈何这次祁睿峰学聪明了，气焰倒是一如既往地嚣张，嘴巴却很严，没有透露任何值得脑补的重要信息。

相比祁睿峰，唐一白的知名度虽然没那么高，但浑身都是话题，加起来也足以引发不小的关注了。更何况他的成绩确实有料，接力赛时最后一棒的爆发，在整个亚洲都不多见，很值得大书特书一番。

云朵很快想明白这些，叹服地看着孙老师："受教了！"

写完稿子，两人走出酒店，在附近找了个小馆子吃宵夜。

Z 市是一座北方内陆城市，饮食以花样百出的面食为主。云朵是吃惯鱼

米的江南姑娘，这会儿在薄薄的菜单上翻来覆去找了两遍，最终点了一份鲜虾馄饨。孙老师则点了一份牛肉拉面。

等餐的间隙，孙老师偷偷对云朵说道："云朵，有件事我必须提醒你一下。"

"什么事？孙老师您有话直说。"

"你今天呛声的那个记者的副主编和咱们采编中心刘主任挺熟的。我看他不是个善茬，估计不用等咱们回去，刘主任就知道这事了。你……你做好心理准备吧。"

"哦。"云朵点点头。

媒体人之间的关系盘根错节，得罪了一个人，就等于得罪了一票人，而且她今天做的事显然犯了行业忌讳，回去后肯定少不了被臭骂一顿，真是头疼啊！

云朵揉了揉太阳穴："我知道了，谢谢孙老师。"

热气腾腾的牛肉拉面端上来了，孙老师拿起筷子："好了，好了，不用想那么多了，先吃饭，饿死了。"

过了片刻，云朵的馄饨也上来了，她舀起一个，吹着热气尝了一口，鲜香滑嫩，很好吃嘛！

云朵也饿了，很快忘记了那些身外事，专心致志地吃起馄饨来。

吃着吃着，孙老师不知想起了什么，突然失声吼道："我知道了！"

云朵吓得一哆嗦，差点被馄饨噎死，咳嗽了半天，问孙老师："您知道什么了呀？"

"我知道他是谁了！"

云朵更纳闷了："谁？哪个他？"

"林梓啊！就是今天咱们遇见的那个，林梓。"

云朵刚想说话，孙老师身后却突然传来一道清冷的声音："你叫我？"

孙老师像是被人点了穴一般愣在当场，久久不能言。

他迟钝地转动脖子看向身后，只见说话的人已经面向他们，不是林梓又是谁？孙老师的下巴几乎要掉下来了。

云朵忍不住掩口惊叹道："这位少侠，您是属召唤兽的吧？"

"不是。"林梓摇了摇头，起身坐到了云朵这桌，"我听说这家饭馆的羊肉泡馍很好吃，想来尝尝。"

他说得云淡风轻，孙老师和云朵却仍回不过神来，尤其是孙老师，简直受到了惊吓。

云朵看到一个服务员端着大碗走过来，林梓朝服务员抬了一下手指，服务员便将碗放在了他面前，然后他便开吃。

云朵忘了吃馄饨，只神情恍惚地看着这位。

秋天的夜晚比较冷，他换了长袖衬衫，领口和袖口的扣子都规规矩矩地系着。他有着完美的一字肩，身材修长瘦削，脸部线条深刻分明，五官精致，气质优雅，神态慵懒，此刻随意一坐，像是刚从顶级时尚舞台走下来的超模，特别有范儿。

这位“超模”却捧着一大碗羊肉泡馍吃得正欢。

云朵有种不忍直视的感觉。

她看了一眼孙老师，发现孙老师满面红光，搓着手，小心翼翼地问道：“你就是那个股神林梓吧？”

林梓不紧不慢地咽下口中食物，答道：“我不是股神。”

“哦……”孙老师有点失望。

“不过有人这样称呼我。”林梓说完，埋头继续吃。

孙老师的眼睛又亮了。

云朵特别好奇，又不好意思当着人家的面八卦人家，于是偷偷用手机搜索。网上还真有这位林梓的信息，只是大部分语焉不详，且消息来源很成问题。从这些小道消息中，云朵拼凑出几条基本可信的：第一，这个人炒的东西挺多，股票、期货、外汇……总之，除了不炒菜，他似乎什么都炒；第二，他有着不败的战绩；第三，此人以前在美国混，偶尔“流窜”于欧洲和亚洲各地，三年前突然回国，一直在国内发展至今。

看完了，又是一个遥不可及的天才。

云朵一介凡人，兴致缺缺，收起手机，继续吃馄饨。

孙老师有些亢奋，一边用筷子挑面条，一边偷偷看林梓，眼神相当热烈。

林梓的心理素质像钢铁一样坚硬，在这样的眼神下淡定地吃完了一碗羊肉泡馍，意犹未尽，于是又要了一碗。

云朵觉得林梓说“尝尝”真是太含蓄了，他应该是“尝尝尝”。

次日的比赛没有祁睿峰和唐一白，倒是有明天那个未成年，游的是男子100米蛙泳。

云朵看见泳池里的他两条腿一蹬一蹬的，还真像只青蛙。

这只青蛙从预赛到半决赛都是一路领先，决赛时也以较大的优势摘得金牌，整场比赛特别顺利，一点也不扣人心弦，老太太逛街一般。

他出水后，云朵抢到他面前采访，可没等她问出自己的问题，他先开口了：“姐姐，我帅不帅、棒不棒？你喜不喜欢我呀？”

云朵悄悄翻了个白眼。

与此同时，在主办方专门设置的特殊观众席上，唐一白和祁睿峰并肩坐在队友中间，观看着比赛。明天夺金，对他们来说是没有悬念的，祁睿峰甚至无聊地打了个哈欠。

“我说，”祁睿峰打完了哈欠，对唐一白说，“接下来的4×100米混合泳，你有什么想法？”

这场比赛，他们两个都会代表各自的省队出战，并且都是最后一棒自由泳。

唐一白听到祁睿峰如此问，轻轻地摇摇头，漫不经心地答道：“没想法。”

祁睿峰循循善诱：“你觉得谁会是冠军？”

唐一白眉毛都不皱一下：“你们。”

祁睿峰顿感无趣：“你就不能说点大话让我反驳一下吗？”

“不能。我一向实事求是。”唐一白坐姿端正，十指交叉放在膝上，神态悠闲，一副老干部开会的模样，“你们有赵越，有明天，再加上你，如果连个国内比赛都拿不下，不如集体剖腹算了。”

这话从唐一白嘴里说出来，祁睿峰听着心里暗爽，表面却仍假惺惺地说：“你们还有郑凌晔呢。”

郑凌晔和唐一白来自同一个省队，也是国家队的，算是唐一白之后中国男子蝶泳最强者。

唐一白听祁睿峰提到这个名字，扭脸朝身旁的某人说道：“凌晔，你觉得呢？”

坐在他另一边的小伙子正是郑凌晔。

郑凌晔进国家队晚，又不善言辞，虽然成绩不错，但在祁睿峰和唐一白

身边，存在感一向薄弱。此刻听到唐一白问，他拧着两条眉毛沉思起来。

虽然看起来他睿智又很有见地，但唐一白和祁睿峰都不打算对他的高论抱有幻想。

果然，沉思过后，郑凌晔只说了一句废话："白哥说得对。"

好吧，他能一口气说五个字，已经十分给唐一白面子了。

几人闲聊着，又看向泳池那边的明天，他还在跟记者说话。

明天有个爱好，喜欢被采访，喜欢在记者面前畅所欲言，连工作人员都上来劝散他们了，他还依依不舍地跟记者神侃着。

"这个二货。"祁睿峰扶额。

唐一白看着电子屏幕："他的成绩……"

"又进步了，而且以后还能进步。"祁睿峰接话道。

"嗯。"唐一白点点头，又看向明天，目光中透着欣慰。

明天终于肯离开了，不过可以想象到一会儿下领奖台时，他又要怎样荼毒媒体了。

祁睿峰突然感叹道："年轻真好啊！"

这样的话由一个二十二岁的年轻人说出来，更像是个玩笑，但唐一白知道祁睿峰并没有开玩笑。对于大多数职业运动员来说，二十二岁算是一个巅峰年龄，而巅峰意味着极限，意味着进步空间被无限地压缩。十六岁的明天，像是喝饱水的花苗一样，每一天都以肉眼可见的速度成长着，而二十二岁的祁睿峰想要取得任何一点进步，都需要拼上全力以打破极限，所以他才会用充满艳羡的口吻说出这样的话，与其说他羡慕明天，不如说他其实是在怀念自己的十六岁。

唐一白的目光依然平静，语气中却也难掩羡慕："是啊，年轻真好。"

年轻意味着可以犯错，跌倒了，爬起来就是，而他再也没有机会犯错了，他再也不能跌倒了。

祁睿峰扭头看着唐一白，突然意识到，虽然唐一白比他还要小一岁，却比他更有资格发出这样的感叹。他们曾经约定要一起站在奥运会的领奖台上，他做到了，唐一白却……

祁睿峰突然有些难过："唐一白。"

"嗯？"

“你一定要成为世界上游得最快的人。”祁睿峰的语气十分郑重。

一般来说，“游得最快的人”这种称号，仅属于男子 100 米自由泳运动员，因为男子比女子游得快，而自由泳快过其他任何泳姿。

整个亚洲，至今还未出现过有能力获此殊荣之人。

唐一白的目光温和而坚定，笑了笑，唇角勾起一个十分好看的弧度：“毫无疑问，我会。”

接下来几天的采访，云朵渐渐进入状态，没出什么幺蛾子，写了几篇不错的稿子，被报社采用，更多的稿子则放在了《中国体坛报》的网站上。除此之外，她之前抓拍的那张包含祁睿峰、唐一白和明天的照片也被报社采用了，成了赛事总结系列图片的最后一张。

这次比赛，祁睿峰霸气依旧，他报名参加了四个单人项目和两个集体项目，共获得了四枚金牌和两枚银牌，继续书写中国泳坛之王的传奇。

巧的是，他的两枚银牌，都是由于唐一白夺了金。

唐一白报名参加了两个单人项目和两个集体项目，分别是男子 50 米自由泳、男子 100 米自由泳、男子 4×100 米自由泳接力、男子 4×100 米混合泳接力，前三个项目都收获了金牌，第四个项目败给了祁睿峰，获得银牌。

单从奖牌数量来看，唐一白不敌祁睿峰，从两人的交手来看，却说不清孰优孰劣。

在云朵看来，这种对比站不住脚，因为两人所擅长的领域不一样，唐一白的爆发力强，擅长短距离项目，祁睿峰的耐力好，适合长距离，两人没有可比性。

有些媒体对此倒是津津乐道，究其原因，可能是太空虚寂寞了，需要随时随地找点话题来聊聊。

另有一小撮媒体——主要以云朵的那个“仇人”为代表——则怀着莫大的恶意来揣测上述的对比行为。他们认为唐一白和祁睿峰根本不能比，不过理由不是术业有专攻，而是因为这两人不是同一个层级的，祁睿峰是奥运冠军，而唐一白连世锦赛都没参加过。

这样说也是有道理的，但可气的是，他们借题发挥，说些有的没的，虽然没有明确表明什么，字里行间却把读者带入一个特定认知——唐一白在踩

着祁睿峰上位。

唐一白刚好也看了这篇报道，哭笑不得："躺着也中枪。"

祁睿峰安慰他："能和哥相提并论的人不多，你知足吧！"

虽然这话略欠扁，但也是实话。

除此之外，更多的是一些客观分析。不少人认为唐一白出发快，在水中的爆发力强，团队赛时状态更好，等等。至于缺点嘛，转身时的速度不够快，这是最明显的。

云朵再次采访唐一白时，像模像样地抛出了一个专业问题："你觉得是什么原因导致你在水中的转身速度比较慢？"

唐一白抿了一下唇，用一种不好意思的口吻，说着让普通人艳羡的话："我的腿有点长。"

"呃……"看来她还是不够专业，竟然想不到这个因素。

接下来"怎样针对性地改进"这种问题也就不用问了，总不能把腿砍掉一截吧？

根据云朵之前做的功课，她知道游泳运动员通常会优先选择上身长、臂展长的，但是上身长不代表腿短，因为绝对身高摆在那里。打个比方，一个身高一米九的游泳运动员，肯定比身高一米七的普通人腿长得多，所以这些天云朵看到的运动员腿都挺长，她也就没在意这个问题。

原来腿长也是错啊！难怪她总觉得唐一白和别人不一样，是因为他腿长所以显得格格不入吗？

云朵突然有些同情唐一白，觉得唐一白入错行了，这脸蛋、这身材，混什么泳坛啊，去称霸娱乐圈多好！

最后一天比赛项目不多，赛完要举行闭幕式，运动员们的时间也宽松不少。

云朵看到唐一白被一群人围着求合照，有媒体记者，有赛会工作人员，还有志愿者。她想起自己还没有和唐一白合照过呢，于是打起精神走了过去。

唐一白身高一米八九，长身玉立，挺拔如松，他的视线很容易就越过众人，看到了云朵。

云朵迎着他的目光，突然有点结巴："我……那个……我也想跟你合个影。"

唐一白牵起嘴角笑了笑，笑容和煦，如春天温暖的阳光，让人心情无端地好起来。

他点点头：“好。”说着分开人群，主动走了过来。

真是太给面子了。

云朵有些激动，而孙老师比她更激动，握着相机指挥他们的姿势和站位，一边还打趣道：“要照全身的，照半身的就看不到云朵啦！”

云朵额角直冒黑线，愤愤不平道：“我哪有那么矮？”

就在孙老师即将按下快门时，云朵的身旁多出一个人来。她侧脸去看，只看到上臂，仰头，再仰头，再仰，终于看到脸了，原来是祁睿峰。

祁睿峰表情酷酷的：“不用谢。”

真的好想一脚把这货踢开啊！云朵目光幽幽地看着他。

只是，如果真的那样做了，她自己被弹开的可能性更大一些吧？

祁睿峰刚站好，明天小朋友便一阵风似的闪到了他身边，拿下口中的棒棒糖：“峰哥，我来了。”然后他又招手呼唤：“凌晔哥，来拍照！”

郑凌晔默默地走过来，默默地站在了唐一白身旁。

于是，原计划两个人的合照，扩充到了五个人。

云朵看着镜头：“孙老师，快拍。”她真担心迟则生变，会和整个国家游泳队来个大合照。

拍完照，云朵从背包里取出一件崭新的白色 T 恤，这是她从主办方那里买的宣传品，上面印了此次比赛的名字和地点，蓝色的字体被设计成浪花形状，倒是蛮漂亮的。

云朵把 T 恤展开，看向几名运动员：“能帮我签个名吗？”

她本来打算找唐一白签的，现在嘛，多签几个也无所谓。

白色的纯棉 T 恤上很快多了好多鬼画符。

云朵收好 T 恤，至此，她也该和这些人告别了。

比赛只有短短八天，她和他们接触的时间并不长，他们却给她留下了深刻的印象，让原本只想应付差事的她，有种不虚此行的感觉。

云朵由衷地说道：“加油！希望你们以后游出更好的成绩。”

祁睿峰：“那还用说！”

唐一白：“好。”

明天：“姐姐留个联系方式吧？以后常聊啊！”

郑凌晔：……

和运动员互留联系方式，对于记者来说是一种优待，云朵没有理由不答应。

她掏出手机，放低姿态：“那我扫一下你们的微信二维码可以吗？”没好意思直接要手机号，如果被拒绝多尴尬呀。

四人齐刷刷地掏出了手机。

云朵握着手机挨个扫，先是祁睿峰，后是唐一白。

扫到唐一白时，她听到他轻轻嗯了一声，尾音上扬，带着疑惑，音量很小，她不知道是不是自己出现了幻听。她抬头看他，见他正垂眼看着自己，嘴角轻轻抿着，要笑不笑的样子。

云朵不明所以，只好埋头继续扫下一个——郑凌晔，却没想到郑凌晔也用一种古怪的眼神打量着她，她忍不住摸了摸脸蛋，难道脸上蹭了脏东西？

最后一个是明天。

当明天看到好友申请时，终于为云朵解开了疑惑：“姐姐你微信的名字是‘一朵白云’？你自己的名字加一白哥的名字吗？嘻嘻，你中有我，我中有你，如胶似漆，水乳……”他还想继续说，奈何嘴巴被捂住了。

唐一白的手臂越过祁睿峰，直接用手盖住了明天的嘴巴。

他目不斜视，淡淡说道：“成语学得不错。”

祁睿峰若有所思地看着云朵，突然说道：“原来你也暗恋唐一白啊？”说出的虽然是疑问句，面上却一片恍然之色。

“不是啊！”云朵觉得好尴尬，这个名字她用了好久，认识唐一白却是这几天的事情，更何况有谁会把自己暗恋的人明明白白写到社交账号里，那还算暗恋吗？可是这个问题要怎么解释呢？云朵有点头疼。

祁睿峰明显不相信云朵的话，不止如此，云朵还从他此刻的表情中读出了“我这么酷、帅、狂、霸、拽，你竟然不暗恋我而去暗恋唐一白，你果然有眼无珠”之类丰富的信息。

不仅祁睿峰，郑凌晔和明天也是一副完全不相信的表情，他们目光炯炯地看着云朵，满脸八卦之光。

云朵硬着头皮对祁睿峰道："真的是凑巧，这个名字我用很久了。你也知道，我是你的忠实粉丝，怎么会暗恋唐一白呢，对吧？"

祁睿峰点点头："也对。"

云朵说到最后一个字时，目光已经转向了唐一白。

此刻，唐一白已经松开了捂着明天嘴的手，顺手在明天的衣服上蹭了蹭，才收回来，酷酷地往兜里一插，笑盈盈地看着云朵。

云朵突然有些烦躁，她现在一点也不想看到唐一白的笑容，而她无法再解释了，否则越描越黑。

告别了这四人小分队，云朵拇指划着手机屏幕，思考着要不要改掉微信名字。犹豫再三，她决定不改了，改了就是此地无银三百两，不如顺其自然。

然后，她拉开好友菜单看刚才添加的那几个人。祁睿峰的微信名是"祁睿疯"，唐一白的微信名是"浪里一白条"，明天的微信名是"特猫哟"，郑凌晔的微信名是"郑凌耶"。云朵扯了扯嘴角，跟这帮人的一比，她的名字才是最正常的吧？

闭幕式结束后，云朵在这里的工作也结束了，当晚便搭飞机回了 B 市。

第二天，没有采访任务，她要去单位坐班，孰料椅子还没坐热乎，就接到了刘主任的传唤，她知道，绝对不是好事。

果然，已经过去好几天了，刘主任还惦记着她犯忌讳那件事。他无视云朵这些天的成绩，把她骂了个狗血喷头，从工作态度说到个人前途，从职业操守说到报社形象，又严厉警告她要知道感恩，有些东西她不想要，有的是人排队争抢。

云朵一声不吭，顶着刘主任的口水暗暗惊奇。虽然刘主任的脾气臭在整个报社出了名，可他又不是闲得慌，每天那么多事情，没道理把这种小事记上好几天，一直想着找她清算。再说，除了这件掉链子的事，她这几天的工作表现不差，至少能抵消一部分刘主任的怒气吧？可为什么结果不是自己想的这样呢？云朵陷入了深深的困惑中。

好不容易从刘主任的办公室出来，她悄悄做了个抹汗的动作，去找孙老师汇报情况。

孙老师听罢她的转述，左右看了两眼，突然神秘兮兮地朝云朵勾了勾手指。

云朵会意，凑近了一些。

孙老师用只有他俩能听到的声音说道："这件事，八成可能，是有人给你上眼药了。"

"啊？"云朵不太相信，"为什么呀？"

孙老师有些恨铁不成钢："还用问吗？你得罪人了呗。"

"我得罪人？我得罪谁了呀我？"云朵莫名其妙，摸着后脑勺，"我一个新人，蝼蚁一样的存在，能得罪谁呢？我敢得罪谁啊？"

"别问我，我要是知道，早告诉你了。你自己回想一下，说不准一个动作、一句话，甚至一个眼神，就把人得罪了。"

云朵更加一头雾水，向孙老师道了谢，默默地坐回自己的位置，深刻反思去了。

反思了一天，她也没得到答案。

下班后，云朵去找陈思琪，两人难得都有空，便一起吃饭，顺便吐槽。

陈思琪是云朵的大学同学，毕业后怀着满腔热血扎进了娱乐圈，为人民群众的八卦伟业添砖加瓦——没错，她现在是一名娱乐记者。

不少人觉得当娱乐记者是不务正业，可在云朵眼中，陈思琪是一个有理想的人。他们那届学生毕业后，除了家在本地的，几乎所有人求职时都把"B市户口""正式编制"列为首要筛选指标，尤其是"B市户口"，简直成了毕业生们的心病，除了陈思琪。

陈思琪是T省人，大一时，她的理想就是当娱乐记者，大四时，目标依旧，为此，她投简历时从来不考虑户口和编制，专门瞄准八卦能力强大的新闻媒体，现在愿望达成，每天混得倍儿开心。

如果一个人有明确的目标，并且为此矢志不渝、乐在其中，哪怕是掏大粪，也是理想——崇高的理想。

反观云朵，她一直很想从事与纪录片有关的工作，可是一脚尚未踏入社会，就被周围的人心惶惶感染了，加上妈妈每天一通电话的施压，她最后还是一头扎进了"求户口"的洪流当中，不能自拔。

结果也算是求仁得仁，她现在有着正式编制，拿到了B市户口，这样的待遇在同层次的求职者大军中绝对算胜出，至于她的工作热情，呵呵，不提也罢。

陈思琪见到云朵，很高兴，拉着她不停地八卦娱乐圈。

百分之九十的女孩子都喜欢八卦，云朵自然也不能免俗，听着陈思琪滔滔不绝，她白天郁闷的心情也舒畅了不少。

在陈思琪的描述中，娱乐圈里都是妖魔鬼怪，一个比一个重口味，新出道的小明星被包养这种根本够不上档次，男明星嗑药这类勉强可以当作谈资。

云朵听着，禁不住感叹道："跟你们娱乐圈一比，我们体坛帅哥都是纯洁的小天使啊！"

陈思琪摸出手机，向云朵展示她这些天的成果。

照片有明着拍的也有偷拍的，她一一给云朵点评，谁化妆太浓像老妖婆，谁本人比照片好看很多，谁腰长腿短，呵呵呵……

云朵也拿出自己的劳动成果和她分享。

她拍的照片不算多，大部分是正儿八经的新闻图片，一点都不抓人眼球，调出来给陈思琪看的时候，竟然有种自惭形秽的感觉。

陈思琪突然惊叫道："天啊！"这声呐喊吸引了周围无数人的目光，她自己却浑不在意，指着手机问："这个是祁睿峰我知道，但是这个是谁？好帅啊！"

云朵被她吓了一跳，不过嘛，对于陈思琪这样的反应，她很满意："这是唐一白。"

"也是运动员？"

"废话！"这张照片就是云朵最满意的那张抓拍。

云朵又调出自己和唐一白等人的合照："侧脸就把你惊艳到了，那你看到正脸会不会被他帅哭呀？"

陈思琪捧着手机："嗷嗷嗷，帅得让我合不拢'腿'！"

云朵满头黑线："节操呢？"

陈思琪翻看着云朵和那四位运动员的合照，自言自语道："不止唐一白帅，其他人也很帅嘛！不过，还是我们家唐一白最好看。"

"你、们、家？"

陈思琪又有些愤愤不平："我说最近娱乐圈的男人怎么一个比一个妖气冲天呢，原来帅哥都去体坛了啊！"

云朵有些得意，感觉陈思琪夸唐一白等人，比夸她自己还让她高兴。

陈思琪的目光又回到唐一白身上："难怪我看他有点眼熟，这根本就是我失散多年的老公嘛！"

"喂！"

第二章

逆水而行，踏浪而歌

云朵没想到这么快又见到了唐一白。

进入十一月，秋风陡然凉了。

云朵感冒了一次、流鼻血两次，自己胡乱治疗了一下，终于有所好转。

这天，她又接到了采访任务，不过不用出差，就在本市的体育大学校园内，那里要举行“全国体育工作者经验交流会”。

这种会议的新闻价值比较低，也就是在报纸上博个存在感，占的版面不会超过半块豆腐，因此，社里只派了云朵一个人去采访。

相对于会议内容，云朵对“体育大学”本身更感兴趣。这所学校堪称全国体校中的高帅富，即便是身处高校如云的 B 市，它的名气依然很大，因为它是 B 市四大帅哥高产校之一，另外三所分别是电影学院、戏剧学院和传媒大学。

云朵是传媒大学毕业的，电影学院和戏剧学院她都去参观过，这三所高校的男生帅得各有千秋，同时也有个共同点——文弱有余，强悍不足；精致有余，阳刚不足。

体育大学就完全是另一个世界了，男生大都身材高大、体态矫健——好吧，虽然某些人过于矫健了，但不管怎么说，他们都是一身的阳光且阳刚气质，仿佛夏天里暴晒在正午阳光下的金色麦穗，健康、饱满、明朗、热烈。

云朵路过体育场时，看到一群男生正在篮球架下打球，他们赤着胳膊，

汗水布满健硕的肌肉，在阳光下反射着晶莹的光芒。

她仿佛听到了空气中雄性荷尔蒙爆炸的声音——这才是真男人！

真是一个可以纠正人类审美观的世界啊！云朵暗暗感叹。

她身处荷尔蒙爆炸后的蘑菇云中，正发着呆，不料对面打球的人力气太大，篮球高高地抛了出去，越过铁丝网，朝她砸过来。

云朵看见了，可惜她的反射神经在这样的突发状况前实在太弱，她呆傻地看着一个暗红色球体直袭面门，想躲时已经来不及了。

难道要被一个篮球毁容了吗？她吓得闭上眼睛，不敢面对接下来的惨状。

等了好一会儿，也没感受到篮球拍脸的痛苦，云朵以为自己刚才在做梦呢，小心地把眼睛睁开一条缝，映入眼帘的竟是一只手。

这只手很大，手指长长的，此刻正拦在她和篮球之间，手掌紧紧贴着球面。她转动眼睛，目光沿着白皙如玉的手指向上瞄，看到了干净整齐的指甲，泛着淡淡的光泽，像洗净的珍珠。

这个人帮她挡下了篮球。

意识到这一点，云朵彻底睁开眼睛："谢谢你！"说完，她后退一步，偏了一下头，才看清这个助人为乐的人，顿时大吃一惊："唐一白？"

"是我。才隔几天就不认识了？"唐一白笑了笑，掂了一下手中的篮球，改为五指托着，轻轻一动，篮球便在他的食指上飞速地转动起来，特别听话，不知他是怎么做到的。

这时，铁丝网对面的一个男生说道："哥们儿，帮个忙！"说着，又歉意地看了一眼云朵："刚才对不住，美女。"

"没事。"云朵摇摇头。

唐一白重新把篮球托在手上，退后一步，然后起跳，手一扬，篮球脱手，朝球篮飞去。

云朵知道他的意图，却不相信他能投中，要知道现在这个距离比三分线还要远，而且隔着一道铁丝网，能砸到篮板就不错了。

她的视线追随着篮球，看到它在空中画了一个完美的抛物线后，轻松入网。

云朵惊得下巴差点掉下来："我没记错的话，你是游泳运动员，对吧？"

"是啊，我是游泳运动员里最会打篮球的。"他大言不惭。

云朵没见过别的游泳运动员打篮球，对这种自夸的话也没有怀疑的依据。

她有些凌乱，又把唐一白上下打量了一番。他今天终于不穿运动服了，黑色印花长袖T恤、淡蓝色牛仔裤，加上白底带浅蓝花纹的运动鞋，肩上挎一个黑色单肩包，一身打扮很是低调，只不过他的身材太好，相貌又太出众，无论穿什么，效果都棒棒的。

云朵不解的是，唐一白今天鼻梁上架了一副眼镜，无框，镜片干净透亮，平添了几分斯文气质。

云朵戴过唐一白的泳镜，没有度数，不禁有些疑惑："你是近视眼？"

唐一白抬手指了指自己的眼镜："平光的。"

"那为什么要戴呢？扮斯文？"

他呵呵一笑，没有回答，而是摘下眼镜，直勾勾地盯着云朵。

他的眼睛是云朵见过的最好看的——薄薄的眼睑、深深的双眼皮、长长的睫毛、微微上挑的眼角，以及晶亮又黑白分明的眼珠。他不笑时，那双眼睛像两池安静的湖水；他注视你时，湖面便出现了幽深的漩涡，直把你的心神卷进去；他笑时，湖水便成了春水，碧波荡漾，潋滟无边；当他盯着你笑时，你会觉得自己变成了粉色的花瓣，飘飘悠悠坠入春水的柔波里，不由自主，不能自拔，只能随着波浪一起浮沉荡漾。

此刻，他的目光让她无处躲闪，心脏扑腾乱跳，最后只能红着脸低下头："什么意思啊？"

"这就是解释。"唐一白收起笑容，戴好眼镜。

想了一下，云朵就明白了，这小子的意思是，他觉得自己长得太勾人，怕无意的目光成为乱飞的桃花，进而勾起相思无数，只好戴副眼镜遮挡一下，避免不必要的粉红误会发生。

还有比这更自恋的吗？

可是想想自己刚才的反应，云朵又觉得他这样自恋也是有几分道理的。

她挠了挠头，不想在这个话题上继续下去，于是问道："你为什么在这里？"

"这话该我问你，你为什么来我们学校？"

"哎？"云朵讶异地看着他，"你是这里的学生？"

他点头："看起来不像？"

“也不是。我通常不会把运动员和学生联系到一起，所以……”

唐一白哭笑不得地看着她：“你这是赤裸裸的歧视。”

“咳咳咳……”

虽然如此说，唐一白还是理解云朵的想法的，因为运动员的大部分时间和精力确实要用来训练，学习文化知识时就严重不足了，越是顶级的运动员，这样的情况越严重。

云朵有些不好意思地看着唐一白：“所以你今天是来上课的？”

“对。”

“国家队的运动员真的有时间上课吗？”她还是觉得难以置信。

“我每个星期可以抽两个半天来上课。”唐一白耐心地向她解释，“前提是没有遇到比赛前的集训。你也知道，我三年没有参加比赛了，上课的时间还是很充裕的。”

听到这里，云朵不禁有些黯然。三年、三十六个月、一千零九十五个日夜，身为一个黄金期的运动员、一个有着顶级水平的选手，他只能看着队友集训、比赛，自己却日复一日地进行着常规训练、上课，平淡的日子下是一种怎样的煎熬？

云朵只是想一想，就感觉心酸得不得了，而身为当事人的他，该有多难过啊！

唐一白倒是一脸的云淡风轻：“这三年里，我每门课都是优，还拿了奖学金，所以我也是游泳运动员里成绩最好的。”

云朵被他逗笑了：“我发现你和别的运动员一点也不一样。”

唐一白低头笑了笑：“你和别的记者也不一样。”

云朵心想：当然不一样啦，我是新人嘛！

她摆弄着手里的相机：“你几点上课？”

唐一白看了看腕上的手表：“快了。不过迟一些也无所谓，我能去上课，老师已经很开心了。”

云朵有点窘——这样的话从你自己口里说出来真的好吗？

两人要去的方向是一样的，唐一白在路上看到奶茶店时，还停下来请云朵喝了杯热饮。

本来云朵打算喝奶茶的，但是唐一白淡淡地道出了四个字评价“垃圾食

品”，于是云朵改喝了乌龙茶热饮，唐一白则要了一杯鲜榨的石榴汁。

鲜红的石榴汁像玛瑙一样艳丽迷人，长相俊美的唐一白品尝一口，像是吸血鬼在进食鲜血一般，有种动人心魄的美艳。

唐一白喝一口果汁，很享受地眯了眯眼睛，弄得云朵都想尝一尝了。

两人并肩走在种着银杏树的小路上，有一搭没一搭地闲聊着。

云朵发现，她和大多数人一样，一提到唐一白那晦暗的三年，就忍不住为他感到可惜，长吁短叹，殊不知唐一白已经走了出来，那些日子对于他来说不过是潮汐退却现白沙，乌云散尽碧空洗。他从苦涩的过去收获的东西，未必比失去的东西少。也正是那样的过去，造就了现在的他，坚忍而乐观，成熟且强大。

云朵和唐一白是同龄人，她把自己和唐一白做比较，发觉至少在情商方面，唐一白甩她 N 条街。

算了，这样悲伤的事情不要去想了。

云朵一手握着乌龙茶，一手轻轻地敲着挂在胸前的相机：“那个……今天遇到你的事情，我可以写成新闻稿发在报纸上吗？”

“嗯。”唐一白咬着吸管，含糊地应了一声。

“那我们交谈的内容也可以？”

他松开吸管：“可以。”

云朵得寸进尺：“那么……我可以给你拍张照片吗？无图无真相啊！”

“当然可以。”

云朵于是放下乌龙茶，摆弄相机给他拍了几张。

笔直的银杏树前，少年身形秀拔挺立，在嫩黄色的树叶映衬下，他的脸庞更显俊美不凡，只不过……

云朵突然停下，有些不好意思地说道：“你能不能先把果汁放下？”捧着饮料喝的新闻图片男主角一点都不庄重好吗？

唐一白像个乖宝宝一样配合着她。

他越是这样配合，云朵越觉得自己过分，拍好照片，嘿嘿笑道：“谢谢你！”

“不客气的。”

两人拿回各自的饮料继续喝着。

云朵却有些不放心：“我听说你们有规定，不能轻易接受采访。我这样

做会不会给你带来麻烦？”

唐一白摇了摇头：“没关系，我跟教练说一声就好，他脾气很好的。”

云朵知道他的教练是一个叫伍勇的大汉，一脸的犯罪气质，她很难想象这样一个汉子好脾气的样子。

她有些纳闷：“你为什么愿意冒着风险配合我呢？”

“因为你暗恋我呀。”

“噗——”云朵把嘴里的乌龙茶都喷了出来，也顾不上自己失态了，瞪着一双杏眼惊恐地看着他，“喂喂喂，我没有啊！”

唐一白咬着吸管，嘴角很勉强地向下压，像在极力忍耐着什么。

云朵有些急：“我真的没有。”

他终于忍不住了，唇角上扬，闷闷地笑起来，一边笑一边看着云朵，眼波流转，满脸戏谑。

云朵：“……”什么都不用说了，又被调戏了。

云朵把自己在体育大学的所见所闻写成了两篇稿子，第一篇是体育工作者经验交流会的报道，第二篇是对唐一白的介绍，只是，第二篇的篇幅是第一篇的三倍。

她持着公正客观的态度去写这篇新闻稿，写出来的文字却像是脑残粉对偶像的溢美之词。云朵也很无奈，唐一白并不是完美无缺的人，比如“调戏记者”这一点就挺让人生气的，可她不能写啊！

她给唐一白的定位是“运动员中的学霸”。尽管去掉了“游泳”这一限定领域的词汇，但是放眼整个职业运动圈，唐一白也是当之无愧的学霸，毫无争议。

一个运动员，不逃课、不挂科，门门优秀，同时保证自己的主业不受影响，多励志啊！

写完稿子，云朵自恋地看了两遍，决定等这篇稿子发表后，她先送一份报纸给唐一白。

孙老师出去采访了，云朵只好和同事程美一起去吃午饭。

程美是中文系毕业，和云朵一样是应届毕业生，同时，她们也是采编中

心今年录取的新人中仅有的两个姑娘。

报社给所有应届毕业生统一规定了最晚报到时间，云朵在毕业前疯狂玩了一阵后，踩着最后期限来上班，程美则是提前两个多月就来报到了，总之她比云朵拼多了。

因此，同样是新人，程美已经在《中国体坛报》待了半年多，比云朵资历深。她的工作岗位是编辑，而记者们写的稿子都要经编辑之手，比如云朵写的这两篇，先要送到编辑部，让编辑写推荐理由，然后开会选稿，新闻稿被选中后，编辑还要根据稿子的质量和版面需要，对稿子进行修改。

在纸媒注定走向没落的今天，新闻的采编工作却丝毫没有精简，如果一定要说有什么改变，就是愿意在报社工作的人越来越少了。

云朵和程美都不打算在报社食堂吃，女孩子嘛，嘴比较挑剔。两个人出了报社的办公大楼，穿过两条小巷走进一条街，街边餐厅林立。云朵挽着程美的胳膊，两人边走边聊。程美告诉云朵，她在写推荐的时候把写唐一白的那篇稿子盛赞了一番，估计下一刊就能见报了。云朵很高兴，表示一定要请程美吃饭。她倒不是在乎那点稿费，只是特别希望这篇稿子能被选上，不给稿费都行。

云朵正和程美商量着吃什么，路过一家西餐厅，不经意间一扭头，透过明亮的落地玻璃窗，看到了一个人。

此人脸色苍白，眉眼温和，侧脸线条美好，此刻正坐在窗前，闲闲地翻着菜单，正午的阳光洒在他的身上，整个人显得慵懒而闲适。

咦，这不是林梓吗？

云朵的记性很好，加上林梓给她的印象深刻，她仍记得这位气质冷艳的帅哥坐在街边小饭馆吃羊肉泡馍时的情景，与此刻根本不是一个画风。

程美见云朵停下来，推了她一下，笑道："看到帅哥走不动道了？"

"不是，不是。"云朵说着，抬手敲了敲窗玻璃，见林梓扭过头来，她咧嘴笑了。

林梓显然也认出了她，示意她们进来。

云朵就这样把程美拐进了西餐厅。

两个姑娘坐在林梓对面，云朵分别给二人介绍了下，然后问林梓："你不会也在这附近上班吧？"

他摇摇头："我听说这里的鹅肝很正宗，所以来尝尝。"

又是尝尝……这位吃羊肉泡馍时让人瞠目结舌的画面，云朵记忆犹新，

云朵掩嘴轻咳一声，看向程美："要不，我们也尝尝？"

程美有点犹豫。

鹅肝很贵的，两人都拿着最低工资，这一顿饭尝尝是过瘾了，可是剩下的半个月每天吃馒头就榨菜吗？

林梓听到此话，示意服务生再取两份菜单来。

程美看着菜单上的价格有些眼晕，而云朵也没强多少，一边翻一边很没出息地感叹："这个好贵呀，这个也好贵呀……鹅肝这么贵，我吃个鸡肝好了……你们有煎鸡肝吗？"

服务生嘴角抽了抽："没有。"

程美默默地翻着菜单，真的好想假装不认识这货。

林梓笑了一下，笑容轻浅，有种微风拂面不留痕迹的感觉。

他说道："我请客，放心吃。"

真是一个有魅力的男人啊！

云朵感激地看他一眼，又有些不好意思了："不太好吧？"白吃人家似的。

"没什么。你帮我要到祁睿峰的签名，我还没感谢你呢。"

原来祁睿峰的签名这么值钱啊？早知道不当记者了，当一个签名贩子多有前途！

林梓一边翻菜单，一边报菜名一样和服务生说了很多，翻到最后，他有些惊喜："你们这里也有松露？"

"是的，先生。"

"原产地？"

"正宗的法国黑松露。"

"嗯！"林梓点点头，"煎鹅肝的时候加一些。"

"好的。"

林梓合上菜单还给服务生，看向云朵和程美："你们点什么？"

"呃……"程美诧异地看着他，"你刚才点的不是我们三个人的？"

"哈……"云朵没忍住笑。

林梓倒是淡定："我一个人可以吃下的。"

程美有些不好意思，脸微微发热。

云朵知道林梓是有钱人，于是也不顾忌了，点了一份巧克力苹果蛋糕、一份奶油蘑菇汤、一份香煎鹅肝、一小份香橙鸭胸肉、一份芒果鲜虾沙拉，外加一杯桑葚汁。

点完后，她看着林梓："我也能在鹅肝里加松露吗？"

"你加多少都可以。奶油蘑菇汤里也可以加一些。"

云朵吸了吸口水："土豪，我们做朋友吧！"

"好。"

他答得一本正经又干脆利落，云朵不禁微微愣了一下，然后是标志性的傻笑——她没话说的时候就傻笑。

三人点完菜，林梓从身旁的座位上拿起一份报纸翻看，云朵一眼便看到了上面大大的"中国体坛报"五个字。

"你喜欢看我们的报纸呀？"她很高兴。

"嗯。"林梓轻轻地点了一下头，然后疑惑地看了一眼云朵，"你的稿子不多，都在不显眼的地方，最近几期干脆没有。"

"咳！"云朵被揭了短处，想挽回一些面子，"下一期就有了哦！"

他却不以为然，轻描淡写地说："是吗？你很自信。"

什么意思？搞得好像她在吹牛一样。

云朵解释道："我昨天在体育大学遇到唐一白了。唐一白，你还记得吗？"

"我当然记得他。"林梓收起报纸，"不过，我对他不感兴趣。"

云朵继续努力向他"推销"唐一白："你对他不感兴趣，没准你妹妹对他感兴趣呢。他长得可帅了，身材也好。话说，你妹妹需要唐一白的签名吗？"签名可以换饭吃，这个认知已经深入云朵的心。

他摇摇头："谢谢！不过，我妹妹对他也不感兴趣。"

云朵有点失望。

程美凑到云朵耳边轻声说道："云朵，你现在特别像一个搞传销的。"

"呵呵呵……"云朵挠着头傻笑。

"但我对一件事情很感兴趣。"林梓说着，又翻开报纸，指着一处文字给她们看。

那是一则招聘启事，《中国体坛报》现招聘文字编辑若干名、网站视频

编辑若干名、记者若干名。

“所以呢？这和你有什么关系？”云朵有些不解。

程美不了解林梓的情况，用正常思路猜到了关键：“你想应聘到我们报社？”

“是的。”他一派轻松的模样，一边说还一边打了个响指，看起来心情不错。

云朵惊奇道：“你……开玩笑的吧？”

一定是开玩笑的，他一个金融天才，和体育报纸能产生的联系大概只有广告招商了，突然要进报社工作，他这是被什么妖风刮了？安安静静地当一个土豪不好吗？

程美比云朵淡定，主要是她不知道林梓的真实身份，如果知道了，说不定会把面前的不锈钢餐叉吃掉冷静一下。

她问林梓：“你想应聘哪个职位？”

“记者。”

云朵还在用一种梦游似的眼神看林梓：“为什么要当记者？”

“股市不景气。”这是他的回答。

这是什么鬼理由啊？股市不景气就跑去当记者吗？两者根本是风马牛不相及好不好？你哪怕天天吃喝玩乐也比当记者强啊，反正你钱多又吃不穷！记者能挣几个钱？

云朵都不知道怎么说他了，深呼吸几口气，语重心长地说道：“相信我，记者不是那么好当的。你一个月的基本工资，都不够这一顿饭钱。”

林梓看了她一眼：“你觉得我当记者是为了挣钱？”

“呃……也对，没有人会为了挣钱而当记者，因为根本挣不到钱。”为什么说这话的时候，她有种心酸的感觉？

他抱着手臂，懒懒地往椅背上靠，挑眉看着她们，姿态随意，却让人无法忽视他的存在，这大概就是气场吧！

他说道：“所以，我当记者，只是因为我想当记者了。反正我不缺钱，想做什么就做什么。”

云朵握着餐叉重重地往白瓷盘子里一戳，怒道：“帅哥，你这样说话很拉仇恨你知道吗？”

林梓有一项特殊技能，就是可以屏蔽掉任何人向他释放的任何情绪。

只见他不动如山，无视两位姑娘的白眼：“所以我需要你们的帮助，帮我通过面试成为记者。”

云朵又想翻白眼了：“您的简历比我们主编的都漂亮吧？还需要我们两个蝼蚁帮忙？”

“简历太引人注目，会降低面试官对我的信任感。”

好贱的理由啊！

“所以……”林梓看着云朵，眼神特别真诚，“请你帮我，云朵。”

“帮一个金融天才转职成为打杂记者这种事情怎么听怎么丧尽天良，我是绝对不会干的。”在这种时刻，云朵决定捍卫自己的节操，不和他一起发疯。

林梓：“我们不是朋友吗？”

云朵：“我们绝交吧！”

林梓：“……”他摸了摸下巴，换上了糖衣炮弹策略：“事成之后我请你们吃大餐。”

云朵冷笑：“呵呵，姐是那种一顿吃的就能收买的人吗？”

他锁住了眉：“这样，还真是难办。”

一旁的程美悄悄地举起手来：“打扰一下，我可是一顿吃的就能收买的人哦！”

云朵窘然地看向她：“节操呢？”

“吃了。”

“……”

后来，林梓又加了几次筹码，当他把大餐数量加到“5”时，云朵的防线彻底崩溃，答应帮他。

云朵问他当记者是不是冲着祁睿峰去的，林梓沉默了一下，摇头道：“不是。”

编辑部开完例会后，云朵被告知，她交的两篇稿子只通过了一篇，被打回来的那篇是关于唐一白的。

“为什么？”云朵很吃惊。

“因为没有新闻价值。”对方答道。

这样一句草草的回复让云朵更加疑惑，唐一白怎么没有新闻价值啦？难道是她写稿子的方式不对？

她也不好意思缠着人家问东问西，问程美吧，程美也说不出个所以然来，她只好怀着非常郁闷的心情，等待孙老师的归来。

下午快下班时，孙老师回报社取东西，看到云朵坐在自己的工位上，脸鼓成了包子，他不禁好奇道："云朵，你又被刘主任批评了？"

"没有。孙老师，我想请教您一个问题。"云朵把事情简单跟他说了一下，还把程美写的推荐词给他看了，作为自己那篇稿子还不错的证据。

孙老师听罢，不以为意地安慰她："当记者的，谁没被毙过稿子，你不用放在心上。"

云朵却有些执拗："我就是想知道为什么。"

孙老师拉了把椅子坐在她身旁，帮她分析："云朵，首先这篇稿子没过的根本原因，是你高估了唐一白的地位。新闻是具有时效性的，新闻的效果也具有时效性。唐一白刚得游泳锦标赛冠军时确实引起了不少人的关注，但是这事已经过去一个月了。全国性的游泳比赛一年举办四次，游泳锦标赛只是其中之一，在这种级别的比赛中不管如何大放异彩，也就热一会儿。你认为偶遇唐一白就能成新闻，这个想法不对。第二，你搞错了重点。唐一白是个运动员，在成为巨星之前，他身上最有价值的东西只能和运动相关。比如，如果你挖掘到了三年前他被禁赛的根本原因，就可以成为重点。可是，你搞什么学霸、励志，这对运动员来说，只能算是锦上添花。如果祁睿峰是学霸，这个新闻倒是很有看头。唐一白目前还没出成绩，这点花边真不够看的。明白吗？"

他一番话，把云朵说得茅塞顿开，她挠了挠头："我知道了，就是因为唐一白名气不够大嘛。"

孙老师点点头，又道："还有一点，程美给你写的推荐也有问题。她是写了不少赞美之词，可她比你还摸不着重点，你本来就跑偏了，她的推荐词把你推得更偏，这稿子能过才怪。"

云朵低头思索了一下："孙老师，我知道怎么改它了。"

"喂喂喂，"孙老师吃惊地看着她，"我跟你说这么多不是在教你改稿子。这篇稿子你不要改了，没用的，放在硬盘里留个纪念吧。"

云朵坚定地摇摇头："我想试试。"

"你这孩子，怎么这么犟呢？"孙老师摇头叹道。突然，他又凑近一些，神神道道地看着她，一脸八卦之光："我说，你不会真的暗恋唐一白吧？"

云朵现在真怕听到"暗恋"这两个字，用力摇头："哪有？孙老师，你不要瞎猜。"

孙老师却了然地看着她："我懂。"

云朵扶额——您懂什么呀？

当晚，云朵斗志昂扬，把稿子改好了。

她重新给这篇新闻稿定了位：记者在体大校园，偶遇在刚刚结束的全国游泳锦标赛上收获三金一银（重点）的唐一白，他表示自己对接下来的冬季游泳锦标赛很有信心且准备充分（重点）。问及训练状态，唐一白表示自己的训练状态很好（重点），还能抽时间来学校上课（轻描淡写）。据悉，唐一白是这所体育名校的大三学生，入学时文化课和专业成绩都是第一，三年来成绩优异（轻描淡写）。

好吧，唐一白名气不够大是硬伤，她只能抢救到这里了。

第二天，云朵把稿子拿给孙老师看，孙老师看罢感叹道："这姑娘真有悟性。"

孙老师觉得这事比较有教育意义，对云朵是，对程美也是，于是他把稿子拿给编辑部某个资深编辑，资深编辑写完推荐词，让程美拿去和之前自己写的做对比，好好体会一下。

这一期的报纸已经定稿了，这篇稿子只能赶下一期的讨论会。

也是云朵运气好，到下一期时，综合版的版面比较宽松，稿量不多，她的稿子就过了。

哦呵呵……云朵捧着散发油墨香气的报纸，嘚瑟地笑。

她在微信上敲唐一白。

云朵：在吗？

云朵：关于你的报道已经见报了哦，我想送你一份报纸做纪念。

她的信息挂在那里，唐一白一直没回，到了中午，唐一白才有了消息。

唐一白正在吃午饭，坐在同一桌的是他的三个好基友——祁睿峰、明天

和郑凌晔。

明天见唐一白低头看手机，便问："一白哥，又被美女表白啦？"

另外两人听到此话，都很没节操地伸长脖子去瞟唐一白的手机。

"吃你们的。"唐一白低头回了一句，手机微微倾斜，不许他们看。

他看了一眼云朵信息发送的时间，回道：抱歉，刚才在训练。

云朵：嗯嗯。

唐一白在输入框里键入"其实我这边能买到你们的报纸"，要点击发送时，他又犹豫了，想了想，把这行字全删了，改为"你上班的地方在哪里？我明天出去上课，可以去找你"。

云朵：不用，不用。你那么忙，我去找你好啦。

唐一白：方便吗？

云朵：方便。记者就是四处流窜作案的，去哪里都方便。

唐一白：那麻烦你了。

云朵：你太客气啦！快吃饭吧！

唐一白：好。

第二天，云朵从体育大学的南门进入，唐一白从教学楼出来，两人在体育馆会合。

体育馆外的空地上有社团在举行活动，还有人踢毽子。

云朵和唐一白并肩坐在体育馆前的台阶上——台阶有好多级，他们坐得高高的。

唐一白穿着藏蓝色休闲长裤，双腿向下随意伸展，右腿叠在左腿上，两条腿看起来又长又直。

云朵学着他的样子伸腿，然后悲剧地发现在他的对比下她快成柯基了。

嘤嘤嘤，姐好歹也是身高一米六七的人好吗？

"你的腿真长。"她由衷地赞叹。

"唉。"唐一白叹了口气。

云朵觉得他这语气着实欠扁。

她从包里翻出叠好的报纸，找到关于他的那条新闻，递给他看，然后歉意地笑道："可惜版面有限，你那么玉树临风的照片没有用到。"

“是吗？”唐一白应着，认真地看报道的内容。

云朵便坐在一旁看他。

今天的天气真好啊，碧空万里，艳阳高照。这样灿烂的背景下，他更显得英姿勃发，神采焕然。

他的神情很专注，眼眸微微垂着，配上鼻梁上的平光眼镜，看起来严肃又认真，像个斯文俊秀的学者。

唐一白看完，收好报纸：“写得不错，谢谢。”

“过奖，过奖。”云朵笑眯眯地看着他，“唐一白，能再和我拍张合照吗？”

人，对于美丽的东西都有执念，不一定据为己有，但至少要留住眼前这片刻的美好。

唐一白自然不会拒绝，两人便挨坐在了一起。

唐一白坐直身体，双腿屈起，两手交叉放在膝盖上，脑袋微微偏向云朵。

云朵一手举着手机自拍，拍了好几次，总觉得不好。她揉揉自己的胳膊，有点无奈：“可能是我的胳膊太短了。”

“我来吧。”唐一白说着，取过她的手机。

他右手握着手机，左手便觉多余，放身后撑着台阶吧，又觉得姿势有点扭曲，于是他干脆左臂绕过云朵身后，轻轻搭在了她的肩头。

手机的画面上，云朵被唐一白揽着，显得特别小鸟依人。

咳……她的脸微微发热。

唐一白微笑着看镜头时，云朵的目光却有些躲闪。

他拍好合照，把手机还给她。

云朵低头接过，说道：“那个……你还要上课吧？我先走了。”说着就要起身。

“等一下，云朵。”唐一白轻轻按住她的胳膊，没怎么用力，她就起不来了。他抿了抿嘴，说道：“我想问你个问题。”

“什么？”

“你英语四级考了多少分？”

“六百五十二分。”

唐一白张了张嘴，像是被这个数字惊到了，漂亮的眸子里流溢着别样的光彩：“你很厉害。”

“咳咳！”竟然被唐一白夸奖了，云朵很不好意思，“这有什么，术业有专攻嘛！我游泳肯定不如你。”说这种话真是给自己脸上贴金，确切地说她根本不会游泳。

唐一白笑道：“那么，对于一个英语基础比较差的人，想过英语四级，你有什么看法？”

云朵一想就明白了：“想过四级的那个人不会是你吧？”

他点了点头，倒也坦诚。

“你为什么想考四级呢？四级没过又不影响毕业。”云朵很不理解。

“也不是一定要过，我只是想试试。”

云朵托着下巴，歪头看他：“唐一白，我一直挺好奇，你为什么愿意下功夫在学习上呢？体育生上学一般都只是混个学历吧？”

“我也很好奇，你为什么这样问？”唐一白奇怪地看她一眼，“既然能做好，我为什么不努力？”

云朵张了张嘴，他这种典型的精英意识让她有点惭愧。

想了想，她又问：“那你觉得，你学到的东西对你有用吗？”

“有的。”他点点头，“读书能让人变得睿智和冷静，能够开阔人的眼界。学历学历，就是一种学习的经历，不管有没有那一纸证明，这个经历都存在于你的人生中，你整个人肯定会因为它而改变。”

“那个，有没有人对你说过这样的话——你读那么多书，但是对自己的职业并没有帮助，是一种徒劳无益的行为？”

唐一白笑了笑，他的笑容总是那么温和，像沉醉的春风。

他说道：“当然有，不过我觉得无所谓。读书是为了改变自己，游泳是为了挑战自己，这两者不冲突，所以没必要取一舍一。”

作为一个旁观者，云朵觉得唐一白太有觉悟了，这境界、这气度、这沉稳又坚定的意志、这无与伦比的行动力，真的不像一个二十一岁的年轻人。她突然发现他身上最可贵的地方并不是泳池中霸气十足的爆发力，而是现在这种性格特质。

她发自内心地赞美他：“我觉得你无论做什么，都会取得卓越不凡的成就。”

“谢谢，可是我连四级都没过。”唐一白说这话时有点忧伤，他总觉得

大学四年里不把四级过了，是一种缺憾。

好吧，四级确实是多数大学生都能过的，唐一白说自己英语基础差也不是谦虚，他一个职业运动员如果连英语都能学得倍儿棒，才真是见鬼了。

云朵显然也意识到了这一点，说道：“四级其实很好过的，你做几份真题，把握住出题思路就行。现在背单词也来不及了，还有一个月考试……不对，你不是还要参加冬季锦标赛吗？会不会影响训练？要不你明年再考？”

“没事的，训练完看看书对我来说是一种放松。嗯，那么……”他不确定地看着她，“做题也算是吧？”

云朵被他逗笑了：“你问我？我也不知道，反正做题对我来说不算放松啦！如果你不累的话，每天训练完做一篇英语阅读，做完自己看答案。另外，抽时间完整地做一两套真题。听力现在练也来不及了，遇到不会的就看哪个选项顺眼选哪个。完形填空的话，你直接靠语感吧，错的地方多读两遍，不用太纠结为什么。翻译也不用练，把认识的单词挑出来自己造个句子。作文嘛，一样跟着感觉走，稍微练一下英语书法，卷面干净整洁就好了。”

她说了一大串，唐一白略微消化了一下，问道：“所以，我主要练阅读理解？”

“Bingo！你时间有限，只练这个就好。”云朵拍着他的肩膀，严肃地说，“考不过也没关系，不要给自己太大压力，要知道，四六级是一种魔性十足的考试，一切皆有可能。”

唐一白笑了，露出一口白牙：“好。”

两人起身离开。

云朵也不知道抽什么风，下台阶时一级一级蹦下去，并且为了证明自己没那么短腿，她还一下蹦了两级，结果不小心踩到台阶边缘，失足了。

眼看着她就要脸朝下着地，唐一白反应很快，一把扯住她的胳膊，用力向上一提，然后她双脚离地，被他拎起来了。

那一刻，云朵觉得自己像是风中摆动的一块腊肉。

还好，他很快把她放了下来。

之后，云朵陪唐一白去校园书店买了一套四级真题，唐一白又在云朵的推荐下安装了一个翻译软件在手机里。云朵答应帮唐一白辅导，她和他每天做同一篇阅读理解，唐一白搞不懂的地方就问她，毕竟这对云朵来说是相当

轻松的一件事。

下午，唐一白回到国家游泳队训练基地，他的指导教练伍勇看到他时，对他说：“冬季锦标赛的赛前集训要开始了，老规矩，睡前半小时主动上交手机，不要等我去找你。哦，对了，你不是喜欢被采访吗？回头赛前新闻发布会你也参加吧！”伍勇说到这里，冷冷一笑，配上他那匪气十足的长相，看起来还挺瘆人的。

唐一白知道伍勇在挖苦他擅自配合云朵发新闻稿那件事，不禁摸了摸鼻子：“喜欢被采访的不是明天吗？”

“明天去的话，新闻发布会就不用结束了。”

“好，我去。”唐一白点点头，也不辩解了。

伍勇却警惕起来，臭小子答应得这么干脆，不会有什么阴谋吧？

果然，唐一白小心翼翼地看着他：“不过，伍总，手机的事……”

“呵呵……”伍勇再次冷笑，一脸“我就知道是这样”：“手机的事免谈。你不要身在福中不知福，看看明天，不管有没有集训他都要每天上交手机。你也想过那种日子吗？”

“不是，伍总，我最近要准备英语四级考试，需要用到手机上的翻译软件，还有可能用手机联络远程辅导。”

“唐一白，你够了，为了手机天天跟老子斗智斗勇，只是你找的理由越来越烂了。四级考试什么鬼，跟你有半毛钱的关系？越来越不老实，今天加练！”

“是真的。伍总您看，我试题都买好了。”唐一白说着，把证据拿出来给伍勇看。

伍勇扫了一眼那套题，又看向唐一白：“为了多玩会儿手机，你也是蛮拼的。”

唐一白无语了，人和人之间的信任怎么这么脆弱呢？看来只好欺负一下祁睿峰了。

晚上，云朵洗澡时看到自己胳膊上有三道淡淡的瘀青，是被唐一白抓的——这家伙的力气好大啊！

洗完澡，云朵看到手机上有微信留言，打开一看，顿时震惊了——祁睿峰这么高冷的男子竟然主动跟她说话？

祁睿峰：云朵。

云朵：QQ？啥事？

在国家游泳队训练基地宿舍楼的某个房间里，有人在怒吼："这个女人！唐一白，叫她蛋妹，快！"

唐一白握着手机，无视祁睿峰的诉求，回复她：我是唐一白。

云朵：骗人，唐一白自己有手机，我今天看到了。

唐一白：不骗人，我手机被教练收走了。

云朵：啊？摸摸头，不哭哦！

唐一白哭笑不得，给她回了个省略号。

云朵：唐一白，你力气好大，我胳膊都青了！

唐一白：那我下次温柔一点。

云朵没有回复他。

唐一白感觉有点怪，自己也说不清楚。

他抬头，看到祁睿峰目光幽幽的，欲言又止的样子。

"怎么了？"唐一白问道。

祁睿峰今天看到唐一白做英语试卷就差点吓尿，然后唐一白要求用他的手机时他竟然很痛快地答应了，不过有个条件，他要监视唐一白，所以现在唐一白和云朵聊天，是有第三个人围观的。

祁睿峰意味深长地看着唐一白："你真猥琐。"说着，他指了指刚才唐一白发送的那句话。

那我下次温柔一点。

唐一白把这句话默念了两遍，不知是不是有心理暗示作祟，他也觉得自己猥琐。

然后，祁睿峰用更加猥琐的语气问唐一白："你对蛋妹做了什么？把人家的胳膊都弄青了。"

"只是扯了一下她的胳膊。"

祁睿峰不屑地撇嘴："扯一下就青？你是大力水手吗？"

唐一白有点无奈："她像小兔子一样柔弱。"

“我喜欢小兔子。”

唐一白不得不承认，虽然跟这货做了多年的好朋友，但他也经常跟不上祁睿峰的思路。

他也不管祁睿峰了，认真地跟云朵讨论着自己遇到的问题。

祁睿峰见唐一白毫无压力地实现了猥琐下流和一本正经之间的无缝对接，忍不住感叹禽兽就是禽兽，然后，他真的不想听到任何与英语有关的话题，倒在自己床上看漫画去了。

看了一会儿漫画，祁睿峰抬头问唐一白：“禽兽，你觉得蛋妹这个人怎么样？”

唐一白一手握着手机，一手用签字笔在试卷上写写画画，听到祁睿峰问，他抬头，轻轻地牵起嘴角：“挺可爱的。”

云朵觉得自己成兼职辅导老师了，除了要帮助唐一白考四级，还要帮助林梓准备应聘的笔试和面试。

林梓的简历很有意思，为了避免自己的工作经历使面试官产生不必要的担忧，他只在“工作经历”一栏写了“自由职业者”，没有任何陈述，简简单单五个字，透露着“眼高手低、没有工作、月光啃老、这年头的年轻人真无耻”之类的信息。

然后，在“自我评价”那一栏，他更加无耻地根据报社记者的行为准则自我美化了一番，搞得好像他天生就是个记者料，谁不让他当记者就是在残忍地扼杀人才。

除此之外，“学习经历”抹掉了海外留学那部分，只保留了本科以前的。

“在校获得过的荣誉”这一栏，他狠狠地发挥了一番：小学作文比赛二等奖；初中校报人气写手；高考作文满分……

他努力挖掘着自己的光辉历史，作为他能胜任这份工作的依据。

云朵看到他的简历后，有些惊讶：“你高考作文满分？厉害，厉害。”

“英语作文。”

“……”

最后，在“期望收入”一栏里，林梓很霸气地写了三个字——看着给。

说实话，云朵觉得他的简历能通过初步筛选，跟这三个字脱不了干系。

然后就是笔试。

笔试题是采编中心的几个领导临时拍脑袋出的，题目没什么专业性，主要考察答题者的文字功底、思维能力和洞察力，比较简单，林梓突击准备了一下，也就过了。

面试是刘主任亲自主持。

会议室的门关着，面试者们像小绵羊一样排排坐在外面，他们大多是初入职场的年轻人，还有几个是在校大学生，多少都有些紧张。林梓坐在这帮人中间，气定神闲地跷着二郎腿，显得有些另类。

很快，他被叫进了会议室。

然后，刚踏进门，他就被认出来了——由于参与面试的一个老编辑临时有事，坐班的孙老师便被拉了壮丁。

孙老师看到林梓，下巴差点掉下来："股神，怎么是你？"

林梓眉头一跳，他精心准备了那么多说辞，还重点锤炼了一下演技，现在还没发功呢就穿帮了。

"股神"两个字太提神了，另外四个面试官的目光在林梓和孙老师之间来回移动，最后都瞪着孙老师，等待解释。

孙老师只好向他们简单介绍了一下林梓。

在座的诸位都混迹于体育媒体圈，对金融圈子抱着一种门外汉常有的敬畏，再看林梓时就觉得此人怎么看怎么英俊潇洒。

林梓向众人点了点头，自顾自拉开椅子坐好："我之前确实从事金融相关工作，不过没有那么夸张。"

刘主任狐疑地看着他："那么，你为什么来应聘我们社的记者？恕我直言，这个岗位的工作压力很大，你做的话要经过一段漫长的新人期，回报很低。你在金融领域算是成功者，我无法理解你为何突然转行从零做起。"

"那是因为你不理解'梦想'这个词。"

刘主任面无表情地看着他——"梦想"这种词汇不是只该出现在小学思想品德课或者电视选秀节目中吗？大家都是成年人了，不要和我谈这么幼稚的话题好不好？

林梓无视刘主任抗拒的表情："我从小就喜欢体育，你们的报纸我每期都买。"

“所以，你想说你是《中国体坛报》的忠实读者？”

“不。”

喂，不要否认得这么快，承认一下对你没坏处好吗？孙老师着急地给林梓使眼色。

刘主任冷笑：“我倒要看你能说出什么花样来。”

林梓一脸的狂热，像是来到了成功学的演讲台上，他说道：“我从小就喜欢体育，梦想着当一名运动员，后来因为体检不合格只好上学念书。现在总算不需要为生计奔波了，我为什么不能重拾梦想？”

“所以你现在还想当运动员？恕我直言，你以前体检不合格，现在只可能更加不合格。”

“我知道，所以我决定‘曲线救国’，当一名记者，可以经常采访运动员。你不觉得这很完美吗？”

“一点也不。”刘主任否定得如此果决，是因为他不相信眼前这人的鬼话。多年的生活经验告诉他，简单的事情背后必有阴谋。这人有钱没处花却跑到这里跟他大谈理想，简直像个疯子一样。

孙老师对刘主任说道：“是真的。他的偶像是祁睿峰，我们一起找祁睿峰要过签名。”

林梓猛点头：“对的，我想采访祁睿峰，所以我希望我入职后可以分到综合体育版，重点跟泳坛。”

面试还没过呢就想着入职？谁给你的自信？

刘主任已经无力吐槽了，挥挥手：“我们是正经单位，不是你想来就来，想走就走的。抱歉，我们不能录取你，请你离开后叫下一位进来。”

多么直白的逐客令，林梓却臭不要脸地赖在椅子上假装没听到：“所以你担心，我只是一时兴起才来应聘？说实话，这么重大的决定我是经过深思熟虑的。”

“好了，到此为止吧。”

“慢着。其实你真正担心的是我在贵社就职时间太短，浪费你们的人力资源吧？毕竟培养一个记者也是需要投入的。”

刘主任有点无奈：“好吧，你说对了，我必须考虑这样的后果。”

“呵呵呵……”林梓突然笑起来，笑容里有三分不屑、七分得意，笑过后，

他说："那么请问，你们通过社会招聘录用的新人记者中，有几成能挺过三个月试用期的？"

一句话问到了刘主任的痛处。

报社的正式编制是有限的，他们需要的人手却远远超过编制上限，所以，每年他们都要招聘大量合同工。合同工在事业单位和二等公民一样，待遇远不如在编人员。记者的基本工资本来就很低，如果是一个合同工，就比很低还要低，一个月一千多，连房租都不一定够。他们收入的另一部分是稿费，但是新人记者通常一个月都发不了几篇稿子，这部分钱更指望不上。所以，新入职的合同工记者，一个月的净收入不到三千块是常见的。

月薪三千，在 B 市算是赤贫线。他们要吃、要穿、要睡觉、要坐地铁，这是基本的生活需求，如果他们的月薪连这点都满足不了，还指望他们做什么？拿着两千多块的工资，住着巴掌大的群租房，穿着十九块钱包邮的 T 恤，然后笑着和人谈理想、谈未来吗？不是每个人的心志都那么坚定，也不是每个住群租房的都能逆袭，如果他们中途放弃，别人也用不着指责什么。

想到这里，刘主任叹了口气。

"不要难过。"林梓安慰他，"你看，现在有一个不在乎薪水的人坐在你面前等着你录用，你还在犹豫什么？你认为我坚持得不会比他们久？那你就低估梦想的力量了。"

刘主任被他说得有些动摇了。

林梓又加了把火："其实你也不用给我发基本工资。"那点钱不够我买零食的，他心想，不过这话没说出口，他接着说："但是呢，稿费我得要，那是我劳动的回报。"

刘主任翻了个白眼："等你能拿到稿费再说吧。"

"这么说我被录取了？我必须承认你的眼光真的很不错。"

刘主任有气无力地摆摆手："赶紧出去。"

林梓走后，刘主任身旁的一个面试官悄悄问他："刘主任，您真的决定录用他？我看他挺不着调的。"

"那又如何？"刘主任有些无奈，"只要他不是来捣乱的就行，我们基层太缺人了。"更何况，还有不用发工资这种好事。

由于林梓被刘主任划拨到了“凑数”的行列里，好好培养是不可能的，他依然不愿意在林梓身上浪费资源，于是，林梓被放生到云朵他们组，由云朵带他。

云朵简直无语，她也是个新人好不好，让她怎样去带另一个新人嘛！

林梓却很高兴，因为云朵他们组的重点之一就是泳坛。

孙老师把面试的情况讲给云朵，云朵听罢，斜着眼睛看林梓：“还跟我说不是因为祁睿峰，明明就是嘛！”

林梓理直气壮：“你问那么直接我怎么回答？对，我就是想跟着祁睿峰，采访祁睿峰，我要嫁给祁睿峰！”

“你够了，祁睿峰是不会娶你的。”

就这样，林梓成了云朵的小弟。

她带着林梓跑了几个采访，让他试着写了两篇稿子，最后得出结论：连刘主任都放生林梓了，她也不用操心人才培养了，林梓爱干什么就干什么吧。

于是，她这“师父”当得甚是轻松。

十二月五日，国家游泳队举办了一次新闻发布会，主题是关于明天要进行的全国冬季游泳锦标赛。

这里有必要简单介绍一下国内的游泳比赛情况。

国家级游泳比赛，除了四年一次的全运会，一年一度的专业性比赛有四场，按时间先后顺序，分别是：全国春季游泳锦标赛、全国游泳冠军赛、全国游泳锦标赛、全国冬季游泳锦标赛。游泳冠军赛是针对重大赛事的选拔比赛，性质和那三个锦标赛不一样。

三个锦标赛中，全国游泳锦标赛是水平最高的比赛，春季、冬季锦标赛次之。大多数运动员都会在春季、冬季锦标赛里锻炼自己的副项，比如祁睿峰主项是长距离自由泳，副项是短距离自由泳，而唐一白以前的主项是蝶泳，副项是自由泳，现在颠倒了一下，所以，冬季锦标赛的受重视程度不如云朵之前参与的锦标赛，这回的发布会，社里也只派了云朵和林梓两个新人来采访。

赛前新闻发布会一般都由明星运动员和教练参加，比如祁睿峰和他的教练袁润梅，比如女队大姐大向阳阳和她的教练，再比如唐一白和他的……哎，

怎么会有唐一白？

云朵瞪大眼睛看着他，百思不得其解。

跟那些世界冠军一比，唐一白就是个小透明啊，打酱油都不够用，他为什么会坐在这里？还跟祁睿峰、向阳阳这些大牌运动员互动良好的样子。

像是感受到了她的注视，唐一白突然停止和向阳阳说话，扭头看过来，一眼就看到了挤在人堆里的云朵，冲她微微笑了一下。闹哄哄的会场里，他的笑容像是嘈杂蝉鸣中盛开的栀子花，温柔干净，悦人眼目。

云朵还没什么反应呢，她身后的两个女记者已经把持不住，低呼道：“好帅啊！”

看来好色慕艾是人类的本性。

林梓悄悄对云朵说：“唐一白为什么要冲我笑？”

“你想太多了，他是在冲我笑。”

“呵呵，女人。”

云朵满脸黑线：“敢这样跟老大说话，我打碎你的头盖骨。”

林梓一脸惊恐地闭了嘴。

这时，唐一白低下头，不知道在干什么。

很快，云朵感觉到手机轻微振动起来，她拿出来，看到了唐一白给她发的微信。

唐一白：散会别走，有话对你说。

云朵：好啊。

赛前新闻发布会的焦点依然在祁睿峰身上。

这是一个很有趣的现象，在中国体坛，女子获得的世界冠军比男子多，可是男子受到的关注永远比女子多，比如中国游泳队里男子得奥运冠军的只有祁睿峰一个，而女子在上届奥运会拿到了三块金牌，向阳阳更是卫冕了女子 200 米混合泳冠军，可在普通人眼中，中国泳坛的领头人不是向阳阳，而是祁睿峰。

现在，祁睿峰被集体围攻的原因是他的“不务正业”——他在这次比赛中仅报了男子 100 米自由泳。

记者问：“为什么没有报自己更擅长的项目，比如 1500 米自由泳？”

祁睿峰脱口而出："对手太……嘶。"最后是他的吸气声，他拧着眉，脸皱成一团。

对手太什么？你倒是说啊！

祁睿峰决定不说了，因为他身旁的女人正用力地拧他，作为他胡说八道的惩罚。

有胆量如此对待一个奥运冠军的，也只能是另一个奥运冠军了，没错，拧他的正是向阳阳。由于这次发布会是教练和教练坐一起，运动员和运动员坐一起，祁睿峰的教练袁润梅够不到他，只好拜托向阳阳管住这货的嘴。

祁睿峰郁闷地闭了嘴。

记者还在追问："对手怎么了？您是不是想说对手太弱了？"

"你猜。"

"我不猜。"

这个记者眼尖，看到袁润梅在扶话筒，显然是想抢答这个问题。

不能让教练回答啊！这个世界上最狡猾的就是教练了，远不如运动员那样可爱，什么都敢说。

于是，他果断地看向唐一白："唐一白，对于祁睿峰在整个比赛中单单选你做对手，你怎么看？"

这话明显带着挑拨的意思。

唐一白没想到自己打个酱油也能被点名，抿了抿嘴，答道："峰哥不像我，我的比赛经验严重不足，需要尽量全面地参加各类赛事积累经验。峰哥已经多次参加世界级的比赛，他的 1500 米自由泳成绩很好，而这样的成绩在一般的国内比赛中已经很难达到积累经验的目的。另外，我个人认为，多次在必胜的情况下参加比赛，会使人产生骄傲自满的情绪。我认为峰哥这样的选择十分明智，不明白你有什么不能理解的。"

他说得不紧不慢，一段话下来，基本意思还是那四个字——对手太弱，但是呢，他的话说得漂亮，滴水不漏，让人挑不出刺来。

那个记者有些失望，这年头的运动员也这么狡猾了吗？一点都不可爱！

不过，他依然不甘心，追问道："所以还是对手太弱了？"

唐一白用一种控诉的眼神望着他："我们运动员都挺不容易的，请你口下留情。"

那个记者脸一下红了，再无他言。

向阳阳低头小声说："一白好样的。"

祁睿峰也意识到了唐一白这是在帮他说话。

好兄弟嘛，就是背后互相拆台、正式场合互相撑腰的存在。

又有记者站起来，顺着这个话题问唐一白："和祁睿峰一起比赛你怕不怕？他是奥运冠军。"

唐一白笑了："不怕啊！有强大的对手在，我可能会游出更好的成绩。"

祁睿峰投桃报李地帮唐一白搭台撑场面："他怕什么？他心理素质很强大的，埃尔普西来了他都不怕……嘶！"

又是倒吸凉气的声音，这回比刚才还要夸张，祁睿峰感觉他的肉都要被向阳阳揪下来了。

那个记者听到此话两眼放光地看向唐一白："他说的是真的吗？埃尔普西来了你也不怕？"

唐一白笑得有些勉强："当然。"

埃尔普西是连续两届奥运会男子100米自由泳冠军，也是这一项目的世界纪录保持者。

祁睿峰不明白这种问题有什么需要回避的，然而，第二天他就明白了。

新闻发布会结束后，运动员和教练们先离开，之后才是记者退场。云朵坐在下面左顾右盼，见人都走干净了，只剩下她和林梓，她有点担心，唐一白不会忘记她了吧？

这份担心没持续两秒钟，唐一白便去而复返了。

云朵把自己的东西放到林梓腿上："你先在这里等我。"然后她走过去，和唐一白站在桌子旁边，问："找我有什么事？"

唐一白刚要说话，他身后突然闪出一个人来，高大的身形像小山一样，不是祁睿峰是谁？

祁睿峰走过来，随意地勾着唐一白的肩膀："你怎么还不走？"说着看了一眼云朵："蛋……"

"咳咳咳……"唐一白猛烈地咳嗽起来。

"嗯，云朵。"祁睿峰改了口，视线在会场里扫了一圈，最后看向林梓，对云朵说："那是你男朋友吗？像小兔子一样弱。"

云朵差点倒地，这是什么形容词啊?

她却不知道，祁睿峰这话还是从唐一白那里复制过来的。

唐一白自然不会承认版权归属，只是严肃地摇摇头："QQ，你不要把'男人'和'兔子'联系在一起。"

祁睿峰反应了两秒钟，才猛地推开唐一白："你太猥琐了！禽兽！"

唐一白不以为耻，摸着下巴，目光飘向林梓，然后笑眯眯地看着云朵："确实有点弱。真的是你男朋友？"

云朵有些不自在："不……"

正在这时，他们两人身后又探出一个脑袋来，只听他说道："峰哥、一白哥，原来你们在这里啊！"正是明天小朋友。他走到唐一白的另一边，看到云朵时并不意外，也瞄了一眼林梓："姐姐，你男朋友好弱呀！"

云朵无力吐槽："你们的思想要不要这么神同步啊？他不是我男朋友，同事而已。还有，他可不弱，一顿饭能吃下一头牛，所以，力气应该很大的。"

祁睿峰不屑："还是个饭桶。"

明天点头："又弱又能吃，养他好亏本。"

喂，你这种养猪场管理员的口吻是要闹哪样啊?

云朵默默扶额，看着唐一白："你要和我说什么？"

唐一白左右看看："你们两个，能不能先回去？"

祁睿峰和明天撇撇嘴，转身离开。

明天一边走一边抱怨："一白哥，我们连你屁股上有几颗痣都知道，现在谈隐私是不是晚了点？"

祁睿峰拍了下他的脑袋："当着女孩子面不要说这种话，你个二货。"

云朵汗津津地低下头去。

她觉得唐一白好可怜，整天跟这帮非正常人类在一块，还能看起来比较正常，多不容易啊!

他俩离开后，唐一白说道："云朵，这次比赛结束后我想请你吃饭。"

哦，原来他想说的是这个。

云朵知道他是想答谢辅导英语四级那件事，于是点点头："好啊！不过这事在微信上说就好啦，我还以为出什么大事了呢。"

唐一白笑了笑："当面邀请比较有诚意。你想吃什么？"

“嗯，吃点清淡的就好，我最近大餐吃多了。”云朵说着，摸了摸肚皮。

林梓非常仗义地兑现了承诺，还在单位囤了好多零食，她就……

唐一白却笑着看着她：“你不用帮我省钱，运动员没那么穷。”

云朵不知道怎么解释，只好说道：“那你看着来吧，我吃什么都行。”

“好。”

随着这一声“好”，唐一白身后那扇未关闭的门里传来两个异口同声的声音：“我也要去！”

不用说，一定是那两位偷听了。

唐一白扶额，他漏算了队友的无耻。

微微侧过头，下巴轻轻扬起，露出白皙修长的脖颈，他两手插着兜，身姿挺拔俊秀如一株笔直的红杉，然后，这株漂亮的红杉扬声喊道：“去你大爷！”

云朵发现自己的审美观有点扭曲了，她竟然觉得唐一白爆粗口的样子也很帅。

云朵和林梓回到报社后，她让林梓针对今天的新闻发布会拟几个标题出来，然后林梓的成果如下：

祁睿峰放弃主项迎战唐一白，原因：对手太弱。

唐一白逆天发功叫板埃尔普西：来了也不怕你！

向阳阳发布会现场和祁睿峰眉来眼去不知为何！

啊……这都什么玩意？祁睿峰根本没有亲口承认“对手太弱”好吗？唐一白什么时候“叫板埃尔普西了”？体坛新闻发布会你给我整“眉来眼去”这种词？还有，“逆天发功”又是什么鬼？

短短几十个字，云朵硬生生读出了《金瓶梅》和《葵花宝典》的感觉，简直要泪流满面了：“怎么办啊？我还是很想打碎你的头盖骨。”

“消消气。”林梓淡定地递给她一袋芒果干。

“我不吃！”云朵决定要做一个有气节的人。

邻座的孙老师坐在转椅上移动过来，帮云朵接过芒果干，帮她撕开封口，然后帮她吃起来，一边吃一边问：“怎么回事？”

云朵把今天发布会的情况简单跟孙老师说了一下，然后把林梓拟的新闻

标题给他看。

孙老师看罢，说道：“第二条还是可以用的，只是唐一白怎么发功的？”

林梓解释道：“那四个字是凑字数的，这样三个标题看起来一样长。”

原来真相这么简单？就因为这货有强迫症？云朵真的好想用目光把他狙掉。

孙老师点点头：“嗯，这四个字去掉，在唐一白的名字前面加个定语，不然一般人未必知道他是谁。”

“不行！”云朵摇头，“唐一白并没有叫板埃尔普西，是祁睿峰帮他叫的。我们必须如实客观地反映情况。”

“你啊你……”孙老师摇头，“你看着办吧。”

当天，云朵的稿子果然如实客观地反映了情况，并且拒绝用任何耸人听闻的标题刷眼球。

云朵倒是客观了，可这世界上总有不客观的媒体，第二天，就有几家纸媒按照林梓的那个路数发了关于唐一白的新闻，什么“唐一白叫板埃尔普西”“唐一白挑战埃尔普西”“唐一白有自信迎战埃尔普西”……

这下，埃尔普西的粉丝不干了。唐一白算哪根葱，敢挑战我埃神？这年头的小透明为了上位真是脸都不要了啊！

许多读者看新闻只看标题，自然而然地认为唐一白是在借埃尔普西的名气刷存在感，是在消费埃尔普西。再看唐一白何许人也，好嘛，世锦赛都没参加过，还被禁赛，人品有问题！成绩和埃神差着将近两秒呢，他拿什么挑战？

综上，这个人真不要脸，真给中国人丢脸，必须骂他，狠狠地骂他。

骂一个没有名气的人是最爽的，因为这个人没粉丝撑腰，无人和他们争执，大家可以一边倒地骂他，同时在骂人的过程中找寻认同，获得成就感。

也有一些人不忍心骂，原因无他，这个人长得太帅了，让人怎么下得去口啊？

抱有这种想法的大部分是女人，至于男人……这个人这么贱还长得人模狗样的，一定骗过不少无知少女，真是欠揍，骂他！

就这样，唐一白这个名字被扔进了汪洋口水里，从新闻评论区到论坛，再到各类社交媒体，短短半天时间，他被各种嘲讽，他的女性亲属也被问候

过很多次。

在“谩骂”这个领域，是没有国籍和阶层之分的，许多普通人都有着一身天分极高的骂人技巧。

云朵看了一会儿就看不下去了，赶紧关掉电脑。她心里难受得要命，像是堵着一块铅，很为唐一白感到委屈。明明什么都没做，凭什么被人这样骂？就算他真的说出要挑战埃尔普西的话，那有错吗？一个有追求的运动员，想挑战本领域的大神不应该吗？就活该被人冷嘲热讽、人身攻击问候祖宗十八代吗？

云朵深呼吸了几次，给祁睿峰发了条微信。

云朵：祁睿峰，不要让唐一白看到今天的新闻。

很快，祁睿峰回她：他已经看了。

云朵的一颗心提起来，问道：那他现在怎么样了？

祁睿峰：他说要做篇阅读冷静一下。

唐一白坐在书桌前，一手握笔，看着眼前的试卷。他的坐姿很端正，像小学生在上练字课。他尽量快而准地读着眼前的阅读理解，时而用荧光笔把眼熟却不认识的词语标记出来，至于那些不眼熟也不认识的，他时间有限暂时不管。

这是云朵教他的，做完整篇后把标记出来的词查一查，能记住几个算几个，如果某个词遇到的次数多，他也就能记住了，所以他的桌上除了试卷，还有一个电子词典，是手机翻译软件的替代品。

祁睿峰没有骗云朵，唐一白确实在做英语阅读，而且做得蛮认真。

相比之下，祁睿峰就有些急躁，围着唐一白团团转，像一只六神无主的狗。

唐一白有些烦他：“你不要在我面前晃了。”

祁睿峰泄气一般坐在另一张椅子上，闷声说道：“对不起。”

唐一白低头看着试卷，头也不抬地回道：“第二十八遍。”

这是祁睿峰第二十八遍和他说“对不起”。

祁睿峰重重叹了口气。他真的没想到，昨天他只是提了一句埃尔普西，就引起这样的轩然大波，实在是莫名其妙的无妄之灾。媒体引申发挥的能力太强了，网民们人云亦云的行为也太过分了。可是说到底，还是因为他提了

埃尔普西，所以他现在特别内疚，觉得是他把好兄弟害成这样的。

唐一白见祁睿峰蔫头耷脑的，只好放下荧光笔："我这个被骂的人都没什么，你矫情什么劲？"

"对不起。"祁睿峰又说了一遍。

"你没有做错任何事，不用说对不起。"唐一白摇摇头，"其实那些记者也没说错，我确实准备挑战埃尔普西，只不过不是现在。想要成为世界冠军，当然要挑战最强的对手。至于骂我的人，他们不了解我的情况，骂就骂吧，反正以后会改口的。对于一个运动员来说，成绩才是最具说服力的，其他的都是浮云。"

祁睿峰怀疑地看着他："你不生气吗？"

"一开始有点生气，现在想通了。"

"你想通得也太快了吧？一篇阅读还没做完呢！"

"因为我不想把时间浪费在生气上，那是毫无意义的。一年之后是亚运会，两年之后是世锦赛，三年之后是奥运会，我的时间很紧迫。哦，还有不到两个星期就是四级考试。哥忙着呢，没那个美国时间去跟网民生气。"

祁睿峰静静地盯着唐一白，沉默不语，他的目光中有些不可思议，有些艳羡，还有些感动。

唐一白皱眉："别这样盯着我看，难道你暗恋我？"

祁睿峰忍不住骂了一句，抚了抚胳膊上瞬间冒出的鸡皮疙瘩，无比认真地对唐一白说："我觉得你比我强多了。"

唐一白沉默了一会儿，悠悠地叹口气，说道："如果你曾经以为自己即将失去眼前的一切，那么现在你无论面对什么事情都不会难过，因为至少你还在这里，还可以朝着理想心无旁骛地努力，这就够了。"

祁睿峰也学着他的样子叹了口气。

他不喜欢这种有点悲伤的回忆，岔开话题说道："刚才云朵给我发信息，问候你。"

"是吗？我看看。"

唐一白一眼扫完祁睿峰和云朵的聊天记录，向云朵发送了视频会话的请求。

视频会话很快接通，两人的脸出现在了对方的手机屏幕上。

虽然他们实际隔着很远的距离，但唐一白还是第一次这样近地看到云朵的面庞。

她扎着随意的马尾，额前搭着细碎的刘海；脸蛋小小的，轮廓柔和丰润；眼睛不算大，但很有神采，形状像两颗杏核；嘴角天生有着上翘的弧度，不笑的时候也像在笑，难怪他每次看到她的时候都会心情很好。

云朵此刻的心情却不好，她的秀眉紧紧锁着，看到对面是唐一白时，愣了一下："唐一白？"

"是我，云朵。"唐一白把手机竖着放在一个宠物小精灵的手机座上，扶着下巴看着云朵。

"你……还好吧？"

唐一白苦着脸道："不好。"

祁睿峰惊讶地望着唐一白，这小子刚才还给他猛灌鸡汤呢，说得头头是道，比出家的和尚都心宽，怎么现在又不好了？

云朵担忧地看着唐一白："不要往心里去，那些人为了博眼球，脸都不要了，不值得你去计较。"

唐一白点头："道理我都懂，可我还是难过。"

"那怎么办呀？你明天还有比赛呢！先好好比赛吧，其他的，想也没用。"云朵说这话有点心虚，因为她觉得如果是她遇到这种事，一定郁闷得要死，不是说不想就能不想的。

唐一白叹了口气："要不你给我唱首歌吧？"

"啊？"云朵愣愣地看着他，觉得唐一白可能是在开玩笑，可是遇到这么糟心的事谁还有心情开玩笑呢？所以，唐一白应该是真的需要安慰吧？可是一定要用这种方式安慰吗？

隔着手机唱歌感觉好傻，而且她此刻还在单位，众目睽睽之下高歌，岂不是更傻了？

"一定要唱歌吗？"她问道。

唐一白不答，只托着下巴看着她，眼睛亮晶晶的，欲言又止。

有的时候不说比说还管用，看着他可怜兮兮的样子，云朵撑了三秒钟，最终还是妥协了："好吧，我唱。你想听什么？"

"什么都行。"唐一白答。

他身后传来另一个人的声音，是祁睿峰："唱首《小苹果》吧！"

云朵果断扭脸："不唱！"

那首歌有着神奇的魔力，唱一次会在脑子里循环播放好半天，有时候还会不知不觉地哼出来，堪称洗脑神曲。

她会唱的歌不多，本来还想装一装唱个英文的，可一想到唐一白的英语水平，算了，她还是老老实实唱国语的吧。

云朵拿着手机去了楼梯间，给唐一白唱了一首《飞得更高》，这是一首励志歌曲，现在唱也算应景了。

原唱是汪峰，嗓音沉郁粗粝、低回嘶吼，曲调中蕴含着一股压抑的爆发力。云朵的嗓音清冽细腻，像是叮咚的泉水，温婉的歌声里散发着温暖人心的力量。

她也够实诚的，让唱歌就唱歌，一首歌从头唱到尾，高潮部分唱了好几遍。

楼梯间的光线比较暗，视频中她的面庞也有些模糊，歌声倒显得更加清晰纯净，唐一白和祁睿峰听得都有些出神了。

一曲唱罢，云朵有些不好意思，靠在楼梯扶手上，问唐一白："怎么样，心情好些了没？"

唐一白摸着下巴，看着她模糊的脸孔："嗯，你唱得很好听。"

"谢谢。"

"不过，"他一本正经地看着她，"我是游泳的，飞不了那么高，要不你再给我唱首《游得更快》？"

云朵终于确定他是在开玩笑了。

都这种时候了，他竟然真的有心情开玩笑。

她悲愤地看着他："逗我很好玩？"

"好玩。"他笑吟吟的，眉目生动，平日里比花还要好看的笑容，此刻怎么看怎么欠扁。

云朵额角冒起三根黑线："喂！"

"好了，好了，不要生气。"唐一白见云朵就要爆发，赶紧安抚她。

"你还笑！"

"好，不笑。"唐一白抿着嘴，不让自己笑得太明显，"谢谢你，我的心情真的变好了。"

“不理你了，我要去工作了。”

“不要生气了。这样，你给我唱了一首，我还你一首，怎么样？”

云朵的眼睛瞬间亮了好几度：“真的？你要唱歌吗？唱什么？好期待！我要录下来！”

“咳！”唐一白抬起食指轻轻掩了一下嘴唇，笑道，“让祁睿峰来还，他唱歌很棒。”

“喂！”

“喂！”

这回是两声，一个手机内，一个手机外。

祁睿峰不满道：“关我什么事？”

唐一白答道：“给你一个将功折罪的机会。”

祁睿峰不服：“你不是说我没做错吗？”

唐一白冷笑：“我只是客气一下，你还当真了？”

祁睿峰：“……”

然后，祁睿峰坐在书桌前，对着手机唱起了他心心念念的《小苹果》。

云朵快哭了，她最终还是要被神曲洗脑了吗？

洗脑歌唱罢，祁睿峰被唐一白轰开，唐一白重新坐到云朵面前。

云朵看着他：“你明天……算了，我不说你明天也会好好游的。你这人心理素质太好了，简直是金刚不坏，百毒不侵。”

唐一白抿嘴笑了笑。

两人愉快地告别后，唐一白将手机递给祁睿峰，见祁睿峰正神色古怪地打量着他。

他问：“又怎么了？”

祁睿峰犹疑地问：“你们两个是在谈恋爱吗？”

唐一白愣住：“胡扯什么？”

关于唐一白的舆论还在发酵，许多人认定唐一白没实力还爱炒作，因此都很期待他在次日的比赛中失利——这是都想看见的打脸行为，人们怎么会错过呢？

他们觉得这种期待并非异想天开，因为唐一白的成绩和埃尔普西差了将

近 2 秒呢！游 100 米能差出 2 秒，说明这个人确实够废柴的。

从这个观点就可以看出内行与外行。

埃尔普西的 100 自由泳最高成绩即世界纪录是 46 秒 90，唐一白上次的 100 米自由泳比赛成绩是 48 秒 52，单看数字，两人差了 1.62 秒，四舍五入后就算两秒吧，这个观点勉强算正确，但这其中有两个问题他们没有注意到——

第一，埃尔普西的世界纪录是在“鲨鱼皮”时代创造的。那届奥运会，选手们穿着鲨鱼皮制作的泳衣比赛，纷纷游出了史无前例的好成绩，也创造了一批很难突破的世界纪录。之后鲨鱼皮泳衣被禁用，运动员们的成绩纷纷回落，就算是埃尔普西自己，也再没游进过 47 秒，他在上届奥运会中的成绩是 47 秒 48。所以按照目前的情况来看，唐一白和埃尔普西的差距在一秒出头。

第二，网上都说 48 秒 52 是唐一白“史上最佳比赛成绩”。是啊，唐一白只比过这一次，这个成绩是他唯一的比赛成绩，当然是最好的了。而一般来说，很少有人一下就游出自己的极限，都是慢慢提高的，所以唐一白的最好成绩应该比这个要好。

综上，云朵觉得网友们远远低估了唐一白的实力，于是她用这两个理由去论坛反驳众人，结果被骂成狗，只好撤退。

由于网民对打脸的期待，冬季游泳锦标赛受到了很多额外关注，搜索指数一天内暴涨，新闻网站相关评论区也热闹非常，简直要吓坏值班编辑了。

就连混娱乐八卦圈的陈思琪都听说了这件事。

陈思琪还记得自己见到唐一白（的照片）时那种惊为天人的感觉，而这种感觉她在娱乐圈混了这么久从没有过。她给云朵打了个电话询问此事，在得知事情经过后，她怒道：“怎么你们体育圈的媒体和我们八卦圈一样不要脸啊？这让我们娱记的脸往哪儿搁？”

“只是一部分人那样。”云朵试图给自己混的圈子辩解一下。

“没事，没事，我要给唐一白洗白，洗得白白的。”

“什么叫洗白，他本来就挺白的。”

“是啊！”陈思琪来了兴致，“我发现游泳的人都挺白的，是因为泳池

里有漂白剂的原因吗？”

“你可以试试，每天用漂白剂洗脸。”

陈思琪想了想觉得好可怕，还是算了。

云朵又问她：“你打算怎么给唐一白正名？”

“这个呢，要等明天的比赛结束，根据结果确定方案。你放心吧，明星们炒作的花样海了去了，姐可是见过世面的人，包在我身上。”

陈思琪靠不靠谱云朵不知道，她只知道这货自从混了娱乐圈，忽悠的本事很是见长。

第二天，冬季游泳锦标赛就在这样的备受瞩目中拉开了序幕。

唐一白的 100 米自由泳安排在第一天，上午预赛和半决赛，下午决赛。

祁睿峰的 100 米自由泳成绩也很不错，如果这次唐一白不能游过祁睿峰，或者就算游过了，但成绩并不比此前的 48 秒 52 好，那么可想而知迎接他的将是怎样的嘲讽。

云朵暗暗为唐一白捏了一把汗。

连祁睿峰都猜到了唐一白处境的艰难，赛前他好几次欲言又止，最后还是唐一白有些不耐烦他的样子，问他：“你到底想说什么？”

“你不能输。”祁睿峰忧心忡忡地说。

“所以呢，你想退赛？想放水？”

祁睿峰没有回答，他真的这样想过，倒不是说他有多自信能赢唐一白，赛场上的事没有绝对，同样，唐一白也并非百分百能赢他。

唐一白摇了摇头，表情郑重：“祁睿峰，你要知道，在赛场上竭尽全力，才是对你的对手最大的尊重。”

祁睿峰点点头，唐一白说得总是对的。

所以，祁睿峰抱着竭尽全力的想法参加了比赛。

这场比赛很精彩，祁睿峰发挥出色，创造了他职业生涯中该项目的个人最好成绩——48 秒 27。48 秒 27 是什么概念？此前的亚洲纪录是由日本选手创造的 48 秒 35，祁睿峰这个成绩，已经打破了亚洲纪录。

但是他的名字不会出现在亚洲纪录的更新名单上了，因为就在他打破纪录的 0.23 秒前，有人先一步占据了那个位置——唐一白，48 秒 04。

在纪录刷新以毫秒计的今天，唐一白以超越亚洲纪录 0.31 秒的霸气获得了冠军。

这个成绩出来时，全场震惊。

太不可思议了，这只是这个最近饱受非议的年轻人复赛后的第二场比赛，短短两个月，他的成绩竟然提高了将近 0.5 秒。对于 100 米自由泳这种几乎眨眼就结束的快项目来说，这个数字真的太吓人了。

相比许多人的震惊，创造这个纪录的年轻人却平静多了，他在泳池中和祁睿峰击掌相合，出水后神色如常，只是由于剧烈运动而大口喘着气。走过媒体专区时，他任由记者们咔嚓咔嚓地拍照，耐心地听他们提出的问题。

“唐一白，你觉得自己今天表现怎么样？”

“唐一白，你以 0.31 秒的分差打破了亚洲纪录，请问，现在是什么感受？”

“唐一白，你这个成绩目前在国内无人能敌，甚至在整个亚洲也位列第一，那么接下来的目标是什么，挑战埃尔普西吗？”

“唐一白，对于你约战埃尔普西，网民都说你是异想天开，你怎么看？”

……

记者们嘴皮子都太快了，一会儿工夫问出好多问题。

唐一白正犹豫着先回答哪一个，突然看见一个人正在努力地往前挤。

她一手举着相机，一手拿着录音笔，发丝有些凌乱，她却顾不上形象，努力地想要抢一个位置说句话。

好吧，她抢位置的能力总是那么差，他不介意帮她一把。

唐一白向后退了一步，基于腿长的差距，他的一小步相当于记者们的一大步，当记者们不自觉地向前迈步跟着他时，他又轻松地迂回前进，绕到了他们背后。

喂，不带这么耍人玩的啊！记者们顿时风中凌乱了。

记者们转过身，本以为会看到唐一白扬长而去的背影，他却停下了。此刻，他面对着他们，确切地说是面对着她——一个姑娘。

他对那个姑娘笑了，笑容特别好看：“你想问什么问题？”

其他记者的内心瞬间化成咆哮教主——

这家伙竟然在勾搭姑娘!

刚破了纪录，就不能愉快地和记者谈谈理想、谈谈人生吗?

刚一出水就跑去勾搭小姑娘，您真是一点机会也不错过啊！

姑娘藏在我们身后都能被你发现，眼神也太好使了，钛合金的吧？

话说，这姑娘到底是什么样的天仙啊？真的很好奇啊！

于是几个记者绕到姑娘前面，想要一睹她的真容。

身为记者，云朵从来没被这么多记者围观过，压力好大。她举着录音笔，尽量让自己的声音显得平稳而严肃，问道："唐一白先生，首先祝贺你打破亚洲纪录。今天的成绩比起两个月前有很大提高，相信很多人和我一样意外，请问你是怎么做到的？"

唐一白朝她点点头："谢谢！其实我的训练方式没有改变，大家会看到我两个月提高了近0.5秒，是因为上次比赛时，我只是在适应，以找感觉为主，并没有发挥出我的正常水平。"

"所以，今天才是你的正常水平，还是超常水平？"

"今天的成绩比我预期的要好一些，不过也不算超常，超常的话，我肯定能游进48秒。"

"那么接下来的目标就是游进48秒了？"

"对的。"他笑了笑，语气轻松，"毕竟我是要挑战埃尔普西的人。"

云朵也被他这种类似自嘲的幽默逗笑了。

这两个人倒是互动良好了，却把周围人气得不轻——真当我们是空气吗？要把这里搞成专访现场吗？！

有人不甘心，继续提问，唐一白假装没听到。

那位记者很想把手上的话筒敲到唐一白的脑袋上。

采访时间马上就结束了，他们也不能在泳池边停留太久。

云朵抓紧时间问出最后一个问题："那么，你现在有什么想对广大泳迷说的？"

唐一白想了想，微微挑起眉，嘴角轻轻勾起一个弧度，缓缓地说道："我来了。"

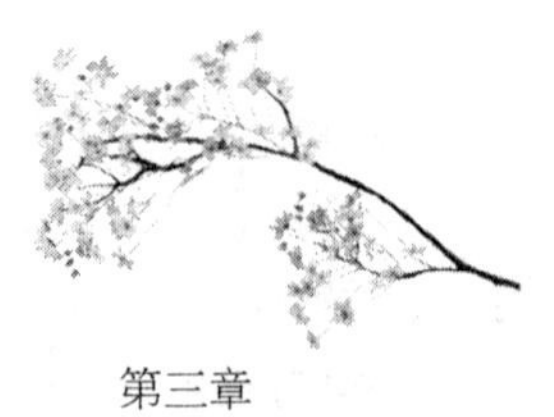

第三章

等着尖叫吧!

唐一白来了!

这是第二天《中国体坛报》综合体育版的头条。

按理说,无论是冬季游泳锦标赛还是唐一白本人,都不够格上头条的,可是谁让唐一白破纪录了呢，而且一下把亚洲纪录提高了 0.31 秒，史无前例啊！加上此前他要挑战埃尔普西的事情被炒得沸沸扬扬，话题极其丰富，于是报社以“这个人要强势崛起”的观点发了有关唐一白的这个头条。

云朵唏嘘不已，遥想一个月前她写的那篇关于唐一白的稿子轻松被毙，现在呢，轻松上头条！人生啊，大起大落真是太刺激了!

感慨完毕，她翻着自家报纸，很臭美地欣赏着她写的头条新闻。

这篇新闻报道不仅详细记述了昨天唐一白在赛场上的强势表现，还对唐一白本人做了简单介绍，可谓内容丰富，图文并茂。昨天编辑部开会确定用唐一白做头条时，就通知云朵，社里需要更多他的信息。云朵义不容辞，把自己认识唐一白以来所有采访他的稿件和图片整理了一下，报社最终选用的配图有三张，其中两张都是昨天的。

一个是比赛进行时，唐一白在浪花翻飞中划水的正面特写——宽厚的肩膀，肌肉结实而紧绷的上臂，因戴着泳镜而略显冷峻的面庞，浑身散发着水中王者的气势。

另一个是在领奖台上，唐一白站在中间高举鲜花，一旁的祁睿峰侧脸看着他，面带微笑，满脸欣喜和祝福。

这一张抓拍得到了社里的表扬。

作为奥运冠军，祁睿峰实际上是一个相当骄傲的人，唐一白竟然能被骄傲的祁睿峰如此对待，可见其不凡。另外，人们都疯传祁睿峰自恋耍大牌与队友不和，而从这张照片来看，事实未必如此。

第三张照片是云朵之前拍的，唐一白站在银杏树下，丰姿俊逸，远处是体育大学的图书馆和教学楼，再远处是秋日特有的纯净深蓝的天空。

唐一白复赛没多久，且为人十分低调，因此媒体记者们对他的信息普遍掌握不够，相比之下，云朵的那些采访材料就相当丰富了。她再加点诸如唐一白在面对非议时特别淡定，认为成绩是最有说服力的之类的信息（经过本人同意），凑一凑，这篇新闻稿俨然成了独家，当天便有不少网媒转载，云朵的名字缀在新闻稿后面，被各种传递。

与此同时，网络上的舆论也发生了变化。

之前有不少人在电视机或者网络直播间前坐等唐一白被打脸，结果却是唐一白以打破亚洲纪录的成绩狠狠地扇了他们一巴掌，许多准备了一肚子说辞的人只好悄悄闭嘴。他们不会承认自己的错误，只会沉默地离开，假装自己从没来过，从没做过那些傻事，从没被某些媒体当猴耍。

在网络言论自由已呈膨胀之势的今天，一场风波发展到最后，最好的结果也不过是快速而悄然地平息。当事人不敢有过高的期待，也不会天真地去向媒体或网民讨公道。

什么是公道？实力才是公道。

晚上，云朵收到了陈思琪的短信，让她去看一个帖子。

这个帖子发在某著名娱乐八卦论坛里，标题是：这是不是史上最帅的运动员？发帖人的 ID 是“娱乐小蚂蚁”。

本着“有图有真相”的原则，“娱乐小蚂蚁”先发了一张镇楼图，是唐一白的侧脸。灿烂的阳光下，他低头敛眉，眸子晶亮，唇角挂着淡淡的笑意。

云朵一眼就认出了这是她在全锦赛上拍到的那张，陈思琪为了突显唐一白，把其他人都截掉了。

跟帖人的反应大致如下：

“这是谁？好帅！”

“侧脸帅炸。不过他是谁？什么项目的？”

“为什么只有半张脸，另外一半呢？正脸能看吗？”

“PS 的吧？小艺人炒作？”

“楼上的，都说了是运动员，艺人能有这气质？”

“楼主看在我裤子都脱了的分上，请多多地发图。”

“这也算帅？比我家老刘丑多了！”老刘是某著名酷、帅、狂、霸、拽男明星。

“这是唐一白啊！昨天比赛帅翻了，打破亚洲纪录了哦！”

“看来八卦的姐妹们不关注体育圈啊！昨天之前这个人被骂惨了！”

然后下面好多人求科普唐一白是谁，求八卦他为什么被骂。

这时，娱乐小蚂蚁又发了一张图，是唐一白刚出泳池时的画面。图片中，他只穿着泳裤，完美漂亮的肌肉完全呈现，笔直有力的长腿正在向前迈出。

这下跟帖就没什么节操了：

“啊，求高清大图！”

“看来我不得不脱裤子了。”

“有人和我一样隔着屏幕摸他的腹肌吗？”

“我在摸他的胸肌。”

“我在摸腿。”

“我在摸人鱼线，口水，口水，口水！”

这个彪悍的跟帖一出来，下边一溜儿回复省略号的。

云朵看得一阵脸热，问陈思琪：“这个论坛里都是什么妖孽啊？”

陈思琪笑道：“好玩嘛！反正隔着一根网线，谁也不认识谁，所以一个比一个没下限。”

云朵接着往下看。

陈思琪不紧不慢地一张张发图片，一边介绍唐一白，所有信息和图片都是从新闻里搬来的，还有两个比赛视频。

总体来说，这些资料很少，完全不能满足人民群众深八卦、狠八卦的需求。

她在科普唐一白被骂事件的真相时，用云朵那篇新闻稿给他正名，然后

就有人怀疑到了祁睿峰。

“祁睿峰是故意的吧？”

“心机婊？”

“哈哈哈……祁睿峰快来看，有人说你耍心机！”

“祁睿峰长着一张中二病晚期建议放弃治疗的脸，这种二货你跟我说他耍心机？”

“……”

云朵看着这些回复，捶桌狂笑，考虑着要不要让祁睿峰知道他在网友心中的形象。

陈思琪科普完毕，许多人已经表示要粉唐一白了，还有人要嫁给他。

云朵看得直擦汗，真是一群彪悍的妹子。

还有一群人求高清大图，云朵问陈思琪需不需要发，陈思琪摇头答：“不用。我现在站在一个纯粉丝的立场上，发的图都是网上公开的，如果我弄到高清大图，来源说不清楚，别人会怀疑我的动机。这论坛里的姑娘可都是神探啊。”

没想到这里面还有这么多门道，云朵表示受教了。

陈思琪又说：“要不你先把高清大图给我？等唐一白火了我们慢慢发。”

云朵看着网友们各种没节操的意淫，她决定还是先征求一下唐一白的意见，于是在微信上敲他。

云朵：唐一白？

唐一白：在。怎么了？

云朵：有人跟我要你的高清大图。

唐一白：谁？领导吗？

云朵：不是，是一个朋友，她是个娱乐记者。

唐一白：那你自己留着吧，不要给别人了。

云朵：好。

然后，唐一白的高清大图，云朵就没给陈思琪。

陈思琪得知原因后，只是惋惜了一下，表示尊重她“老公”的决定。

最后，陈思琪又旁敲侧击地问了一下，祁睿峰是不是对她“老公”欲行不轨？因为祁睿峰看唐一白时的眼神“很温柔”，所以“有基情”。

云朵窘出了一身鸡皮疙瘩。她觉得每次跟陈思琪聊完天，都需要给自己的节操充个值。

十二月十八日，是全国大学生英语四六级考试的日子，唐一白在这天上午奔赴了考场。

体大的不少学生认出了他，和他打招呼，还有人祝贺他打破亚洲纪录。

发试卷前，唐一白把文具袋里的东西都取出来在课桌上摆好。文具是云朵帮他挑的，黑色的签字笔上印着几个银色的小字：孔庙祈福笔。唐一白每次看到这几个字都很想笑。

主监考老师是体大著名的虐待狂，据说是个面瘫，从来不会笑，对待学生像冬天一样寒冷，手上挂掉的“冤魂”无数。

唐一白坐在第一排，在正面战场上迎接着主监考老师的目光。

发试卷时，主监考老师把试卷放在唐一白的桌上，轻声对他说了一句：“唐一白，加油。”

唐一白吓得把孔庙祈福笔掉在了地上。

无论一场考试的时间有多长，学生们都会觉得时间流逝得太快。

铃声响起时，唐一白的题还没答完，不过无所谓了，他正在答的是翻译题，本来就没把握拿分。其他题连蒙带猜都答完了，其中阅读理解答得最轻松，不枉他这段时间的苦练。

走出考场，唐一白给云朵打了个电话。

云朵刚接起电话就问道：“唐一白，你考完试啦？”

唐一白一边随着人群向外走，一边低声应道：“嗯。”

“考得怎么样？”

“还行。”

这是个模棱两可的回答，云朵不知道他发挥得好还是不好，只能说道：“一定能过的。”

“嗯，我用的可是孔庙祈福笔。”

隔着手机，云朵听到他清润悦耳的笑声，知道他又取笑自己，正要发作，唐一白突然说道：“云朵，明天的餐厅我选好了。”

“啊，是吗？回头你把地址发给我。”

“好的，不过……”唐一白顿了一下，不知道这件事该怎么说。

云朵问道：“怎么了？你没时间吗？”

“不是。是这样，吃饭的可能不止我们两个。”

“那是几个？”

“……六个。”

六个吗？唐一白还是被他的队友们攻克了？只是，就算四人小分队都去的话，加上她也只有五个人，还有一个是谁？

云朵没有说话。

唐一白以为她不高兴了，解释道：“抱歉，我可以应付一个无耻的人，但我无法应付一群。”

云朵突然好心疼唐一白。

唐一白选的是一家特色餐厅，以绿色有机食品为卖点。

这家餐厅自称和本市的一个有机农场合作，所有植物类食材都没使用化肥和农药，鸡、牛、羊、猪等都是用有机粮食喂养，所产蛋、奶、肉绝对绿色、安全、放心。

由于食材的成本很高，这家餐厅的价位也很高。

云朵打车到餐厅门口时，恰逢唐一白等人也刚下车。

他们五个人打了两辆车，一个个人高马大地从车里钻出来。

唐一白先看到了云朵，朝她招招手。

云朵走过去，好奇地问道，“你们这么多人，怎么没跟队里借辆车？那多方便。”

“咳，”唐一白有些不好意思，“我们都没有驾照。”

原来是这样。

云朵看到五个人里有两个戴着墨镜和口罩，把脸捂得很严实。虽然看不清脸，但是从身高上看，云朵知道其中一个是祁睿峰，另一个比祁睿峰矮一头，和明天差不多高，就不知道是谁了。

唐一白给她介绍：“这是阳姐，你见过的。”

“啊？”

那人朝云朵挥挥手：“你好，我是向阳阳。”由于隔着口罩，声音有些闷。

所以，她今天要和两个奥运冠军、三个全国冠军一起吃饭？云朵张了张嘴，瞬间有种站在人生巅峰的感觉。

祁睿峰见云朵发呆，用一贯嚣张的口吻说："和我们吃饭你应该感到荣幸，有什么不满的？"

啪！向阳阳一巴掌扇到了祁睿峰的头上："你是来蹭饭的，给我谦虚点好吗？"

云朵看得眼睛都直了，向阳阳竟然打了祁睿峰的头？她这样干脆利落的一巴掌扇上去，一点犹豫都没有，霸气啊！要知道，那可是祁睿峰啊！

祁睿峰摸了摸脑袋，抱怨道："你不要总打我的头。"

"好啊，下次打你屁股。"

祁睿峰："……"

云朵用一种膜拜的眼神看着向阳阳。

向阳阳被看得不好意思，解释道："我没打过他屁股。"

祁睿峰觉得"打屁股"这种属于小孩子的字眼着实有损他英明神武的形象，不再理会这两个女人，手插在兜里，率先向餐厅走去："走啦，饿死了！"

这些人里，最矮的明天和向阳阳也有一米七八，云朵走在他们中间，感觉自己闯进了巨人的世界。

祁睿峰和向阳阳武装严密，显然是担心被人认出来，公众人物嘛，总是要烦恼这些的。

本以为打扮成这样连亲妈都认不出，可以高枕无忧了，没想到一进餐厅大门，他们就被认出来了——哦，不是他们，是唐一白。

穿着漂亮旗袍的迎宾姑娘看到来人，立刻捧着脸激动尖叫："啊，唐一白！"

唐一白吓了一跳，认真地打量了一下那位姑娘，疑惑地问："我认识你吗？"

"不认识啊！我是你的粉丝哦。"

唐一白有些意外——原来他已经有粉丝了吗？

姑娘再看到唐一白身边的高大男人，立刻反应过来："你是祁——"

"嘘——"唐一白食指挡在唇前，向她做了个噤声的手势，"我们只是想吃个饭，请你不要声张。"

姑娘看着他湖水般的眼睛，脸一下红了，支支吾吾道："对……对不起。"

"没事的，谢谢你。"

"不客……客气。那我能……能……"

唐一白替她说了出来："要个签名？"

"嗯！"

"好的，签在哪里？"

姑娘跑到前台取了笔和一个粉色的钱包："签在钱包上吧！"

唐一白签好后把笔还给她。

这时，祁睿峰拽拽地走上前问道："需要我签吗？"

姑娘捧着钱包笑得一脸幸福："不用了！"

祁睿峰高大的身形微微一滞，看上去寒风萧瑟，孤独寂寞。

云朵捂着嘴巴偷笑。

虽然祁睿峰戴着口罩，她依然可以想象他此刻的脸色。

一向只有他拒绝给别人签名，没想到这次被人拒绝了。

包厢提前订好了，几人直接走了进去。

包厢的整体装修是复古风格，一进门先看到一架雕花屏风，绕过屏风是原木色的墙面和暗灰底的织花地毯。房间正中摆放着配套的八仙桌椅，墙角立着柜子和古董架，架上摆着几件仿制工艺品。天花板的颜色比墙面深一些，几盏薄胎陶瓷吊灯，大小不一，错落有致，灯光从薄如蛋壳的瓷面透过，柔和而细腻，瓷面的荷花图案精致漂亮。

明天摸着腮帮子感叹："这个地方很高大上嘛，一白哥真够意思！"

云朵走到窗前，那里摆着一个直径半米多的陶瓷矮缸，缸里种着睡莲，圆圆的翠绿叶子浮在清澈的水面上，几朵淡粉色的莲花高高地探出头，像是豆蔻少女的含羞面庞。

云朵惊道："这睡莲竟然是真的，难怪我闻到香气了！"

向阳阳闻声也凑过来，两人一起对着一缸睡莲啧啧称奇。

要知道，睡莲比较娇气，对水温的要求很高，想让睡莲在冬天开花，是一件极其不容易的事。此刻外面的温度是零下，天地间灰蒙蒙的，一进屋看到这一缸盛开的睡莲，人的心情指数忍不住噌噌噌直线上涨。

“云朵、阳姐，过来坐。”唐一白招呼她们，已经帮她们拉开了椅子。

云朵和向阳阳挨着，向阳阳另一边是祁睿峰，云朵另一边是唐一白。

两个奥运冠军都已经摘掉了口罩和墨镜。

向阳阳一头干净利落的短发，浓眉大眼，英姿飒爽。

坐下后，唐一白对云朵说：“既然喜欢，不如自己养一缸。”

云朵一听这话，唉声叹气：“穷。”

“睡莲很贵吗？”

“不是睡莲贵，是房租贵。我现在住的房子很小，还是跟人合住，如果养睡莲，只能养在马桶里了。”

几乎每一个刚踏入社会的年轻人都会经历手头拮据的窘境，云朵也不例外，所以她现在的目标就是攒钱，明年换个条件好点的房子。

唐一白若有所思地看了她一会儿，小心地问道：“需要帮助吗？”

“不用，不用，明年我就换房子啦。上次我的新闻稿上头条，拿了不少奖金。如果你想帮我，就多上几次头条吧，哈哈。”

唐一白笑了：“好，我们一起努力。”

菜一盘盘上桌，几个年轻人边吃边聊。

不知道是不是食材的原因，菜的味道都很好。

六个人中，郑凌晔一如既往地沉默寡言，而令云朵意外的是，明天的话也不多，安静地坐着，吃东西也慢吞吞的，甚是乖巧的样子。

云朵有些奇怪：“明天怎么了？”

向阳阳说道：“他牙疼。”

原来如此，难怪今天没见他吃棒棒糖，好可怜的小孩。

云朵想把自己面前的一碗炖牛肉端给他：“吃肉吧，这个炖得很烂。”

唐一白却拦住她：“不要给他吃肉。”

“为什么？”

向阳阳简单解释了一下。

现在市面上的肉大都含有瘦肉精，而瘦肉精里含有兴奋剂阳性物质，也就是说，如果不小心吃到有瘦肉精的肉，会有尿检呈阳性的风险，所以国家队一直不建议运动员在外面吃饭，尤其是有比赛的时候，这个建议就会变成

明文规定。

云朵越听越糊涂："为什么你们可以吃？"

"我们是成年人，就算偶尔吃到一次瘦肉精也能很快代谢掉。明天年纪还小，正在长身体，谁知道他吃了那玩意后体内会不会有残留呢？所以，我们从来不让明天吃外面的肉制品，一次也不行，这是原则问题。"

云朵又问："不是说这家餐厅的食材都是绿色有机的吗？"

祁睿峰鄙视地看她一眼："别人说什么你就信什么？好笨！"

好吧，她竟然被祁睿峰鄙视"笨"，也算难得了。

云朵突然想起不久前看到的那个帖子，网友说祁睿峰长着一张"中二病晚期建议放弃治疗"的脸，她现在看着祁睿峰，越看越觉得这个形容很有道理，于是捂着嘴偷笑起来。

祁睿峰哼一声："你不要那么痴迷地看着我。"

这什么词？

一旁的向阳阳突然无聊地推开面前盛果汁的杯子："我们喝酒吧？"

四个男生的眼睛都亮了，大姐大发话，他们当然恭敬不如从命啦！

很快，服务员提来几瓶啤酒，帮他们打开了，郑凌晔接过酒瓶挨个给大家倒酒。

明天已经倒掉杯中的果汁，满怀期待地捧着空杯子去接酒，特别有自觉性，可是郑凌晔的瓶口遇到他的杯子时，直接越过去，倒给了别人。

明天："……"

向阳阳说道："明天你还未成年，不许喝酒。服务员，给他来杯热牛奶。"

"好的。"

明天捂着腮帮子委屈道："我不喝牛奶。"

"乖，听话，不然打死你。"

"……"

云朵总算发现了，向阳阳就是游泳队里的一霸，连祁睿峰都惹不起她，明天这种战斗力在她面前只能算渣渣。

郑凌晔给云朵倒酒时，云朵伸手去接酒瓶："谢谢，谢谢！我自己来就好啦！"

唐一白却拦住她，把酒瓶拿过来，在她的杯子里倒了五分之一左右："意

思一下就行了，女孩子不要喝那么多酒。”

云朵不服，斜眼看着向阳阳满满的杯子：“那阳姐呢？”

“她不是女孩子。”

好吧。

倒完酒，唐一白看着云朵，轻声问道：“刚才为什么笑？”

“啊？”

“刚才，为什么看着峰哥笑？”

云朵打了个哈哈：“没什么啦。”她才不会让他看到那个帖子，那群女色狼太重口味。

向阳阳扶着杯子轻轻地碰了一下桌面：“来来来，走一个。”

众人举杯。

向阳阳看到云朵的杯子里只有一点酒，说道：“云朵，这怎么够？满上，满上。”

祁睿峰说道：“向阳阳，你不要管她，你当别人都和你一样能喝吗？她这么弱。”

云朵有点尴尬，她看起来很弱？左右看看，她不得不承认，跟这群运动健将相比，她的体质也就是幼儿园毕业的水平。

向阳阳斜眼瞪祁睿峰：“叫我名字？不知道叫姐吗？没大没小。”

这两个奥运冠军来自同一个省队，并且在省队时由同一个指导教练带过，是同门师姐弟。这层关系在上届奥运会后就公之于众了，云朵也知道。她本以为向阳阳是照顾同门师弟的温柔大姐姐，没想到竟是眼前这样霸气的存在，不过话说回来，祁睿峰那么自恋，真的很难让人对他温柔啊！

云朵问向阳阳：“阳姐，你和祁睿峰在省队时就很熟吗？”

向阳阳大大咧咧地靠在椅子上，一手扶着胳膊。

云朵特想给她配根烟，那样才能突显她大姐头的做派。

向阳阳说：“熟什么呀？他那时候是小屁孩一个，不合姐的口味。”

祁睿峰最烦别人说他是小孩：“向阳阳，你够了！你只不过比我大一岁，嚣张什么？”

“那没办法，大一天也是大哦！”向阳阳说着，扭过头问云朵：“云朵，你今年多大？”

“二十一岁。”

“和我一样？”唐一白看看她，“你生日是几月份？”

“十月二号。”

“哦，那我比你大，我是九月五号的。”

云朵摸着下巴：“处女座？龟毛，洁癖，强迫症。哈哈，看不出来嘛。”

祁睿峰坏笑：“他不是处女，他是处男。”

他这句话，又招来向阳阳的暴击：“不要当着女孩子的面说这种话，我们会害羞的。”

祁睿峰捂着脑袋抱怨：“你哪里有一点害羞的样子？”

向阳阳不理祁睿峰，又问云朵：“云朵，你对星座很有研究？能看出来我是什么星座的吗？”

云朵谦虚地点点头：“只是略通一二。你思维跳脱，多半是水瓶座的。”

向阳阳有些惊奇：“咦，真被你猜对了。那你猜他是什么星座的？”她说着，推了祁睿峰一下。

“典型的狮子座。”

“哇，又对了。那凌晔呢？”

“沉默寡言，金牛座。”

“又对了！”向阳阳兴奋得直搓手，“你太厉害了！”

郑凌晔也意外地看着云朵。

明天指指自己：“姐姐，你猜我是什么星座的？”

“活力四射，白羊座。”

“又对了！”向阳阳激动地摇云朵的胳膊，“你好厉害！我要拜你为师！”

明天也是一脸叹服：“姐姐，请收下我的膝盖。”

“过奖，过奖。”云朵笑得一派高深，“我是记者嘛！”

祁睿峰有些纳闷：“难道记者都是兼职神棍？”

“未必，不过体育记者肯定掌握着运动员们的个人资料。”她哪里是猜的，根本就是提前知道嘛。

万万没想到答案是这样的，向阳阳捂着心口：“我受到了伤害！”

祁睿峰冷笑：“你个白痴！”他每次骂人“白痴”或者“二货”时，都有一种别样的成就感。

向阳阳为人豪爽，活泼跳脱，很快把云朵引为“知己”，两人不顾男生们的劝阻——主要是阻止云朵，喝了两杯象征友谊的酒。

除了明天，每个人都喝了不少——难得出来放松一下，他们不会错过这个机会——相比之下，云朵算是很节制了。

大家喝得微醺，一个个眼底迷蒙着醉意，只有明天神色如常，面无表情地看看这个看看那个，然后用手机发了条朋友圈：别人吃肉我吃草，别人喝酒我喝奶。一派心酸，都在这十四个字之中。

过了一会儿，他收到了云朵的点赞。

云朵还不知道自己手指一点给明天造成了怎样的内心伤害，她放下手机，继续听向阳阳神侃。

突然感觉到唐一白碰了碰她的手臂，她不禁回头看他。

唐一白歪着身子，单手撑在脸侧，眼睛微微眯着，看向云朵。

云朵见多了他英姿勃发的阳光朝气，倒是第一次见他这样神态慵懒的样子，像极了一头饱食后的猎豹。

他见云朵也看着他，笑了起来，眼角轻挑，嘴角微勾，笑容淡淡的，像是寂静的春夜里悄然绽放的白色荼蘼花。

“怎么了？”云朵问他。

她跟他也不算陌生人了，可还是会不经意间被他晃了眼，美色误人啊，罪过，罪过。

“到底是什么？”他不依不饶地问。

可能是喝醉的原因，他的声音变得更加低柔，听起来别样悦耳。

云朵叹服他的执着，这难道就是独属于处女座的强迫症吗？

她眼珠转了转，问他：“唐一白，伍教练为什么总是收走你的手机？”

“真是拙劣的话题转移方式。”唐一白笑道，不过还是回答了。

原因很简单啊，教练怕他们玩物丧志呗！游泳队里都是年轻人，有的还是小孩子，在面对电子产品的诱惑时，自制力总会比较低，所以有的教练就会选择性收手机。

“那祁睿峰的手机怎么不被收走呢？”云朵问道。

“因为教练和教练不一样，袁师太比较信任峰哥。”

云朵的注意力很快转向别处了：“袁……师太？”

“队里的人都这么叫她。”

在云朵的印象里，能被冠以“师太”这个称呼的都是狠角色，袁润梅教练看起来很温柔，说话都是温声细语的，怎么会是师太呢？不过也不一定，云朵很快想通了，她开始还以为向阳阳温柔呢！

突然有些同情祁睿峰是怎么回事？

“好了，你的问题我已经回答了，现在该你说了。到底有什么古怪？”唐一白说。

这时，向阳阳凑过来，一手搭着云朵的肩膀：“你们在说什么？”

有八卦不能分享也挺让人郁闷的，于是云朵把那个帖子发给了向阳阳。

向阳阳看得乐不可支，一边看一边广播：“啊哈哈哈，一白你被摸遍了哦……哈哈哈，祁睿峰你个二货！”

祁睿峰一脸莫名其妙：“关我什么事？”

明天好奇地伸脖子过去：“我也要看。”

“去去去，男生不能看，小孩子更不能看。”

听起来尺度蛮大的样子。

向阳阳继续边笑边广播：“一白，有人要嫁给你呢！……哇，有这么多人要嫁给你，一白你人气很高哦，要超过祁睿峰了。”

祁睿峰很是不服：“你怎么知道没有人想嫁给我？”

“真的没有，都是要嫁给一白的。因为你有中二病嘛，这是不治之症，万一被传染了怎么办呢？哈哈哈……”她笑得很夸张。

祁睿峰一阵血气上涌，加上喝了点酒，立刻掏出手机噼里啪啦发了条微博：有没有人想嫁给我？

他的粉丝一见这话蒙了，二见这话疯了，开始争先恐后地给他留言——

有！

我愿意！

娶我！娶我！

我是男人可以嫁吗？

……

祁睿峰很高兴，得意地把手机举到向阳阳面前：“看吧，数数有多少人

想嫁给我，数瞎你的狗眼。”

“走开，走开。”向阳阳一巴掌拍开他，继续围观那个八卦帖：“一白，我终于知道你的粉丝都是从哪儿来的了！”

唐一白有些无奈地摇摇头：“我也知道了。”他坐直身体，低头看了一眼手表：“好了，我们该回去了，明天还有训练。”

“不嘛！再玩一会儿，酒都没喝完呢。”向阳阳喝多了，耍起无赖。

“带回去给教练喝吧。”唐一白说。

众人想象了一下他们把酒献给教练时教练的表情，齐齐打了个寒战——为了世界和平，我们就不要那么做了吧！

于是大家起身，收拾东西结账走人。

到了餐厅门口，唐一白站在路边帮大家打车，云朵突然接到了陈思琪的电话。

陈思琪：“云朵，祁睿峰微博征婚了！”

云朵心想：我知道啊，我见证了那个奇迹的时刻。

当然，她并不打算承认：“啊？”

“快去看微博！你们体育圈的八卦事，有内幕第一个不要忘了姐们儿啊！”

“哦，好。我先看看。”云朵淡定地装着傻。

陈思琪像是挺忙，说完就挂电话了。

云朵刚刚收线，就接到了孙老师的电话。

孙老师：“云朵，祁睿峰微博征婚了！”

我知道啊！

孙老师：“你听说了没？”

“没。”

孙老师：“你现在能采访到祁睿峰吗？”

云朵看看祁睿峰，这家伙即便喝多了也是一副“老子帅破天顶星”的样子。

她对孙老师说：“不能。”

孙老师也没指望她能采访到祁睿峰，抱着一点期待问云朵：“能采访到唐一白吗？”

云朵又看看唐一白，这家伙连背影都那么帅气：“不能。”

“明天呢？他和祁睿峰是一个省队的。”

“不能。”

“郑凌晔呢？他和唐一白是一个省队的，应该和祁睿峰关系也不错。”

“不能。”

云朵快疯了，不到半分钟时间里，她说了九个字，撒了五个谎，她长这么大从没遭遇过如此的道德尴尬。

孙老师本来也没抱太大希望，最后说道：“好了，我知道了，你休息吧，这个新闻我来弄。”

“好。”

唐一白打到两辆车，让另外四个人先回去。

“我送一下云朵。”他说。

云朵有些不好意思：“不用啦！你回去晚了，会被教练骂吧？”

他拉开车门，轻轻推一下她的肩膀：“没事，走吧！女孩子晚上一个人回家不安全。”

云朵心中一暖，上了车。

两人都坐在后排，唐一白关上车门后，掏出手机玩。

云朵不经意间扫了一眼他的手机屏幕，立刻震惊了：“你、你、你……”

“我怎么了？”唐一白闲闲地靠在车座上，低头问道。

“你是怎么找到这个帖子的？”

他的语气有些欠扁：“我想找到自然就能找到。”

云朵有点尴尬。

她围观了唐一白被意淫的过程，现在唐一白知道了她在围观，那种感觉像是本来在人家背后偷偷看，现在自己突然被拎出来展览。

她的脸庞有些发热。

车平稳地行驶着，夜晚城市的华光掠过安静得有些诡异的车厢，被车窗过滤之后显得有些昏暗。云朵借着这样的微光偷看唐一白，发现他的神情十分专注，眼神甚至有些严肃，像是在看严谨的学术作品。

真是的，看个娱乐八卦帖至于这样吗？

突然，唐一白抬眼，捕捉到了她偷窥的目光。

对视之下，云朵慌张地偏头看向窗外，没有发现唐一白微微掀起的嘴角。

“云朵。”唐一白叫她。

“嗯？”云朵回头看他。

唐一白觑着她，似笑非笑：“这么多流氓，哪一个是你？”

“喂，我没有啊！”

“那你为什么脸红呢？”

被他说破，云朵的脸更红了，扭过头：“总之我没有。”

唐一白低声笑起来，笑声低沉柔和，像是暗夜里静静流淌的乐章。

在他的笑声中，云朵的脸已经红成了麻辣小龙虾。

真是的，怎么这么傻呢？

他心想：逗她确实挺好玩的。

祁睿峰跟明天等人勾肩搭背地回宿舍时，还倍儿开心地哼着歌，然后他就看到他的教练袁润梅在他宿舍门外的墙上靠着，面带笑意，却眼冒寒光。

那一瞬间，祁睿峰感觉一阵凉风扑面，酒醒了不少。

明天和郑凌晔特别有眼力见，赶紧溜之大吉。

袁润梅笑眯眯地看着祁睿峰：“想结婚了？”

“咳。”

“你看我怎么样？”

祁睿峰只觉得周身冒凉气，酒已经完全吓醒了，他低头小声说：“袁老板，我错了。”

“错哪儿了？”

“我不该发那条微博，我现在就删了。”祁睿峰说着，手伸进衣兜掏手机。

袁润梅冷哼：“现在删管什么用？”

“呃，那怎么办？”

袁润梅不答反问：“你除了不该发微博，还干了什么不该干的？”

“不该……嗯，喝酒？”这一点祁睿峰不太确定，因为队里没有明令禁止喝酒。

“你就打算这么站着跟我说话？”

祁睿峰听到这话，立刻趴在地上飞快地做起俯卧撑来。

这时，伍勇走过来，靠在另一面墙上，对袁润梅笑道：“袁师太，又欺负小孩呢？”

“伍大胡子，这儿没你事。”

“我知道啊，我就看看。”伍勇有些幸灾乐祸，他自己也知道这不厚道，可他忍不住。

袁润梅面露不悦，低头对祁睿峰说：“起来，回去写检查，不得少于八百字，要求语句通顺、感情真挚，把你最近三个月的所作所为总结一下，明天交给我。”

哐！祁睿峰摔倒在地上，脸色惨白：“师太，不要啊！”

祁睿峰最怕写检查了，乐观估计，他的作文水平也就在小学三年级上下，让他写八百字，比游一万米都痛苦。

袁润梅丝毫不为所动：“不许让唐一白帮你写。”说完，扬长而去。

祁睿峰从地上爬起来，对着袁润梅的背影喊道：“师太，如果我写不完怎么办？”

“那就不要训练了，什么时候写完什么时候训。”

伍勇在一旁摇头感叹：“太狠了！”

顶级运动员训练的主动性都很强，不让祁睿峰训练，最着急的肯定是他自己。祁睿峰只能乖乖地写检查，这个过程想必十分痛苦。

伍勇不忍心想下去了。

坦白说，他和祁睿峰没有仇怨，反倒挺喜欢这个孩子，他只是看袁润梅不顺眼而已。

袁润梅走后，伍勇问祁睿峰：“唐一白呢？”

祁睿峰跟霜打的茄子似的：“他送云朵回去了。”

“送……什么？”

“云朵。云朵是一个人。”

“这名字……爹妈起名真随意。”伍勇吐了个槽，又问：“是个姑娘吧？”

“嗯。”

“唉，男大不中留啊。”伍勇摇头感慨了一句，背着手迈着小方步离去。

第二天，祁睿峰那条征婚微博果然上了各大报纸体育版头条。

官方对此的回应是：祁睿峰的手机落在食堂，被炒菜小弟捡走。炒菜小弟刚和盛菜小妹分手了，心情抑郁，便用祁睿峰的手机发了条微博，借此满足一下男性的虚荣心。

网友们纷纷表示：手机的主人中二病也就算了，为什么捡到手机的炒菜小弟也这么中二？难道根本原因是这个手机自带诅咒效果，谁用谁中二？祁睿峰，你赶紧把手机扔掉换一个，这是你战胜病魔的唯一希望。

祁睿峰没有看到网友们的殷切祝福，因为他正闷在房间里写检查。

唐一白吃过午饭回宿舍，手里拿着一份《中国体坛报》。

唐一白读完“祁睿峰征婚始末”后，感叹了一句：“这是袁师太编的故事吗？一定不能让这样的人踏足文坛。”

“不知道。”祁睿峰心情很不好。

唐一白看了会儿报纸，突然接到一个电话。

祁睿峰听见唐一白对着电话说：“我最近不是没时间吗？冬季锦标赛刚结束没多久，再过一个月就是春季锦标赛，等春节的冠军赛比完，之后还要备战亚运呢……真不是故意的，您要相信我，全天下我最爱的就是您了……别这样，我那么爱您，您于心何忍啊……”

唐一白聊了一会儿，挂断电话，长出一口气。

祁睿峰放下笔，神情古怪地看着他，问道：“你和云朵已经发展到这一步了？”

“胡说什么？”唐一白哭笑不得，晃了晃手机：“我妈。”

“哦，阿姨要收拾你？”

唐一白有些无奈：“她说如果我再不回家就让我睡狗窝。”

祁睿峰乐了：“那你不要回家了，我想看你睡狗窝。”

唐一白的家在本市，并非一定要住在训练基地，只是他家离训练基地太远，运动员的时间本来就宝贵，每天浪费两三个小时在路上，想想就肉痛，所以他平时都住在基地，只偶尔回家。他复赛以来接连不断有比赛，回家的次数就更少了，然后他妈妈就怒了。加上他妈妈到了更年期，情绪不稳定，易怒，所以她的怒气现在是 max 级别的，想想就头疼啊！

云朵也很头疼，她的马仔——林梓，入职到现在，竟然一篇稿子都没过，

让她这个当老大的情何以堪？今天她又被刘主任鄙视了。也奇怪了，云朵表现好的时候刘主任从来不夸她，一有了把柄，他老人家就各种用放大镜看她，加上刘主任本来就不喜欢林梓，现在她和林梓的二人组合，在刘主任眼中就是“讨厌啦，赶紧走开”组合。

云朵也曾试着把林梓往正常的道路上带，可惜林梓已经养成了一种“有老大罩着我怕 what”的可怕观念，极其没有进取心地一切依赖云朵，稿子都是云朵写，他偶尔拟个标题也是狗屁不通，充满着脑洞。有时候他拍照片，而这些照片唯一的意义就是用那扭曲的摄影技术证明他笔直的性取向。总之，单就记者的职业要求来看，这个人一无是处。

真的好后悔当初为了几顿饭把这货弄进来啊！虽然也对自己说不用管他，可是看他这样拖行业后腿，云朵真的很惭愧。

最后，云朵使出了撒手锏：“给你最后一次机会，春季锦标赛如果你仍没发稿子，我就向刘主任申请把你弄走，去别的组。”

去哪个组对刘主任来说无所谓，对林梓来说却很关键，他只想留在云朵身边，可以采访游泳队嘛。

林梓淡定地回答：“刘主任不会拆散我们的，我俩可是整个报社他最讨厌的人。”

这种话就不要用自豪的语气说出来了好吗？

云朵无奈得很：“反正我有办法对付你。大不了我跟报社举报你，把你赶出去，哼哼。”

林梓有些犹豫：“不要这样。看在我妹妹的分上让我留下来吧，我妹妹很喜欢游泳的。”

“够了！你整天说你妹妹，可是我从来没见过你妹妹！”

林梓张了张嘴，神色有些黯然，低声叹了口气：“我真的有妹妹啊。”

云朵怔了怔，看着他失落的样子，觉得自己好像说错话了：“对、对不起。”

“没事的。”他摇摇头，“我会努力发稿子的。”

云朵看着凄凄然的他，突然心软了：“要是……实在做不到，就算了。”

“好。”

他答得那样干脆利落，让云朵觉得自己好像中计了。

一月二十日，全国春季游泳锦标赛在 C 市举行。

此时正值农历腊月，C 市地处东北，室外零下二十几摄氏度，因此，这场比赛虽然是“春季锦标赛”，实际跟春天半毛钱关系都没有。

云朵准备充分，在室外也差点冻成冰棍。

这样冷的天气竟然游泳，想想都可怕。

虽然泳池的水肯定是加温的，可就是有心理压力嘛！

云朵把自己的想法告诉林梓后，换来了林梓的鄙视：“别装得好像你会游泳似的。”

云朵觉得，这个家伙真是越来越欠揍了。

春季锦标赛一共进行四天，比全国锦标赛少将近一半时间，比赛排得相当紧密，可见主办方对它的重视程度确实一般。

在这次比赛中，名将们依然选择锻炼副项，向阳阳和祁睿峰都是如此。

祁睿峰这次又只报了 100 米自由泳，在普通人看来，好像是跟唐一白对上了，而作为外围专业人士，云朵知道祁睿峰这样选择并非任性。

陈思琪在电话里跟云朵号叫：“唐一白才是祁睿峰的真爱吧？”

云朵觉得很搞笑：“唐一白不是你老公吗？”

“不，我已经认清形势了，我现在是白睿党。”

云朵好奇地问：“白睿党是什么？”

“就是唐一白和祁睿峰的 CP 党呀！嘿嘿嘿……”

她笑得好淫荡，云朵禁不住起了一层鸡皮疙瘩。

当公众人物真是辛苦，指不定什么时候就被人凑 CP 了。

唐一白的两个个人项目都排在第一天，分别是 50 米自和 100 米自。他的 100 米自成绩是 48 秒 13，比上次的 48 秒 04 差一些，有人就开始担心，他在冬季锦标赛的成绩会不会只是超常发挥，以后想游进 48 秒都难了？

这种担心持续了没多久，唐一白在接下来的 50 米自决赛中，游出了个人最好成绩 21 秒 90，同时平了由日本选手保持的亚洲纪录。

真是一个神奇的选手，在主项上表现一般，副项却平了亚洲纪录。

其实这也不算稀奇，短距离项目的不确定性一向很大，大家差的不过是那几十甚至十几毫秒，谁都有可能是冠军，这也是这类项目的魅力之一。如

果是祁睿峰的项目，1500米游下来优势明显，谁是第一名猪都能看出来，给别人加油助威就是在做无用功，好尴尬地说。

唐一白接受采访时，记者们问了几个常规问题后，开始问八卦问题："唐一白，有网友说你是史上最帅的运动员，你听到这话是什么感觉？"

唐一白没有着急回答，而是目光一转，看了云朵一眼，他抿着嘴角，要笑不笑的样子。

云朵知道他是故意的，立刻愤愤地瞪了回去。

唐一白最终还是笑了，笑容灿烂，露出整齐洁白的牙齿。

他对那个记者说："长得帅不帅有什么关系，我也不能用脸游泳，对吧？"

林梓在云朵身旁悄声说道："其实也未必，脸小一些的话在水中的阻力相对较小，同等条件下会比脸大的人游得快。"

这样解释真的没问题吗？脸大的人好无辜！

云朵擦擦汗，庆幸这话只有她听到了，否则他们要被集体围观了。

那个记者听到唐一白如此回答，道："但你不能不承认，长得帅会比较讨人喜欢，那样你的粉丝也会多一些。"

唐一白反问道："粉丝多了我就能游得更快吗？"

"呃……"记者被问住了。

他有些惊讶，通常一个人知道有好多人喜欢自己，会很高兴吧？至少该说一些感谢粉丝之类的话啊！这个只有二十一岁的年轻人为何表现得如此淡定？是装的还是真的？

这个记者的专业素质还是很强的，只愣了一下就回过神来，问唐一白："所以，你想对粉丝说用不着喜欢你吗？"

这个问题有些刁，唐一白如果回答"是"，就是拒人于千里之外的不近人情，说不定又要挨骂了，如果回答"不是"，他就是在抽自己嘴巴。

唐一白笑道："粉丝喜不喜欢我是他们的自由，我没有权利允许或者阻止。不过，我想对粉丝说，如果真的喜欢我，就多锻炼身体吧，游泳是很好的健身项目。"

这番话说完，在场不少人都暗暗为他叫好。职业运动员这个群体，因为把几乎所有精力都投到了训练当中，其他方面欠缺较多，所以心思单纯，甚至比较幼稚。大家长久混迹于体育圈，见多了直来直往、情商感人的运动员，

像唐一白这样口才极佳、分寸拿捏十分了得的，还真不多见。更难得的是，他口才虽好，但并不圆滑，依旧真诚，有一说一。

云朵忍不住在胸前竖了一下大拇指。

这个动作被唐一白瞧见，他冲她挑了一下眉。

林梓又悄声对云朵说：“你是不是被唐一白圈粉了？”

云朵横他一眼：“要你管。”

采访结束后，唐一白叫住云朵。

现在，托唐一白的福，经常跟访游泳队的记者以及摄像师们，多半都知道这个记者姑娘的名字叫云朵了，更知道在唐一白面前不要跟这个云朵姑娘争抢提问的机会。

云朵歪着头看唐一白：“什么事？”

唐一白递给她一张门票：“这是滑雪场的门票，一个朋友给的，我没时间，你拿去吧。”

云朵相信他是真的没时间去，接过来，笑道：“谢谢你。”

唐一白笑容轻浅地望着她：“客气什么。”

林梓很不合时宜地插嘴道：“你为什么只送一张？门票不都是送两张吗？你没有诚意。”

云朵咬牙：“你给我闭嘴。”

唐一白并未生气，只是收起笑容看向林梓：“如果你是她男朋友我就送你们两张。”

“呵呵呵……”云朵笑了，“别开玩笑了，上辈子毁灭银河系，这辈子才会摊上这种报应吧？”

唐一白莞尔。

一天的采访下来，云朵也累成了狗。

离开游泳馆，走在回酒店的路上，云朵抱怨林梓：“正经问题提不出一个，抬杠你倒是一把好手！”

林梓帮她提着东西，调整步伐跟在她身边：“别生气了，我请你吃饭。”

“这招已经过时了，你能不能来点新鲜的？”

“我请你洗澡。”

“滚！”

林梓突然说道：“云朵，我……”

“叫老大！”

林梓吃力地抿了抿嘴——每次叫一个小姑娘“老大”他都有种羞耻感：“老大，我觉得我们应该尽快针对唐一白做一个独家专访，不要被别人抢在前面。”

“为什么？”

“因为唐一白的崛起是大势所趋，众望所归。”

云朵有些奇怪：“虽然圈里人都这样猜测，但是也没有人敢把话说死。再说，唐一白复赛后才参加了几次比赛啊，你就这么肯定？”

林梓点了点自己的太阳穴，有些骄傲地看了云朵一眼，那是理科生对文科生的终极鄙视。他答道：“靠分析。首先，唐一白的项目有其特殊性。短距离比赛是亚洲人的弱势项目，但凡出现一个有希望在这个领域和欧美人争一席之地的，都会得到格外多的关注。唐一白的100米自只是在国内这种小打小闹的比赛里就拿到48秒04的成绩，以后在重要赛事中冲进48秒的希望很大，而只要进48秒，他就有了在世锦赛或者奥运会上拿奖牌的实力。国家为了这个可能性，肯定会投入资源大力培养他。第二，新榜样的需求。我们来看看中国可以和欧美人一较高下的体坛巨星。打篮球的姚明明退役了，打网球的李娜娜退役了，110米跨栏的刘翔翔也退役了。祁睿峰本来勉强可以成为新榜样的，可惜他的双商都在标准线以下，这样的人如果成为青少年的偶像，国家领导们就睡不好觉了，而唐一白不同，唐一白此人十分狡诈……”

“你等一下，”云朵打断他，“你这是什么形容词？”

“总之，大概意思就是，由于对新榜样的需求，国家和人民都会对唐一白寄予厚望，所以唐一白会获得越来越多的关注。我们应该趁现在他关注度并不算高的时候，把他勾搭过来……”

“行行行！”云朵再次打断他，“我挺好奇，你高考作文考了多少分？我是指语文作文。”

林梓扭了一下脸，不想回答这个尴尬的问题，继续说道：“第三，唐一白是个小白脸，这样的人很适合当全民偶像。”

“哈！”云朵忍不住笑了，她指着林梓，“你的脸白成这样，还好意思

说别人小白脸？”

林梓面无表情地看着她。

云朵摸着下巴点点头：“虽然你的表述有些不着调，但你说得还是蛮有道理的。我终于发现你并非一无是处了。”

“哥在分析形势这方面无人能敌，谢谢！”

云朵回去后把林梓的提议跟刘主任说了，刘主任说需要考虑一下，媒体圈不兴预测，他们看的都是当前。

这事要考虑出个结果来，也得等冠军赛之后了，而眼下最重要的，当然是过年放假回家啦！

云朵的家在 N 市，那是一个坐飞机也要两个小时的遥远地方。

她拖着大行李箱回到家，看到妈妈时，立刻张开手臂："妈妈，我好想你！"

云朵妈妈看了她一眼："你终于回来了，两点钟去相亲。"

云朵："……"

真的很想去做个亲子鉴定啊！

相亲归来，她才得以感受爸爸妈妈给予的温暖，可是到了晚上睡觉时，她再也温暖不起来了。

南方城市的气温不算低，但是湿度也不低，还没有暖气，晚上睡觉那叫一个孤独寂寞冷啊，还不如睡到狗窝去，里面好歹有温暖的身体。

云朵在被窝里抖了一会儿，终于含泪伸出脑袋，握着手机哆哆嗦嗦地发了条朋友圈：一回到 N 市，整个人都调回振动模式了！

很快有好多人给她点赞，所以，这是很多人的心声吧？

然而更夸张的是突然蹦出来的一条留言——

浪里一白条：我也在 N 市。

云朵：？！

她去敲唐一白，问他：你怎么在 N 市？我没听说这边有比赛呀。

唐一白：傻啊，大年三十我比赛？

云朵：也对！那你为什么在这里？

唐一白：我家在这里。

云朵：？你家不是在 B 市吗？

唐一白：我小学时妈妈调动工作才去了 B 市，之前一直在 N 市。

云朵：哈，那咱们还是老乡呢!

唐一白：你才知道。

云朵：你在 N 市待几天?

唐一白：三天，初三就回队里训练。

云朵：好可怜！还想带你出去玩呢!

唐一白：好啊，带我去哪里玩?

云朵有些窘，她就客气一下，他还认真了。

她只好回道：你有时间吗?

唐一白：初一没有，初二有。

云朵：好遗憾，初二我没空，要相亲。

唐一白：相亲上午？下午？晚上?

云朵：都有。

唐一白：不信。

云朵：是真的!

唐一白：这么急着把自己嫁出去?

云朵：不是我，是我妈！我妈不要我了!

唐一白差点回她一句“来我家吧”，想了想，感觉对女孩子说这种话不太好，赶紧删掉了。

云朵就这样开始了紧锣密鼓的相亲活动。

坦白来说，相亲是一种增长见识、开阔眼界、锻炼忍受力的有益活动。

她一边相亲一边在朋友圈里发信息，短短几天感觉自己成了段子高手。与此同时，她也收获了一批忠实读者兼点赞党，比如向阳阳，比如祁睿峰，比如明天……游泳队的人都这么八卦吗?

有一次，云朵发了这样一条信息：

今天晚上相了一个拆二代，和阳阳姐一样高，长得还不错啦。他一直在跟我讲他因为长得帅有好多女生倒追，我就把我和某个大帅哥的合照拿给他看，然后他就不理我了（捶桌笑）。

下边有人留言，热烈讨论起来。

向阳阳：好奇，大帅哥是谁?

祁睿峰：是我。

明天：是我。

郑凌晔：是我。

唐一白：呵。

云朵离开家的时候，妈妈塞给她一万块钱，她坚持不受："我已经赚钱了。"

云朵妈妈不屑："你那点工资够做什么？不是还想换个房子吗，难道你打算住地下室？或者跟一群人租一个房子，上厕所都要排队？"

"没那么夸张。"其实她已经做好租完房子省吃俭用的准备了。

"让你拿着你就拿着，我和你爸的钱早晚是你的。"

云朵十分感动："妈妈，你下次让我相亲我一定好好相。"

"难道你这些天没有好好相？"

"咳……"

就这样，云朵带着妈妈资助的住房基金登上了回 B 市的飞机。

回到单位，云朵很快投入工作当中。

云朵去找刘主任询问对唐一白做专访的讨论结果，刘主任的回答不出她所料："我们打算等冠军赛结束再做决定。"顿了顿，他又说："你可以先联系唐一白那边。"

云朵有些不高兴，为难道："我哪有那么大面子，打个招呼人家就把专访给我留着？"

刘主任语塞。云朵说的是实话，做新闻都喜欢抢焦点，而能够在焦点出现之前就给予关注的并不多。假若唐一白真出现了青云直上的苗头，媒体记者们定会蜂拥而至，以云朵的资历，想抢到他的专访几乎不可能。

不过，《中国体坛报》也不是只有云朵一个记者，所以刘主任很快坚定了自己之前的保守想法，先看情况，到时候大不了大家一起抢呗。

林梓知道此事后，感叹道："是不是做媒体的都这么没有远见？"

这家伙总是一句话就灭掉一个群体。

孙老师很不以为然："也不能这样说。做新闻毕竟不是搞投机，我们关注的都是当前最值得关注的事件，而不是以后。"

云朵点点头。孙老师说得也有道理，所以她很快想通了。

不知道唐一白的专访还能不能轮到她，看样子希望不大啊！

二月二十八号，是英语四六级成绩查询的日子。

唐一白一整天都在训练，到晚上才发了条查询短信，收到短信后，他立刻给云朵打了个电话。

“云朵，我的四级过了。”

“真的吗？太好啦！”云朵很为他高兴。

她的声音里透着浓浓的发自内心的喜悦，唐一白甚至可以想象她此刻眉飞色舞的样子——露出一口小白牙，两只又黑又亮的眼睛瞬间弯成了月牙。

他忍不住低头掀起嘴角，轻轻嗯了一声。

云朵又问：“唐一白，你考了多少分？”

“465 分，险过。”

“已经很好啦！你那么忙。我见过好多整天无所事事依然过不了四级的人。”云朵找出反面教材来鼓励他。

“嗯。”唐一白又轻轻地答应了一声，然后用一种十分郑重的语气说道：“云朵，谢谢你。”

“哈哈，你这样一本正经的样子我好不习惯。”云朵打着哈哈。

唐一白呵呵一笑，故意压低声音：“难道你喜欢我不正经的样子？”

“喂。”

他收了笑声：“好了，不逗你了。其实我想请你吃饭的，可是最近太忙了，只能等有空再说。”

云朵表示十分理解：“我知道，下个月就是冠军赛了，你状态怎么样？”

“还不错。”

云朵想了想，说道：“唐一白，你冠军赛一定要好好游！”

唐一白有些奇怪：“怎么突然这么说？”

云朵也不隐瞒：“因为我很想专访你。”

他还是不解：“你不是每次都能采访到我吗？”

“不是采访，是专访。”

唐一白沉默了一下，问道：“意思是我不能回答别人的问题，只能回答

你一个人的？”他倒是愿意配合，不过会被伍总暴打吧？

“不是这个意思。我们单独找个时间，对你进行一次独家的全面采访，不过现在社里的领导还在观望。”云朵说着，把刘主任的想法跟唐一白讲了，然后说：“所以，我希望你这次能游出好成绩。”

唐一白郑重地点了点头，尽管云朵并没有看到。

他说：“我会的。”

云朵心想：就算你游出好成绩我也不一定能专访到你啊！好心塞。

唐一白问起云朵最近租房子的情况。

提到这个，云朵有些头疼：“还在找，看了几家，都不太满意。现在骗子太多了，说得天花乱坠，实际很差劲。中介也很乱，而且中介费都要一个月的房租，我正在找个人出租的，可是有好多二房东打着个人的幌子乱租房子，也很乱。”

“租房子也有这么多讲究吗？长见识。”

云朵感叹：“这就是社会啊，少年！”

唐一白又问：“你相亲相得怎么样？”

“别提了，我相亲是为了安抚我妈。我觉得我妈快到更年期了，我只要一拒绝相亲她就跟我红眼。”

唐一白笑了，笑声低沉，透着愉悦。

他说道：“我妈也到更年期了，她嫌我老不回家，昨天还打电话说已经想好办法收拾我了。还有，我明明在 B 市上学，她跟人说我去北极上学了。”

云朵被他逗得乐不可支。

两人聊了一会儿便挂了电话。

云朵想了一下，给游泳队的另外几个人群发了鼓励短信：冠军赛加油，游出绝世无双好成绩！

很快她收到了各种回复——

向阳阳：冠军赛用不着加油的，随便游游就好了。

这是不思进取型的。

郑凌晔：谢谢。

这是严肃认真型的。

明天：谢谢姐姐！我会的！亚洲纪录即将被我捏成碎片，哈哈哈！

这是话痨型的。

祁睿峰：你是在对我说，还是对唐一白说？

这是不在状态型的。

云朵：当然是在对你说了。加油！

祁睿峰：哼！

云朵：“哼”是想表达什么意思？

祁睿峰：打错了。╭(╯^╰)╮这个表情，我只是喜欢这个表情而已。

云朵：傲娇哥你好，傲娇哥再见。

祁睿峰：蛋妹再见。

云朵：……

唐一白握着手机走进宿舍时，祁睿峰抬头看了他一眼，说道：“刚才云朵给我发无聊信息，你有没有收到？”

“没有。”唐一白摇了摇头，见祁睿峰挑眉，他补充道：“我们通电话了。”

奇怪了，说出这话时，心中那股淡淡的得意是怎么回事？

第二天，云朵下班后又去看房子了。这次是她单位附近的一个小区，走路的话要十五分钟，地理位置很不错。她之前在网上看房子时也见过这个小区，由于价格偏高，她一直无视它的存在。经过这段时间各种看房受挫，她终于明白一个事实：一分钱一分货。所以贵就贵点吧，咱可是怀揣一万多块巨款的人，怕 what 啊？

B 栋，一单元，102。嗯，就是这里了。

咚咚咚，云朵敲门。

等了一下，门就开了，里面站着一个五十岁上下的男人，个子中等，围着一个白色的围裙，露出灰色毛衣的领子。他的发丝齐整，鬓间些许霜染之色，胡子刮得很干净。他开门时，手里还拎着一个炒勺。

云朵朝他笑了笑：“请问这里是路女士家吗？”

“是。”他点点头，“你是来看房子的吧？我老婆刚刚打电话跟我说了，快请进。”

他把云朵让进来后，帮她取了双拖鞋，然后晃了晃手中的炒勺：“我还在炒菜，你稍等一下。”见云朵点点头，他便转身走进了厨房。

云朵看到他步伐沉稳，肩背挺得很直，像一棵苍松。她暗暗惊叹，这个年纪的男人，不发福不驼背，收拾得干净齐整，精气神十足，真是挺难得的。

她换好拖鞋，直起腰朝客厅望去，一看之下，惊得嘴巴都张圆了。

客厅里，窗明几净，地板也擦得很亮，一丝灰尘都看不到。如果只是干净，也不算难得，任何一个有洁癖的人都可以做到，而这个客厅除了干净，还很整齐，整齐得有些过分。沙发上的抱枕规规矩矩地立靠着，间距完全一样；茶几上只摆着一个插着鲜花的玻璃花瓶，放在桌面黄金分割线的位置；电视柜上除了电视什么都没有，云朵甚至找不到遥控器藏在哪里；至于随处摆放的小物件，一个都没有。

墙上挂着巨幅婚纱照，从年纪上看，多半是夫妻后来补拍的。婚纱照上的女主人很漂亮，有种岁月沉淀的雍容婉丽。

整个客厅的陈设显示出一种井然的秩序感，家具像是列好队等待检阅的方阵。

在这井然的方阵中，走出了一个检阅者，一只胖胖的、身形矫健的、油光水滑的——哈士奇。

云朵的下巴快掉下来了，这狗是哪里冒出来的？根本不是一个画风的啊！

还有，这家里有狗，怎么还收拾得这么干净？怎么做到的？真是百思不得其解。

哈士奇的智商在整个宠物界都闻名，它见到云朵，很高兴，吐着舌头摇着尾巴走过来，仰头看着她，一脸“爱我你就摸摸我”的蠢样。

云朵丝毫不怀疑，如果家里进了贼，这货同样会如此热烈地欢迎。

哈士奇坚持仰头看着云朵。

云朵被它的执着感动了，伸手拍了拍它的头。

它很高兴。

这时，男主人的菜炒好了，他从厨房走出来时，已经解掉了围裙。

看到哈士奇，他说道：“你怎么出来了？回去。”

哈士奇没有听他的话，围着云朵转圈圈。

男主人笑道：“它很喜欢你。”

他带着云朵走进客厅。

云朵说道：“你家收拾得太干净整齐了。”

“嗯，我以前当过兵，搞内务搞习惯啦。”

原来如此。

云朵跟着他在客厅里转了一圈，又去看卧室。

这套房子是三室两厅，其中一个卧室用来做书房，主卧是他们夫妻自己住，准备租出去的是次卧。卧室的陈设比较简单，一套桌椅，墙上嵌入推拉门的壁柜，节省了很多空间，使卧室显得宽敞了不少。床单和被罩是一套的，海蓝色，上面印着简单的浪花图案，被子叠成了豆腐块，整整齐齐地放在床头。墙上贴着两张海报，一张是科比，一张是路飞。

“这之前住的是一个男孩吧？”云朵看着科比的海报，问道。

“是啊！床单、被罩都洗过了，你如果介意可以自己换。”

云朵摇摇头：“没事。”

她知道床单、被罩已经洗过，这位爱干净的退伍老兵是绝对不会放过它们的。

她问道：“如果我住在这里，可以自己装饰这间屋子吗？我不想让科比看着我睡觉。”

他笑道：“当然可以。”

然后，他又带她看了看厨房和卫生间。如果租了房子，这个卫生间基本上是云朵自己用，他们夫妻的主卧自带卫生间。

看罢，云朵表示很满意，然后就是谈价钱了。云朵不太好意思还价，红着脸憋半天，憋出一句：“能不能再便宜点呢？”

他笑道：“我做不了主，你稍等一小会儿，我老婆马上回来。”

他话音刚落，便传来开门声。

云朵扭头，看到一个女人推门走进来，正是婚纱照上的那个。她身材高挑，肤色很白，化着精致淡雅的妆容。

进门后看到云朵，她并不意外，只是朝云朵点点头：“来了？”

“嗯。”

“老婆，”男主人对她说道，“这个小姑娘想租咱们的房子，问能不能再便宜些。”

女主人走过来，打量了云朵一番，问了她几个问题——年龄，工作，学历，

老家哪里，月薪多少。

问到月薪时，听云朵说了一个很低的数字，她微微皱了一下眉，没好气道:“现在的用人单位都这么抠门吗？虐待小孩！”

她说话的气势很足，像是经常训人。

云朵轻轻抖了一下肩膀：“咳，所以房租……”

“给你减两百块钱吧，拿这钱买点化妆品。你没化妆吧？”

“没。”云朵觉得自己被鄙视了。

“年轻就是本钱啊！”她叹了口气，“签合同吧，还杵在这里做什么？”

“啊？哦，谢谢，谢谢！”

男人还有些犹豫：“老婆，真的要租吗？”

“租。又没人住，为什么不租？”

云朵高高兴兴地签了合同。

虽然这位阿姨从进门就没有好脸色，但是她能干干脆脆一口减掉二百块钱，说明她是一个心地很好的人。云朵觉得自己碰了那么多次壁，终于走运了一回。

签完合同，押一付三，数了一沓钱给对方，云朵便告辞了，约定周末搬过来。

她走的时候，男主人带着哈士奇把她送到门口，哈士奇依依不舍地蹭了蹭她。

云朵摸了摸哈士奇的头，笑问：“它叫什么名字？”

“二白。”

云朵觉得这名字有点怪，哈士奇二倒是挺二的，可它一点都不白呀！

周末，云朵要搬家了，陈思琪想来帮忙，云朵告诉她不用了。“搬”的工作都由搬家公司来做，她只要整理东西就好。陈思琪正在跟踪某个大明星，不能耽误了这位的娱乐事业。

房东夫妇都在，云朵叫他们“叔叔”“阿姨”，叔叔姓唐，阿姨姓路。

真巧，和唐一白一个姓。

云朵摸了摸后脑勺，怎么突然想到这个了？

路阿姨正闲闲地靠在沙发上看电视，沙发很软，她的身体陷下去，叠起

来的腿显得格外修长。她一手搭在沙发扶手上，神情慵懒，却气场十足。可惜的是她脚边卧着的那条蠢狗太不争气，一脸傻样，直接拉低了女主人的格调。

二白看到好多人来它家，特别高兴，摇着尾巴走了过来。搬家的小哥注意力都在大箱子上，没有看到它，一不小心踩了它的脚。它惨叫一声，滚回了女主人的脚边。

云朵忍俊不禁，真的很想摸摸它。

她整个下午都在房间整理东西，整理到一半时，看见二白拱开门走了进来。它脖子上挂着一个柳条编的篮子，篮子里有一个白色陶瓷盘子，然后……没有然后了。

云朵不知这是何意。

二白摇着尾巴轻轻嗅她，讨好的意思很明显。

云朵是无法做到跨物种沟通的，她摘下篮子，走到客厅，问沙发上坐着的路阿姨："阿姨，这个……"她一手提篮子，一手把白色盘子拿出来："这个是有什么象征意义吗？"

这时，唐叔叔从厨房走出来，手里捧着一盘草莓，看见云朵举着空盘子，惊讶道："咦，你这么快就吃完了？看不出来嘛，小姑娘身怀绝技。"

路阿姨面无表情："都被二白吃了。"

所以说，盘子里本来装着草莓吗？

云朵有些尴尬，扭头看一眼身后的二白，它正趴在地上，脸扭到一旁，假装没有看到他们，或是他们看不到它。

路阿姨拧了一下眉："它偷吃过多少次了，你怎么还相信这条蠢狗？"

唐叔叔呵呵一笑，走过来把草莓放到她面前，然后坐在她身边："所以这就是父爱如山啊！"

云朵抿嘴笑了笑，去把盘子放回厨房。

这边，路阿姨问唐叔叔："你怎么不自己送过去，让一条狗送？"

"我怕你想太多。"更年期的女人惹不起啊惹不起。

路阿姨好气又好笑："你先照照镜子再说这种话。老男人一个，我有什么不放心的？"

"我是老男人，你就是老女人。"

“找死！”她作势要打。

“老婆，我错了。”他笑道，“我老婆永远十六岁。”

这话太肉麻了，路阿姨听不下去，用力推了他一把：“一边去！”

唐叔叔被推开后又坐了回来。

云朵顺手把那个装草莓的盘子洗了。

她从厨房出来路过客厅时，看到他们有说有笑，眉宇间带着只有夫妻才有的熟悉和默契。

他们感情真好啊！她在心中感叹。

路阿姨突然叫住她：“云朵。”

“哎！”云朵猛地转身，差点脱口而出“您有什么吩咐”。

不怪她啊！这位阿姨的气场有点强，总让她想起社里的领导，不自觉地就想服从。

“着急什么，先吃点水果。”

“嗯。”云朵点头，走过来，弯腰拣了一颗小一些的草莓来吃。

“怎么不坐下？”

云朵答道：“我身上有灰尘。”

路阿姨也就不要求她坐下了。

唐叔叔一边吃草莓一边对路阿姨说：“你把房子租出去了，豆豆回来住哪里？”

路阿姨没好气道：“让他跟二白挤着睡。”

云朵有些奇怪：“豆豆是一只猫吗？”

“不是。”唐叔叔无奈地摇了摇头，“豆豆是我们的儿子。”

他说到这里，也不知道怎么跟云朵解释他儿子和他老婆之间无法调和的矛盾。家家有本难念的经，还是不要为外人道了。想到这里，他叹了口气不再说话。

云朵很识趣地没有追问下去。

她吃了几颗草莓，向夫妻二人道了谢，又回房间收拾东西了。

云朵走后，唐叔叔对路阿姨说：“这个小姑娘挺不错的。”

细节看人品，这话没错。比如她吃人家草莓时只吃小的，比如她知道自己身上有灰尘就坚决不坐沙发，比如她听出人家话里的难言之隐就很体贴地

岔开话题……这些细节表明她是一个有礼貌有教养的孩子。

路阿姨听到此话，轻轻一扬眉："错了我能让她住进来？不看我是谁，看人从来没有走眼过。"

唐叔叔笑着把她又一顿猛夸。

夸完后，他才试探着问："要不我在书房加一张折叠床？狗窝那么小，装不下豆豆一条腿。"

"随便你。"

他又问道："那……这事到底要不要告诉豆豆？"

"不用。"路阿姨冷笑，"等他自己发现这个惊喜吧！"

三月二十五日，全国游泳冠军赛暨亚运会预选赛在Q市举行。

泳坛的国际性赛事，世锦赛两年一次，亚运会四年一次，奥运会四年一次。四年四场重大比赛组成一个循环，所以每年的冠军赛，都是针对当年重大赛事进行选拔。

今年是亚运年，中国在亚运会上是巨无霸级别的存在，备战亚运总比备战奥运的压力小很多，因此许多知名运动员的精神状态相当放松，向阳阳说的"随便游游"倒也并非开玩笑。

这些人里并不包括唐一白，他这段时间训练很认真——好吧，其实他以前也很认真，可是祁睿峰觉得他最近更认真了。

他忍不住对唐一白说："你的名额已经定下来了，不用那么拼吧？"

"我的比赛经验太少了，应该多磨炼。"唐一白答道。

祁睿峰叹口气，没再说什么。

冠军赛的持续时间比春季锦标赛多将近一倍，也就不那么赶了，不会出现50米自和100米自同一天游的疲惫。

唐一白的主项100米自分两天进行，前一天预赛和半决赛，后一天决赛。

在他的主项开始之前，明天和郑凌晔的比赛项目先进行了。

明天的男子100米蛙泳获得金牌，他的决赛成绩是59秒65，刷新了他的个人历史最好成绩，不过，这个成绩也只是轻轻地捏了一下亚洲纪录，并没有将其捏碎。亚洲纪录是日本选手创造的58秒95，已经五年无人打破——这个纪录也曾是世界纪录，后来被英国选手打破——所以，明天打破不了，

着实可以理解。

相比明天上蹿下跳的发挥，郑凌晔的成绩一直很稳定，这次的 100 米蝶泳也拿了金牌，成绩同样与亚洲纪录有一点距离，而亚洲纪录的保持者，也是日本选手。

没错，日本选手虽然长得矮，但他们在游泳项目上的实力确实很强大，这简直是一个奇迹。

不过，这个奇迹不会发生在短距离自由泳上。日本选手仰泳、蝶泳和蛙泳都很厉害，在世锦赛、奥运会等世界级的赛场上，4×100 米混合泳接力时，前三棒积累下来的遥遥领先的情况多次发生，可是每每到了第四棒自由泳，他们就会瞬间被反超，实在是哭都没地儿哭去——短距离自由泳是爆发力极强的项目，可是他们总在这种爆发中哑火，一丁点儿办法都没有。

不止日本人没办法，全亚洲人都没办法。在唐一白出现之前，短距离自由泳就是亚洲人的死结，就是无解的存在。

那么，唐一白出现之后呢?

云朵想到一种了不得的可能性，心情禁不住雀跃了，像是春天明媚的阳光，像是风平浪静的海上行驶的帆船，像是一早迎着日出飞翔的白鸽……

她傻笑了一会儿，隔着玻璃墙望向那边的检录厅。

检录厅里，唐一白正在等待检录。他穿着普通的运动服，闲闲地靠在墙上，正低头看手机。

隔得那么远，厅里那么多人，云朵还是能一眼找到他，总觉得他比别人都出众，比别人都好看。

唐一白像是感觉到什么，他抬起头，透过玻璃墙，也看到了她，于是朝她挥挥手，笑了。

“啊啊啊……”

云朵听到身后观众席上的小姑娘们低呼起来，个个捧着满面红光的脸，幸福地说：“他在对我笑！”

“不对，是对我笑！”

“我！”

“在看我！”

好吧，就为这事她们也能争起来。

云朵转回头继续看唐一白，朝他握拳做了个加油的手势。觉得握一拳不过瘾，她两只手都握起来，那一瞬间像是被大力水手附了身。

唐一白笑得灿烂，低头，手指动了几下，云朵很快收到了他的微信：像个大猩猩。

云朵：你有手机了？

唐一白：峰哥的。

云朵：都学会换号了。

唐一白：~(@^_^@)~

云朵：你不要卖萌，你可是男神，高冷范儿端起来。

唐一白：……

云朵：准备得怎么样？

唐一白：等着尖叫吧！

社里对这次比赛很重视，除了云朵和林梓，还派了孙老师和另外一名资深记者钱旭东来。

林梓相当于一个废物，可以无视。本来社里外派的记者没有他，因为他创造的价值还比不上那两张机票钱，不过林梓财大气粗，不在乎那点钱，自掏腰包来了。

钱旭东很受刘主任器重，虽然为人有些自负，但确实有才干。他这次来冠军赛，除了要采访那些知名运动员，还有一个任务——如果唐一白成绩不错的话，他要试着和唐一白及其教练伍勇约一下专访。

晚上七点整，男子100米自由泳决赛开始。

云朵待在出发台后方挨着观众席的位置，这个位置的好处是可以拍到选手们后半程冲刺时的正面照，可以捕捉到他们触壁后那一瞬间的表情，不足之处是，不如泳池侧方的视角好，能够一览比赛全局。

其实云朵也想去侧方看比赛，只是好位置当然要给领导留着，所以钱旭东和孙老师在侧方，只有林梓陪着她在后方。

这次冠军赛，记者们的活动范围很大，但不能靠近泳池，即便是出水后的采访，他们也只能留在围栏外，就像是动物园里的麋鹿被游客投喂那样。

说话间，运动员入场。

唐一白在第四泳道，出场时大步迈着长腿，一边走一边将运动服上衣的拉链拉到底。

简简单单一个动作，换来了观众席某处一小撮妹子的尖叫。

云朵离她们很近，感觉自己像是被声波武器轰炸到了，她揉了揉耳朵，心想：唐一白也是有粉丝的人了啊——虽然很少。

唐一白把衣服脱得只剩一条泳裤时，站在了出发台旁。他的身高在运动员中并不算突出，却是最容易吸引人们目光的，因为他的身材比例很好……呃，也不能这么说，至少唐一白觉得自己身材比例不好，腿太长。不过，正是由于偏长的腿，使他的身材比例近乎黄金分割，符合普通人的审美观。

这时，唐一白站在了出发台上。

这是云朵第一次从这样的角度看他比赛，只能看到他的背面。

他的肩膀又宽又平，上臂结实的三角肌微微隆起，饱含着勃勃的力量。匀称的背部肌肉覆盖在蝴蝶骨上，脊柱微微凹下去，像一条山谷。山谷一路向下，带着薄而坚韧的背阔肌，形成起伏的线条，随着窄窄的腰身一起没入黑色的泳裤。两条笔直的长腿，流畅的线条像水银沿着起伏的山峦倾泻而下，线条下包裹着结实漂亮而极具爆发力的肌群。

云朵突然想起曾经听过的一句话：人体之美为美中至美。

人类是万物之灵，是大自然最杰出的作品。人体的每一块骨骼、每一片肌肉、每一处关节，都经历了千万年时光的淬炼，都是力与美的最佳结合，是实用与美学的完美呈现。自然界中有那么多惊心动魄，那么多巧夺天工，却都只是人们眼中的惊艳，若论极致的美，只有人类自身。

游泳运动员的肌肉当属这美中至美，它们匀称、协调，像是无数器件组成的仪器，精密而高效，蕴含着蓬勃的力量，却不会因此失去肌理的美感。

云朵暗自感叹了一番，举着相机咔嚓咔嚓照了运动员们的背影一会儿，问身旁的林梓：“你觉得谁的肌肉最好看？”

“我的。”

“滚！”

这时，她身后那一撮唐一白的忠实女粉丝捧着脸感叹：“啊，臀部好性感，

好想摸！”

云朵红着脸低头，默默地给妹子们点了个赞。

出发台上，唐一白已经做好准备，像是蓄势待发的猎豹。令枪一响，几乎眨眼的瞬间，他双臂笔直前伸，如一只锐利的鹰隼，直刺入水中。在四溅的水花中，水下的身影飞快摆腿，如一只白色海豚摇摆着尾鳍，速度快得让人眼花缭乱。

清澈的水中，他的身形敏捷而漂亮，像一条美人鱼。

云朵突然觉得，这个人天生就该属于水。

她放下相机，盯着泳池中的身影。

今天祁睿峰没有参赛，唐一白根本没有竞争对手，一入水就处于领先地位，并且随着时间一秒秒过去，这个优势逐步扩大。

冠军花落谁家，已经毫无悬念。

云朵却越来越紧张，她紧盯着他，眼睛一眨不眨，甚至忘了呼吸。不知道是不是错觉，她总觉得他游得太快了。

唐一白已经转身，往回游去。水面被他劈开，留下身后不断荡漾的波纹，泳镜反射着分隔绳的颜色，妖冶的红。

云朵听到了自己心脏疯狂跳动的声音，皮肤下血管里的血液呼啸着奔腾，太阳穴突突直跳，大脑已经无法思考，有的只是他的势如破竹，所向披靡。

她盯着他，突然高喊：“唐一白，加油！”

一声吼叫把周围人吓一跳——记者们都秉着公正客观的态度，很少有给运动员加油的。

林梓轻轻拽了一下云朵：“不要胡闹，要有职业素质。”

云朵不管，把相机塞到林梓怀里，她两手放在嘴边做喇叭状，跳着脚不停地喊：“唐一白！加油！唐一白！加油！”

唐一白像是一台疯狂的马达，在最后二十五米时再次提速，嗖的一下，转眼冲到终点。

触壁后，他摘掉泳镜，第一时间去看电子屏。

此时，现场的解说员已经说出了那个答案：“47 秒 88！ 47 秒 88！ 刷新了赛会最好成绩，刷新了他的个人最好成绩，打破了他自己保持的亚洲纪录！短短三个月，他将亚洲纪录再次向前推进了 0.16 秒！他冲进了 48 秒，

这是历史性的一刻，亚洲人，也能游进48秒！唐一白，今夜，他是这个泳池的王者！”

唐一白很给面子，配合着解说，握了握拳。

突然脑中灵光一闪，他想到了刚才被他嘲笑为“大猩猩”的云朵，然后也两手握拳，朝着摄像机晃了晃。

“啊啊啊……”云朵和那群女粉丝一块尖叫，“47秒88！47秒88！”

林梓抱着相机躲在一旁，假装不认识她。

唐一白上岸后，擦干了身体，腰上围一块深蓝色的浴巾，歇了一小会儿，走到媒体等候区接受采访。

云朵因为刚才太激动，此刻脸蛋仍红扑扑的，眼睛亮亮的，蒙着一片湿润的水光。

唐一白觉得这样的她特别像盛夏熟透的水蜜桃。他朝她笑笑，动动嘴唇，用口型问她：帅吗？

好自恋！云朵扭过头假装没看到他。

孙老师和钱旭东都已经赶过来了，但是要等中央电视台和当地省台的记者采访完毕，他们才能提问题，这是赛会主办方的规定，唐一白只能遵守。

那两个电视台简单采访完后，钱旭东抓紧机会当先提问：“唐一白，首先恭喜你再破亚洲纪录。请问，今天是你的超常发挥还是正常发挥呢？平时训练能游出这样的成绩吗？”

唐一白没有回答，而是看了一眼云朵。

与此同时，钱旭东发现，周围有不少记者，都用一种奇怪的眼神看着他，像是在说：这个人真不懂规矩。

这种被人视作格格不入的待遇，他只在刚入行时体会过，不禁有点蒙，不知道哪里出了问题。

他左看看右看看，虽然觉得自己什么都没做错，还是被众人看得有些心虚，忍不住奇怪道：“怎么了？”

这时，一个年纪不大的女记者问云朵：“云朵，你没有问题吗？”

云朵顿时觉得好尴尬。

钱旭东的胸牌刚刚摘了放在口袋里，他有段时间没跟游泳项目，许多人这才没认出他来，而认出的也没说话，于是导致了这样尴尬的情况出现。

钱旭东有些恼火：“云朵，这是怎么回事？”

“呃……”云朵看着唐一白，“这位是我们社的资深记者，钱老师。”

如果唐一白是祁睿峰，大概会认识钱旭东，至少会觉得面熟，可惜他是唐一白，好几年不混比赛圈了，谁都不认识很正常。

“嗯，你好。”唐一白朝钱旭东点点头，“抱歉，我只是想知道你是谁。”一句话帮云朵掩饰了尴尬。

他知道不能让云朵得罪社里的前辈，因此很认真地回答了钱旭东的问题，钱旭东这才觉得面子上好看一些。

过了没一会儿，有志愿者过来通知唐一白，一会儿领完奖要针对男子100 米自由泳比赛举办新闻发布会，请他届时参加。

唐一白点点头，采访到此为止。

赛事的新闻发布会有些是固定的，比如祁睿峰的项目；有些是不固定的，一般是在出现比较抢眼的情况时临时决定，比如唐一白的项目。今天 47 秒88 这个成绩意义非凡，很值得开一场发布会。

记者们逐渐散去，唐一白却并未急着走，叫了云朵一声：“云朵。”

“嗯？”

周围不少记者满脸八卦地看着他们。

云朵有些窘：“什么事？”

唐一白挑眉，笑吟吟地望着她：“你都不恭喜我？”

记者们的表情，立刻八卦中带了一抹了然。

这个气氛不太对啊！云朵有些莫名，但还是对唐一白说：“恭喜你，这个成绩真的很棒。”

他又笑问：“有没有给我加油？”

“没有。”她否认得迅速又坚决。

然而——

“她加了。我听到了！”

“我也听到了。哎哟，她连相机都扔了哦！”

“是啊，我也听到了，吓我一跳！”

不愧是记者，实事求是的立场太坚定了，此刻听到云朵扯谎，都毫不犹豫地站出来揭发她。

云朵快要哭了，大家都不容易，记者何苦为难记者啊！

唐一白轻笑一声，缓缓扫了一眼云朵，得意地走了。

目送唐一白远去，钱旭东的脸色很不好看：“云朵，你和唐一白到底是什么关系？”

云朵连忙解释：“我们是普通朋友，只是他这个人喜欢开玩笑。”千万不能让领导们误会她和唐一白的关系啊！

也不知钱旭东信了没有，反正接下来他一直很沉默。

唐一白的新闻发布会开完后，钱旭东没有回赛场采访，而是去找了国家游泳队的领队——刘主任之所以派钱旭东过来，正是由于他和领队蛮熟的。想专访唐一白，走领队的路子，成功率更高一些。

领队的回答却让钱旭东有点失望：“已经有不少媒体找过我了，说实话我谁也没帮，你们去找伍教练吧！他比较了解唐一白，这事让他们自己做决定。”

钱旭东只好去找伍勇。

结果，伍勇比领队干脆多了：“不好意思，专访我已经定了。”

钱旭东悻悻而归。

回来看到云朵没心没肺地跟孙老师和林梓说笑着，他更是气不打一处来。

其实这种怒气很没道理，他在唐一白那里碰了壁，而唐一白对云朵另眼相看，他就看云朵不太顺眼。

云朵没察觉到钱旭东的不悦，还傻乎乎地问他能不能拿到专访。

哪壶不开提哪壶！钱旭东没理她。

那头，伍勇所谓的“我已经定了”，也只是联系了两家电视台，还没最终确定选哪一家，他想发扬一下民主精神，回去问唐一白。其实主要原因是他有点选择困难症，不知道选哪家好。

结果，他一问唐一白，唐一白摇摇头：“能不能两家都不选？”

伍勇一瞪眼，匪气十足地问他：“那你选什么？”

“《中国体坛报》。”

“不行，电视台比报纸的宣传效果好。”

唐一白睁大眼睛看着他，拿出了卖萌的本事：“伍总，我一直很听您的话，这次能不能听我的？”

伍勇狐疑地盯着他：“你先告诉我，为什么一定要选《中国体坛报》？”

“我想把我的第一次专访送给《中国体坛报》的云朵，独家。”

伍勇立刻八卦地问他：“说老实话，你跟那个叫云朵的小姑娘，到底什么关系？”

“他帮我过了英语四级。”

伍勇一瞪眼睛：“不是女朋友？你太让我失望了！”

伍勇和唐一白正说着话，袁师太从他们身旁路过，看到唐一白，朝他点点头：“一白今天发挥得很好。”

唐一白谦逊地微微低头：“谢谢袁师太。”

伍勇得意了，眼里冒着贱兮兮的光芒。

他问袁师太：“怎么样，服不服？我伍勇教导出来的孩子，新的亚洲飞鱼，说不好就是下一个奥运冠军喽。”

袁师太微微一笑，气定神闲地对唐一白说：“你要是跟着我，早成世界冠军了。怎样，有没有兴趣？”

伍勇脸一黑：“有你这么挖墙脚的吗，当我是死的？”

唐一白知道袁师太在和他开玩笑，笑道：“袁师太，峰哥一个就够您头疼了，我就不给您添麻烦了。”

“倒也是。”袁师太点点头，飘然离去。

自始至终她都没看伍勇一眼。

无视，总是比针锋相对更让对手难堪。

伍勇很生气，唐一白感觉他短短的胡楂都在颤动。

伍勇指着袁师太的背影：“这人，这人……”

“伍总，您放心吧，我会永远追随您的。”唐一白连忙安慰他，“不过我说句实话，您真的不是袁师太的对手。”

袁师太今年四十三岁，一直未婚。她身材娇小，表面看是个温婉可亲的小女人，实际上身体里住着一头哥斯拉。唐一白亲眼见过袁师太打祁睿峰。那次祁睿峰做了很傻的事，暴怒的袁师太想抽他耳光，结果很尴尬地够不着，最后是祁睿峰蹲在地上让袁师太抽。现在想想都觉得凄惨啊，当时唐一白赶

紧回避了——如果好朋友正在经历不堪回首的事，回避并且永不提及，是比安慰更好的选择。

相比袁师太，伍总虽然看起来很可怕，但从来没打过他。单凭这一点，唐一白就相信伍总不是袁师太的对手，他不够狠。

伍勇还想吐槽袁师太，可是人都走了，他在背后和一个年轻人吐槽，显得太 [U1] 逊，于是摆了一下手作罢。

唐一白犹豫着，说道：“伍总，明天我想回一趟家，等闭幕式再回来，可以吗？”

“家里有事？”

“不是。”唐一白摇了摇头，“我很长时间没回家了，而且我妈妈最近都没打电话骂我，这不像她，我担心她在憋什么招数整我。”

伍勇有些无奈：“行了，回吧！也不用参加闭幕式了，来回跑太麻烦，我会跟队里说。”

唐一白很高兴：“谢谢伍总！”

“专访的事情自己看着办，我不管你了，该说什么不该说什么你自己心里有数。”

“嗯。”

伍勇想了想，也没什么可交代的了。相比其他运动员，唐一白特别让人放心。

其实伍勇挺羡慕袁师太的，因为祁睿峰天天出幺蛾子。运动员不好了，教练才会有强烈的被需求感，这是他们的价值所在。唐一白呢？这小子心智早熟，内心强大，有时候他这个当教练的还需要他来开导。

晚上，唐一白和祁睿峰一起坐大巴车回酒店。

祁睿峰今天没有比赛，是来现场当观众的，给队友们助助威。

他看到唐一白时，重重捶了唐一白一拳：“干得漂亮！”

唐一白笑了笑，今天他收到好多这样的评价。

车内光线昏暗，两人并排坐着，唐一白看向窗外。

Q 市是一座滨海城市，城市建设很年轻化，道路宽广，楼宇高大。散发着淡黄色光芒的路灯，像是一颗颗珍珠，点缀着这座漂亮的城市。路灯末端，

是乌蒙蒙、黑漆漆的一片混沌，有如时空的黑洞一般，望之让人生畏。那是大海，包容一切、吞噬一切的大海。

祁睿峰突然问道：“你见过海吗？”

“见过。”

“在哪里？”

“后海。”

“滚球。”

唐一白笑了笑，换了个姿势，整张脸都面向车窗。

那些迷离晃眼的霓虹灯飞快地在眼前划过，唯一不变的是沉默而坚定的大海。

他没有说错，他真的见过海。

三年多前，他带着一张罚单、一条伤腿、一肚子的委屈和迷茫，来到这座城市。当时的他想：从七岁到十八岁，他在水中游了十一年，却从来没有见过海，是多么遗憾的一件事，所以他想在梦想即将走到尽头时，看一看大海，看一看这天下最宽广的水域。

那是怎样的情形呢？广阔无垠的海面直达天际，奔腾着、咆哮着的海浪，如巨兽一般不断撞击着海岸，层层叠叠，卷起千堆雪，见者无不内心激荡。

海浪像是拍在了他的心上，他想：我为什么要相信命运这种扯淡的东西？我的命、我的运，都攥在自己手里，跌倒了，再爬起来就是。接受一切，包容一切，才能战胜一切。这世上根本没有枷锁，一切都是人在自己的心上安的锁。我想要什么，我就去拿，我不信我拿不到。在人生的道路上，苦难就像层出不穷的怪兽，没什么稀奇，如果你遇到它，挥剑砍翻就好。

往日的内心激荡，现在想来，却是一片淡然。唐一白望着路尽头的那片黑暗，默默地想：下次一定要在海里痛快地游一游。

祁睿峰突然说道：“我今天看到云朵给你加油了。”

“是吗？”唐一白换回背靠着座椅的姿势，扭头看祁睿峰。

“是，她跳得很高，真像只小兔子，很傻很傻。”祁睿峰说着，轻轻撇了一下嘴角，很不屑的样子，眼中却带着笑意，“我录下来了。”

“我看看。”

祁睿峰打开随身带着的套着玫红色外壳的 pad。

这个 pad 是袁师太的，因为祁睿峰最近表现不错，袁师太允许他玩两天。祁睿峰刚才在观众席时，玩了好一会儿的赛车游戏，感觉棒极了。

他找到那个视频文件，播放给唐一白看。

视频是从唐一白做准备动作开始录的，显然祁睿峰一开始的目标并不是云朵。镜头在泳池那里停了一会儿，便向观众席移去，扫过媒体等候区时，镜头又退了回来。

接着是祁睿峰的配音：“咦，这不是蛋妹吗？”

唐一白拧了一下眉：“你答应过我不再叫她蛋妹。”

祁睿峰顾左右而言他：“闭嘴，接着看。”

然后镜头一直停在云朵身上没动。

唐一白看到她纤细的身影，突然又喊又跳的，由于距离太远，根本听不到她在叫什么，倒是祁睿峰的配音很清楚：“哈哈哈，好傻！”

唐一白低头盯着她的身影，轻轻笑了笑。液晶屏微光的映照下，他的目光像夜色一样温柔。

视频很快播放完毕。

唐一白看着祁睿峰退出播放器，说道：“把这个视频拷贝一份给我吧。”

“好的。”

“然后把源文件删掉吧。”

“为什么？”

“你不删，袁师太也会删掉的，删完后还会抱怨你。”

祁睿峰想了想，觉得唐一白说得在理，于是点点头：“好！”说完，他又突然有些得意：“这是云朵的黑历史，我也要存一份。”

第四章

原来是你

第二天上午，唐一白回到家。

正好是周末，他本来想给爸妈一个惊喜的，结果到家一看，根本没人，只有一条狗。

二白在家好寂寞，听到有人来很高兴，叼着一双拖鞋跑到门口。

唐一白发现二白长出息了，知道给主人递拖鞋了，以前拖鞋只是它磨牙的工具。他奖励地拍了拍它的头，可是再看那双拖鞋，他顿时崩溃了。

那是一双淡粉色的有着 hello kitty 图案的棉拖鞋，大小相当于唐一白的一只手掌。

唐一白震惊地看着那双棉拖鞋。他妈妈这是要返老还童吗？穿这么少女的东西？

他敬畏地把那双拖鞋放好，找了自己的鞋换上。

在家里转悠了一圈，唐一白确定爸妈都不在家，打算先回自己的房间休息一下，没想到他的房间竟然锁上了。

呵呵，还好我早有准备。

唐一白摸出钥匙，随着锁眼轻轻一响，他推门走了进去。

然后，他很快退了出来。

唐一白恍惚了一下，继而茫然，继而陷入了自我怀疑之中——刚才那个

是他的房间吧？应该是吧？他应该没走错门吧？

他低头看看卧在他旁边的哈士奇，确信他并没有走错家门。

他再次走进房间。

这个房间，怎么说呢，像是从一块烤红薯陡然变成了制作精美的苏式点心。墙上的海报没有了，取而代之的是一幅原木色边框的风景油画，色彩明亮鲜艳。书桌上摆着一摞书，还有一盆多肉植物。墙上新钉了一个书架，架上摆着书和各种工艺品。床单、被罩没有变，不过床上多了一只巨大的维尼熊。衣柜的推拉门关着，门上贴着一张巨大的贴纸，是两只憨态可掬的卡通熊猫。

他走到阳台，窗帘也换掉了，是淡蓝色双层带蕾丝的飘纱窗帘。

天啊，蕾丝！

唐一白有些头疼，这就是他妈妈收拾他的方式吗？把他的房间装饰成一个小姑娘的卧室？蕾丝啊！看着就吓人好吗？

他不想看到那么多蕾丝，唰的一下把窗帘完全拉开了。

晾衣杆上挂着一个圆形带小夹子的晾衣架，上面夹着几只有着卡通图案的袜子和一个……文胸——粉蓝色绣着花朵图案带蕾丝边的文胸。

“咳。”他赶紧把窗帘拉上，脸有些热。

他现在有了一种不太好的预感，赶紧掏出手机给他爸爸打电话。

“爸，咱家是不是来亲戚了？”

“没有，儿子你想太多了。”唐爸爸答道。

“那为什么我的房间……”

“那个呀，你妈妈把那个房间租出去了。等一下，你看到那个房间了？快出去，那是别人的房间。”

唐一白突然有一种撞墙的冲动。

他退出房间，问道：“为什么要租出去？咱家很缺钱吗？”

“不缺钱。你妈说，租金是用来给二白买零食吃的。”

“……”唐一白咬了咬牙，小声抱怨：“我跟二白到底谁是她亲生的？”

手机里传来他妈妈的声音：“你说呢？二白每天陪我散步，你三个月不露一次面。好好的房子你不住，有的是人想住。”

“妈……”

唐爸爸："我们现在就回去，有事回家说。"

爸爸妈妈回到家时，唐一白已经平静下来了。

虽然不赞成妈妈的做法，但是他很理解她，毕竟他是她唯一的儿子（二白不算），一天到晚不回家，她肯定特别想他，加上赶上更年期，一怒之下做出过激行为也是正常的。

唐妈妈回到家时，看到客厅里，她儿子盘腿坐在二白的窝上，正低头玩手机。臭小子个高腿长，二白的小窝对他来说也就算个比较大的坐垫。

领地被侵占的二白委屈地趴在一旁，看看唐一白，再看看女主人。

唐妈妈嘴角抽了抽，绷着脸看着一人一狗。

还是唐爸爸先笑了："豆豆，我们回来了，给你买了好吃的。"

唐一白接过老爸手中的东西："好嘞，谢谢老爸。"说着就地翻起那两个大塑料袋来。

刚才唐爸爸和唐妈妈在逛超市，排队结账时接到儿子电话，他们立刻折返回去买了些零食和别的食材。明知道儿子在国家队里的伙食不可能比家里差，但每当他回来，他们仍想尽办法给他做好吃的。

唐一白在塑料袋里翻出几包零食和一瓶可乐。

可乐从冰箱里取出来没多久，瓶身凝聚着一层薄薄的水汽，摸起来沁凉沁凉的。

和很多男生一样，唐一白也喜欢喝可乐，但是可乐对运动员的身体有害无益，因此他总是克制自己，很少喝。现在，他有点纠结，把可乐瓶上上下下猥琐地摸了个遍，却一直没打开瓶盖。

唐妈妈有些不悦："你那是什么眼神？不喝算了，拿去浇花。"

"谁说我不喝。"唐一白果断拧开瓶盖，灌了一大口。

唐爸爸悄悄地对他说："你妈妈特意给你拿的。"

唐一白笑了笑："妈，谢谢。"

唐妈妈冷冷地哼了一声："滚去沙发坐着，占着二白的地方像话吗？"

唐一白起身坐到沙发上，一边说道："是您让我睡狗窝的……反正房子已经被您租出去了。"

“你不服？”

“我服，我特别服。”唐一白靠在沙发背上，高高地抬起手臂竖了个大拇指，“您可真把您儿子整治了，今天晚上我就抱着二白睡。”

唐妈妈闲闲地往沙发上一靠，老佛爷范儿十足。

唐爸爸笑道：“不用了，我们在书房加了一张折叠床。豆豆，其实你妈妈很心疼你的。”

唐妈妈挑眉：“谁心疼他？”

唐爸爸：“我，我还不行吗？”

唐一白眨眨眼睛：“妈，我知道错了。我以后肯定常回家看看，多给您添乱。”

唐妈妈呵呵一笑，明显不信。

唐一白问道：“这房子您租了多久？”

“一年。”

“不是开玩笑？”

“废话。”

“那您租给谁了？那个租客的生活习惯好不好？会不会打扰到你们？您别因为赌气给自己添堵就行。”

唐爸爸帮她回答了：“一个小姑娘，挺乖巧的，而且……”他突然一脸神秘，抬手挡在嘴侧，压低声音对儿子说：“还很漂亮哦！要不要介绍你们认识一下？”

“咳！”唐一白莫名地想起阳台上挂的那个文胸，有些不自在，“不用。”

“刚听到‘漂亮’两个字你就害羞了？真出息！”

唐一白没办法解释，也不想解释。他靠在沙发上，两手交叉垫着后脑勺，说道：“爸、妈，过几天我们就要上高原训练了。”

唐妈妈：“晒出两朵高原红。”

唐爸爸：“变成一个小公主。”

唐一白：“……”

欺负完儿子的夫妻俩得意地击掌。

唐妈妈突然叹了口气：“说实话，我真后悔当初生的不是女儿。”

唐爸爸悄悄地凑到她耳旁，用只有两个人能听到的声音说：“这不能怪你，

都是我的错。”

唐妈妈从牙缝里挤出一个字：“滚！”

唐一白笑着哄妈妈：“等我娶了老婆，就给您生个小公主。”

唐爸爸：“前提是你先有个女朋友。怎么样，给你介绍介绍？”

唐一白被他老爸见缝插针的精神感动了，但还是拒绝了：“不用，我暂时不打算谈恋爱。”

“不要嚣张，人家姑娘未必看得上你呢！我把她介绍给你表哥。”

“随便。”

唐爸爸不忿于儿子的冥顽不灵，决定不理他了。

唐妈妈突然说道：“到了高原小心点，别再把自己玩残了。”

唐一白忙不迭地点头：“放心吧，绝对不会了。”

唐一白在家里待了两天，始终没有看到那个传说中的租客姑娘，问爸妈，他爸妈说租客正好出差了。唐一白不相信，哪有那么巧的事，他在家两天，她就出差两天？那个姑娘不会是他们虚构出来的吧？

唐一白越想越觉得这个可能性比较大。虽然“假装有人租了他的房子并且专门装点卧室”这一行为显得有些疯狂，可是把他的房子租出去这件事本身也是疯狂的，两相比较，他倒说不好哪一件更疯狂了。

他偷偷问他爸：“跟我说实话，房间里那些东西都是我妈妈自己买的吧？舍得花钱买东西，怎么不舍得多花点钱租个姑娘回来呢？”

“什么话，你妈像那样的人吗？”

“以前不像，现在越来越像。”

“我刚才打电话了，人家姑娘明天就回来。等着吧，到时候吓死你。”

唐一白了然地笑道:“你不如直接说,我什么时候走,她就什么时候回来。”

唐爸爸翻了个白眼：“你这孩子，这么阴险。爱信不信，她明天九点左右回来，你可以等着自己看。”

第二天，唐一白果然等到了九点钟，却依然没等到姑娘的身影。他爸妈都去上班了，他觉得自己好无聊，不管这事是真是假，他都得赶紧回队里，两天多没训练，骨头痒痒啊！

他突然想起一件事，于是打了个电话。

云朵刚回到单位，就接到了唐一白的电话。

她本来还想先把东西放回家，毕竟离得并不远，可是钱旭东这两天看她不太顺眼，不允许她这么做，说要先回去开会，于是她风尘仆仆的，拖着个行李箱就回报社了。

钱旭东也没说错，他们确实要开会。

云朵放下行李箱，拿着个小本子去会议室，路上接到了唐一白的电话。

“喂，唐一白？”

“云朵，我的专访什么时候进行？”

“啊……啊？”云朵有些奇怪，“你约了我们社的专访吗？”不是已经残忍地拒绝了吗？

“我们不是早就说好了？”唐一白的声音有些郁闷，“我以为我们很有默契。”

“不是……可是伍教练已经拒绝过钱老师了。”

“但是我没有拒绝你。”

云朵万万没想到事情的发展是这样的，她不禁心情有些激动：“所以，你还是会接受我们的专访吗？”

“不是你们，是你。稍等，我看看地图……我离你们报社很近，你现在在单位吗？”

“在的。”

“好，我正好也在附近，可以顺路去你那里。我大概十五分钟到，你先准备一下，一会儿见。”

“啊？……喂？”

唐一白已经挂了电话。

云朵愣了一下，突然反应过来发生了什么，噔噔噔跑向会议室。

会议室里已经坐了几个人，看到云朵冲进来，都像是受到惊吓一般望着她。

云朵也受到惊吓了好吗？

她激动地大声说：“刘主任，唐一白要来了！”

刘主任有些摸不着头脑：“他来做什么？”

“做专访。”

“专访不是没拿到吗？”刘主任奇怪地看向钱旭东。

云朵没时间解释太多：“现在拿到了。他十五分钟后到这里。”

刘主任狐疑地看看云朵，又疑惑地看看钱旭东。

如果要在钱旭东和云朵之间选择一个来相信的话，他的决定是很明显的。

但是云朵也没理由撒谎啊，撒谎对她没好处。

可万一她疯了呢？

就在刘主任犹疑时，钱旭东帮他坚定了信心：“云朵，你胡闹什么？”

在场众人都了解一些情况，都觉得有些奇怪——连钱旭东都拿不到的专访，云朵怎么可能拿到？凭的是什么？

情急之下，云朵拨了唐一白的视频会话，还好他很快接通了。

唐一白看起来心情不错的样子，对着手机笑得眼波翻飞：“你就这么迫不及待地想看到我吗？”

云朵红着脸说道：“唐一白，这位是我们采编中心的刘主任，麻烦你帮忙解释一下，你确实要过来做专访。”她说着，把手机屏幕面向刘主任。

“刘主任，你好！”唐一白朝着刘主任那张老男人脸笑了笑，礼貌而疏离，“我确实和贵社的记者云朵约好了做专访，嗯，是刚刚决定的。因为我时间紧张，所以想现在就去贵社。请问你们今天方便吗？或者我们以后再约？”

“方便，方便。”刘主任忙点头，“我们已经做好准备了。”

云朵结束和唐一白的通话后，为难地问刘主任：“我们没有做好准备吧？”

刘主任深吸一口气，用一种看世外高人的眼神看着云朵：“十分钟够我们准备了。”

“可是……”

“没有可是。唐一白现在很抢手，错过了这一次，谁知道还能不能再约到？云朵，你去会客室准备一下，等着接待唐一白。旭东，你们几个和我一起拟定问题。旭东，你已经做过一些准备了吧？正好。顺便，云朵你去把林梓叫来，让他做一下记录，这种事他再做不好就真的可以滚蛋了。”

刘主任一一吩咐着，几个人很快进入一级战斗状态，除了钱旭东。他现

在的脸色青一阵白一阵，像是擦了五六种颜色的粉底，特别精彩。他刚刚还在和刘主任诉苦唐一白的专访多么难拿，现在一个小姑娘跑来说已经搞定唐一白，这就是在他脸上狠命抽啊！

然而，敬业的刘主任此刻已经照顾不到他的心情了。

中老年男人们疯狂起来工作效率是很高的，不到十分钟，林梓就拿着两张 A4 纸去会客室给云朵。A4 纸刚打印出来，还残存着打印机的温度，散发着油墨的香气。

云朵把那两页问题浏览了一遍，看到最后一个问题时，她不禁皱起了眉头。

她出去找了一支白板笔，用粗粗的黑色笔尖在最后那两行字上涂了个彻底。

林梓不以为然："你这样做会被刘主任骂的。"

云朵浑身散发着死猪不怕开水烫的霸气："骂呗，姐不 care。"

唐一白的到来引起了小小的轰动。

整个报社的人都是混体育圈的，连扫地大妈都能聊几句欧冠、NBA，所以大家对体坛动向的敏感程度比普通人高很多。唐一白创纪录的 47 秒 88 已经被传开了，不少体育圈同仁对此很是关注，今天见到他，岂肯放过。

合影，合影！

女同事们尤其疯狂，从来没见过这么帅的男人啊，而且身材比模特都好！

唐一白刚进报社大门就被截住了，云朵下楼找他时，看到他正在大厅里站桩，身旁不停地换人合影。

他倒是来者不拒，还能笑得一派悠闲。

像是和她有感应一般，云朵刚出现在二楼，唐一白就抬头向上看去，正好看到了她，于是他朝众人道了声"抱歉"，转身上楼——腿长就是好，一步跨三个台阶都不费劲。

也就是在云朵愣神的工夫，他已经上楼，玉树临风地走到她面前："嗨。"

算来两人只有三天不见，云朵再见他时却有种久别重逢的激动。她知道，他把专访留给她，一定顶着很大的压力——她一个在圈子里只混了半年多的小透明，何德何能独揽他的专访。

她眼眶突然有些发热："唐一白，谢谢你。"

因为激动，她的嘴唇微微发抖，声音颤着钻进他的耳朵。他看到她黑亮的眼睛湿润润的，让他想起杏花飘飞时的春雨。

他笑了，特别想摸摸她的头，不过最终还是忍住了，楼下那么多人还没散呢！

"客气什么？"他酷酷地将手插进兜里，"现在我们去哪里？"

"跟我来。"

云朵带他去了会客室。

会客室里放着一张钢化玻璃桌子，桌旁围着三张单人沙发，她让唐一白坐在沙发上，然后给他拿了一瓶没有打开过的矿泉水，她自己则倒了一杯咖啡。

唐一白吸了吸鼻子，点评她的咖啡："很香。"

云朵笑了："香也不能给你喝。"运动员嘛，入口的东西要求极为严格，她可不想让他在她这里吃到什么不干净的东西。

云朵坐下来，把录音笔摆在桌上，然后摊开那两张A4纸和一个本子——虽然有录音笔，但她习惯随时用纸笔记下重点——她说道："我们开始吧……咦，笔呢？"

她东张西望地找了一番，没有找到笔，然后她突然轻轻地一拍桌子："对了，在这里。"

唐一白看到她将手伸向脑后，轻轻一拔，一头顺滑的黑发便披散了下来，像是突然倾泻而下的一道黑亮的瀑布。她的发丝柔软干净，散发着淡淡的柠檬香气，应该是她洗发水的味道。秀发如翠云一般堆在肩头，半掩半映着她精致白皙的面庞。有几绺头发很不安分，越过耳朵贴着她的脸侧晃动着，她有些不耐烦，抬手把那几绺头发拢到了耳后。

唐一白抿了抿嘴，垂下眼睛，长睫毛微不可察地轻轻抖了一下。

云朵兀自低头用细长的签字笔在本子上画了几下，不错，完好无损。

她抬头想要说话，见唐一白垂眸沉默着，这才后知后觉地发现自己刚才的举动太不拘小节了，于是不好意思地解释道："那个……头花断了，临时用笔代替一下，你不介意吧？"

唐一白突然笑了，勾着嘴角望着她，眼波似有似无地晃动："一点也不。"

云朵打开录音笔，开始了她的第一个问题："那么，谈一谈你是如何成为职业游泳运动员的？"

唐一白也很快切换到公事公办模式，他清了清嗓子，答道："刚学会游泳的时候救过一个人，后来一直回想那种和水搏斗、征服水的成就感，这是我对游泳产生兴趣的开始，后来就有些沉迷了，也慢慢地走上了职业运动员的道路。"

云朵笑了："这个原因倒是很少见。爸爸妈妈支持你吗？"

"当时是很支持的，因为小孩都会学点课外技能，我爸妈觉得学什么都可以，我想学游泳，他们就让我学了。"

云朵很敏锐地从他的话里听到一个关键词"当时"，于是追问道："那现在呢？"

"现在啊！"唐一白无奈地叹了口气，"其实我在选择职业化道路时就和家人产生了分歧，我妈觉得职业运动员太辛苦了，极其不赞成我的想法。当然，后来被我劝好了。再后来，我受了点伤，他们更加担心。我妈为这事其实挺焦虑的，只是她不愿表现出来。另外，因为训练占了太多时间，我和家人团聚的时间很少，挺对不起爸妈的。"

云朵惊讶地看着他："你受过伤？"

"对！"他点点头，安抚地看了她一眼："运动员身上多半都有伤的。"

"什么时候受的伤？现在还有影响吗？"

"三年前的，已经完全好了。"

唐一白说到这里顿了顿："你不用担心。"

"嗯！"云朵点点头，"为什么会受伤？"

他沉默了一下："救人。"

又是救人，这位还真是热心肠，云朵觉得体育总局该给他颁发个"最乐于助人运动员"奖章。

既然说到三年前，云朵不得不提起另外一件事，问道："三年前你放弃自己的主项蝶泳，改为主攻自由泳，当时为什么做这个决定？主要考虑的是什么？"

"就是因为自由泳比较自由，动作上没有那么多约束，游得更快。我当时特别想游得更快一些，所以选择了最快的自由泳。至于考虑，没什么要考

虑的。”

云朵张了张嘴，有些不相信地看着他：“蝶泳是你的主项，并且你已经在主项上拿了亚运会的金牌，战胜了日本对手，这是很成功的。突然做这样一个特别重要甚至比较冒险的决定，真的没有考虑吗？”

唐一白认真地回忆了一下，这才答道：“真的没有。当时如果真的考虑了，就不会做这个决定了，毕竟这样的决定有些草率。”

你也知道草率啊！云朵在心里默默吐了个槽，不过她必须承认：“事实表明，这个决定是正确的。”

唐一白有些感慨：“如果不做这个决定也未必是错误的，重要的是坚持吧！决定有的时候很重要，有的时候反而不那么重要。”

云朵点点头，这句话太有深度了。

她问道：“所以，你做了这个决定后也没后悔过？”

“我为什么后悔？后悔一丁点儿用处都没有，只能给自己带来更多负面的东西。”

“遇到困难时也没有？”

“遇到困难时就想办法，办法总比困难多。”

云朵感叹道：“你很理智，也很疯狂，所以你是一个理智的疯子，这样的人是最容易成功的。”

唐一白笑了笑：“现在谈成功为时尚早。”

云朵歪着头看他：“你不觉得自己成功？连续两次刷新亚洲纪录，成为第一个游进 48 秒的黄种人。”

唐一白摇摇头：“不觉得。我连世锦赛都没游过呢，何谈成功？”

“所以，有更高的目标？”

“对！每一个运动员都希望成为世界冠军，我也不例外。”

接着，和唐一白聊了一会儿志存高远与脚踏实地的问题，云朵看看那两张问题清单，又问他：“听说你和祁睿峰是室友？”

“对的。”

“和他相处得怎样？有没有压力？他是奥运冠军，也是目前中国唯一一个在男子游泳项目上获得奥运冠军的人。”

“我们相处得很好，峰哥是一个特别真诚的人。他是中国人的骄傲，是

很多运动员的榜样，我会向他学习，向他看齐，不会有压力的。”

他一本正经地说着这样的话，云朵莫名地就想笑，不过她强忍着，又扫了一眼问题清单。

再抬头时，她看到唐一白正盯着她的发梢看，她有些奇怪，扯了一下头发：“我头发上有东西吗？”

“没有。我只是觉得……”他突然抬手盖住了桌上的录音笔，然后压低声音说：“你披着头发更漂亮。”

直白的赞美，显得并无深意，却让云朵的脸红了一下：“谢谢。”

唐一白放松身体靠在沙发上，微微眯了一下眼睛：“继续。”

采访继续。

唐一白不叫停，云朵就厚着脸皮不停地找话题，当她把问题清单上的所有问题都打上钩时，终于放下笔，合上本子：“好了，谢谢你。”她说着，关掉录音笔。

唐一白却指了指她问题清单的最后一项，那里已经被涂得面目全非：“这是什么？”

“没什么，一个作废的问题。”

“我知道是什么，我们来聊聊这个问题吧。”

“不。”云朵摇摇头。

三年前那场事故是禁忌，他一直避免在记者面前谈论此事，她不想戳到他的伤疤。

唐一白笑道：“云朵，这件事早晚会让人知道，与其把新闻给别人，不如给你。”

他温柔而淡然地说着这样的话，却让云朵莫名地有些心酸。每个人都不愿意被揭起旧伤，已经疼过一次，为什么要再疼一次？如果可以，她希望永远不触及他的过去，至少，她不触及。

她沉默地摇摇头，看着他，眸子湿润，眸光倔强。

真受不了这样的目光。

唐一白犹豫了一下，突然抬起手：“不用难过，都是过去的事了。”他大大的手掌盖在她的头顶，温暖干燥的掌心触到她清凉顺滑的发丝。

终于如愿摸到她的头，唐一白竟然有种满足感。

他小心地轻轻抚弄她的发顶，看到她不赞成地瘪嘴，他莞尔：“你不问我也要说。”

……

云：三年多前，你因为兴奋剂尿检呈阳性而被禁赛，许多人都想知道你尿检呈阳性的原因。

唐：那一年的七月份，世界反兴奋剂机构临时更新了一次药物禁用清单，我的队医没有及时看到这个清单。他八月份给我开了营养药，里面含有一种肽类激素，而这种肽类激素正好是禁用清单里新增的几种药物之一。当时他不清楚，我也不清楚，我吃了药，后来尿检查出来阳性。

云：所以是误服药物导致？

唐：对。

云：为什么一下禁赛三年呢？相比 般处罚，这个时间有点长，而且你是误服。

唐：这个说来就巧了。那年上半年，国际上出了几个兴奋剂丑闻，国内也有一例，体育总局就决定严打。我是严打后第一例尿检呈阳性的，所以处罚比较严厉，一下禁赛三年。

云：可你明明是冤枉的，没有申诉吗？

唐：本来是想申诉的，但药品误服这种事情本来就不好处理，何况我吃的是营养药，不是对症开的处方药，申诉还是比较麻烦的。加上赶上严打，撞枪口上了，我的教练便劝我先不要急，等过一段时间再申诉。

我当时和我的队医吵了一架，那时候年轻气盛不懂事，说了一些重话，队医很生气，离开了。后来我一直找不到他，再想申诉时，开药的人都不在，证据不足，我也就没办法申诉了。

云：很倒霉。

唐：对，确实有点倒霉。反兴奋剂机构更新清单的时间一般是固定的，我也不是经常吃营养药，体育总局更不是每年都严打，都赶在一起了。

云：会不会觉得很遗憾，错过了那三年？那三年里有世锦赛和奥运会。

唐：事情刚发生时特别难过，后来就看淡了。其实也未必是坏事，那时我蝶泳成绩已经有一段时间没有进步，不知道还能不能突破，换了自由泳，反倒有种如鱼得水的感觉。

云：塞翁失马，焉知非福。

唐：对，就是这样。

……

云朵坐在转椅上，两手托腮发愣。

林梓坐在她旁边，胳膊肘垫在桌沿上，懒洋洋地翻着今天的报纸。天气暖和了些，他已经换上了单层的格子衬衫，袖口被整整齐齐地挽上去，露出了白皙的小臂。

翻到唐一白的专访那一版时，他停下来，轻轻碰了一下云朵："好大一版。老大，你要红了。"

"去。"云朵用签字笔轻轻敲了一下他的头。

林梓便认真地看着专访。

看了一会儿，他突然说："有错别字。"

云朵才不信："校对都没说我有错别字，你一个连成语都用错的人哪来的自信说有错别字？哪个错了？"

林梓只是摇头叹气。

云朵突然问他："话说，你当初高考语文作文到底考了多少？说来听听。"

"我不知道，查分时不能查作文分。"

云朵不打算放过他："可是你估分时能大致估出前面的分数，然后用总分一减就知道啦。来吧，说来听听。"

林梓有些无奈："五十二分。"

"不信！"云朵轻轻撇了一下嘴，"和我这个文科大王的分数差不多？骗鬼呢！"

"我是说，我语文总分五十二分。"

云朵愣了一下，随即爆笑："哈哈哈，总分一百五，你只考了五十二分吗？好可怜！难怪你成语用得都那么出其不意，哈哈哈……"笑着笑着，云朵突然停住，奇怪地看着他："可是你语文只有五十二分，你到底是怎么考上清华的？"

"其他科都是满分。"

"……"云朵久久无语，最后终于扭过脸，冷冷地哼了一声："死变态！"

林梓把报纸拍在桌子上，轻蔑地看了她一眼："学渣。"

竟然被一个语文只考五十二分的人鄙视为学渣，还有没有天理了？可是他总分真的比她高啊！

中午，云朵和林梓、程美一起吃了午饭。

程美悄悄对他俩说："云朵，我今天听到我们编辑部的小郑说，她听到钱旭东和刘主任说你。"

云朵立刻支起耳朵："说我什么？"

程美有些犹豫："我说了，你不要生气。"

"不生气，不生气。"云朵摆摆手。

"他说……说你和唐一白的关系不清楚，所以才拿到了他的专访。"

砰！云朵沉着脸重重地一拍桌子，动静太大，引得周围的食客侧目，一旁的林梓连忙护住了自己面前的那碗汤。

云朵怒道："什么叫不清楚？我们的关系很清楚！他心思龌龊，看什么都是龌龊的。"

程美被她吓得轻轻一抖肩膀："消消气，消消气……"

"气死我了，气死我了！"云朵胸口剧烈地起伏着，"我们是朋友，人家唐一白讲义气，愿意把专访留给朋友，这样做有什么不对吗？招谁惹谁了？凭什么要遭受这样的污蔑？"

"对的，对的！没招谁没惹谁，他们不该胡说八道。"程美一个劲儿劝她。

埋头喝汤的林梓突然抬起头，扫了一眼云朵："既然你们的关系很清楚，你何必如此动怒？"

"我——"云朵一时卡住，结巴了一会儿，才反驳道："就是因为被误会才生气啊。"

"我看没必要。"林梓摇摇头，淡定地搅弄着陶瓷小碗，"如果你真能泡到唐一白，那说明你有魅力且手段高明，肯定有无数人羡慕嫉妒你，背地里说你坏话，这是人生赢家才有的待遇。现在你在别人眼里已经是人生赢家了，为什么还生气？"

"我——"这个逻辑有点伟大啊！

林梓又说："假设你真的和唐一白关系不清楚，当钱旭东得知你是因此得到唐一白的专访时，他会怎么想？鄙视你吗？不，不止如此，他会羡慕你，

会觉得他自己怀才不遇，会特别沮丧、郁闷，认为自己才华横溢却比不上一个姑娘的脸蛋，什么世道……总之满满的全是负能量。在背后中伤你的人过得一点都不开心，难道你不该为此开心吗？”

云朵此刻的钦佩之情有如滔滔江水：“我真的被你安慰到了。”

林梓点点头：“我和你之间就不用说谢谢了，碳烤猪脆骨分我一半就好。”

吃过午饭回到单位，云朵没有睡午觉，坐在自己的工位上看电视剧。

林梓坐在她旁边，单手拄着下巴看着她。

林梓五官精致，加上皮肤白皙，身材瘦削，很符合当下“花美男”式的审美观。虽然他的来历神秘且十分废柴，但他花钱大方是有目共睹的，因此在报社有着不少女性粉丝，总以各种理由约他，当然最后都很凄惨地被他拒绝了。所以，如果他这样盯着一个姑娘看，那姑娘多半会脸红的。

然而，云朵是一个例外的存在，她天天跟林梓厮混，见惯了他的恶习，对他很难产生什么兴趣。此刻，她看也不看林梓一眼，只是盯着屏幕：“我已经不需要安慰了，坐回你自己的位置吧。”

林梓并不离开，他的眼睛不自觉地半合，看起来没精打采的。

他拄着下巴，突然说道：“天真。”

“对，看《纸牌屋》真的好天真，你这样有深度的人最好去看光头强。”

“我是说你天真——怎么别人说什么你都信。”

云朵觉得他话里有话，把目光从屏幕上移开，看着林梓：“你想说什么？”

林梓的指尖轻轻敲着桌面，卷起的衬衫袖口下露出一截白皙如藕的手臂，腕上戴着一块百达翡丽复杂功能表，玫瑰金，镶钻，总之怎么酷炫怎么来。这表戴在刘主任手上是煤老板进城，戴在他手上就是淋漓尽致的奢华。谁让人家脸俊气质好呢，是男人看到总想打一顿的那种好。

他说道：“我觉得钱旭东不会和刘主任说那样的话。”

云朵却不相信：“为什么？”

他又指指自己的太阳穴，依然是那种很欠扁的学霸鄙视学渣的眼神：“当然是分析。钱旭东从业九年，虽然偶尔恃才傲物，但风评一直不差，至少没有做过败坏品行的事。刘主任在这个报社待了快三十年，已经有了固定的行为特点，虽然小心眼但还算公正，宽于律己，严于待人，对手下的人要求严格，

有点道德洁癖。对于你和唐一白的关系，钱旭东肯定脑补得很精彩，但是如果他足够了解刘主任，就不会随随便便在刘主任面前说你坏话。背地里嚼舌根是职场大忌，刘主任又不是钱旭东的亲爹，不会惯他这种毛病。钱旭东也知道这一点，他又不傻，回家跟老婆发发牢骚就够了，犯得着在领导面前现眼吗？”

云朵恍然。

她发现林梓也算个奇才，虽然写稿子、拍照片这种简单的事情都做不好，但他脑子特别灵光，总是能一眼看到事情的本质，不愧是理综考满分的怪物啊！

云朵又觉得奇怪：“可是程美说……”

林梓不屑地撇了一下嘴角：“所以我才说你天真，谁的话都信。”

云朵哑然：“你的意思是程美说谎？可是……”

“不一定是她说谎，也可能是那个小郑，或者别的什么人。谣言嘛，随便一个环节出问题，真相就走了样，更何况，传这个谣言多半是故意的。”

“故意的？为什么？”

“还能为什么？”林梓恨铁不成钢地看了她一眼，“你想，如果钱旭东听说此事——我们越过他精彩的心理活动，只说最终结果——他会把仇恨锁定到谁身上？”

云朵顿觉醍醐灌顶，指指自己：“我？”

“恭喜你答对了，奖励一块糖。”他说着，也不知从哪里变出两块太妃糖，将一块放到她面前。

云朵哪还有心思吃糖，她急道：“可是为什么呀？”

“不知道，反正你要得罪钱旭东了。哦，造谣那人还可以更狠的。”林梓剥了糖放进自己口中，享受地眯了眯眼睛，边吃边说：“如果他对别人说谣言是从你这里传出去的呢？这个版本就进化成了，你到处跟别人说钱旭东故意在刘主任面前说你坏话污蔑你……呵呵呵，老大你要完蛋了。”

经过林梓的一番分析，云朵发现自己确实要完蛋了。如果谣言真的这样传播，那么她不仅得罪钱旭东，还会引起周围人的反感，她一定会从目前和林梓的二人小分队里脱颖而出，成为刘主任最讨厌的人，没有之一。而她的

同事们会怎样看她呢？年轻浮躁不安分，为达目的不择手段，三八且道德败坏……

尽管每个人都在私底下传谣言，但最终所有人的仇恨都会转移到她头上。

“会不会太狠了啊？”云朵被这个设想吓得两腿发软，“我得罪了谁，这么整治我？”

“不知道。”林梓摇着头，悠闲地拄着下巴，嘴巴轻轻动着，还在吃糖。

云朵有些焦心：“那我怎么办才好？”

他两手一摊：“你是老大你说了算。”

云朵哭丧着脸，轻轻地扯推他的手臂，小声说道：“你能不能帮帮我？你一定有办法的。”

“我语文只考了五十二分。”

“还记仇呢？”云朵放下节操，拿出了赞美的态度，“你虽然语文只考了五十二分，可你依然是学神啊！让我们凡人颤抖的学神！”

“求我。”

“喂——”云朵黑着脸看他。

“好吧！”林梓打了个响指，特别仗义地拍了拍她的肩膀，“既然你都求我了，我就帮你这一次吧。”

云朵轻轻推开他的爪子——少年，你演得很 high 啊！

关于怎样帮助云朵，林梓一下子找到了问题的关键——钱旭东。

如果想把这次中伤化为无形，云朵必须要和钱旭东搞好关系。

云朵特别为难：“他是刘主任的爪牙，我刚刚抢了他的专访，怎么可能和他搞好关系？”

“姑娘，你要学会分析人性。”林梓胸有成竹地说，“钱旭东此人很自负，你请他吃个饭，好好吹捧他一下，然后我帮你掠阵。”

“你帮我掠阵？你也会吹捧人吗？为什么我很没有安全感？”

林梓呵呵一笑：“山人自有妙计。”

虽然不知道林梓所谓的妙计是什么，云朵还是选择相信他，主要是她现在也无人可信了。程美和她一样是职场菜鸟，出不上主意。孙老师是个老好人，如果由他来建议，肯定也是主动拉下脸去和钱旭东讲和。

至于怎样吹捧钱旭东，云朵又不是小白，还是略懂一二的。

她在一家高档餐厅请了钱旭东、孙老师和林梓一起吃饭。孙老师和林梓一样，都是帮忙掠阵的，而相比林梓，孙老师掠阵是专业级别的，有他在，不用担心冷场。

席间，云朵向钱旭东敬了酒，表达了自己的感激之情，感激的原因是专访的那些问题——因为钱旭东之前做过准备，那些临时拟定的问题肯定有他的功劳。

“您整理的问题清单太专业了，根本不像是仓促而就。如果是我，两天也弄不出来。我觉得这次专访成功主要是靠钱老师您，我只不过沾了一点光。钱老师，我看过不少您的稿子，值得我学习的地方真是太多了。”

钱旭东听了云朵这番话，连日来的郁闷稍稍散去一些，他心想：你倒是有良心，可惜头功还是被你抢走了，专访记者的名字是你云朵而不是我钱旭东。

“云朵啊，你还嫩着呢，以后多跟钱老师学。”孙老师说着，又笑着对钱旭东说：“你不知道这个姑娘刚入行时多搞笑，那天游泳锦标赛，赶上唐一白被追问……”说着讲起了云朵第一次做采访时和其他记者吵架的事情，接着又说刘主任念念不忘地把她好一顿骂，她这才学乖。

钱旭东听罢，问云朵：“所以，你是那个时候认识唐一白的？”

“对哦！我后来跟唐一白哭诉我被领导骂惨了，唐一白还挺耿直，说欠我一个人情，所以这次他把专访给我了。本来我还想问问刘主任要不要请您去，可是事情来得太突然了，当时忘了问，就被刘主任赶去会客室了。”

钱旭东摆了摆手：“他还你人情你就接着，不就是一次专访吗？”说着，他突然觉得这也没什么大不了的，一个刚刚有些知名度的运动员而已，他又不是没专访过奥运冠军，唐一白不值一提。再看看云朵，那样小心翼翼的样子，钱旭东心想：新人就是新人。

虽然他依然对云朵谈不上什么好感，但至少不那么反感了。他是个前辈，和一个小姑娘较什么劲？钱旭东这样想。

几人这样不咸不淡地聊了一会儿，便说到了股市。

孙老师问林梓：“小林，你觉得未来一个月大盘会涨吗？”

林梓扯了一下嘴角：“涨什么，还要震荡一段时间，少说两三个月，除

非出现重大利好政策，否则这个概率比较低。”

钱旭东一听这个，不以为然：“你就这么肯定？”

“对！”林梓点点头，“我就是这么肯定。”

这人自信得有些狂妄，钱旭东一下被镇住了。

孙老师笑道：“小钱，我要重新给你介绍一下小林了。”

为了避免林梓“客大欺店”，在他面试之后，几个面试官便对他的来历闭口不言，所以单位知道他真实身份的人很少，而林梓自己也很低调，从不宣扬。现在，孙老师唾沫横飞地给钱旭东“重新介绍”林梓，让钱旭东恍然觉得自己掉进了传销网络里。

孙老师介绍完毕，林梓面上毫无愧色：“孙老师过奖了，不要吓到钱老师。”

钱旭东问道：“那你有什么好的股票推荐吗？”

“我给你看看我最近买的几支，你可以试试。现在入手，七个工作日左右抛掉，涨多涨少不好说，应该赔不了。”

钱旭东看了林梓推荐的股票，都是最近涨的，他更加怀疑：“你不是事后诸葛亮吧？”

林梓只好把自己的账户给他看。

钱旭东被他账户里的金额刺激到了，愣了好久。

林梓还在解释：“玩玩而已。现在的股市很难赚到大钱，又没有杠杆。”

眼见为实后，钱旭东对林梓的态度有了微妙的变化。他问林梓为什么要跑来当记者，林梓又开始了他的梦想演讲。这次他没有遭到鄙视，钱旭东听了后特别感动。

他们聊得很嗨，直接把云朵晾在那儿了。

这顿饭吃完，林梓开车送云朵回家。

路上，林梓说：“这下你可以放心了。哥已经成了钱旭东的偶像，报社的人都知道我和你是捆绑在一起的，钱旭东看在我的面子上也会给你个笑脸。”

云朵一手扶着车窗：“恭喜你又多了一名信徒。”

林梓扯着嘴角笑了一下，偏头看她一眼，问道：“打算怎么谢我？”

“嗯，让我想想。”

“不要说以身相许，那样我会很为难。”

云朵冲他翻了个白眼：“你想太多了。”

她想了一会儿也不知道该怎么谢他，这位土豪哥什么都不缺，她的任何谢意在他面前都拿不出手。

最后，她只好问道：“你希望我怎么谢你呢？”

“我想吃希腊烤羊羔。”

云朵点头：“这个简单，我先搜一搜本市哪里有希腊风格的餐厅。”

“我想去希腊吃。”

“……”云朵有些窘，“土豪，你能不能体谅一下我们这些贫民？我把我所有的钱都拿出来，扣除来回机票钱，咱们顶多能在希腊吃顿烤土豆吧？还不一定管饱。”

“我请你。”

云朵不赞同：“那还能算我谢你吗？”

林梓有些不耐：“这也不行那也不行，你到底要怎样？我帮了你的忙，你连烤羊羔都不给我吃。”

云朵立刻眨着眼睛看他。

林梓冷笑：“卖萌没用。下周陪我去希腊，我请你坐飞机，你请我吃饭。”

林梓期待的希腊烤羊羔之行到底没成行，因为云朵连护照都没有，他不得不再次鄙视一番他的老大，然后把这次记账。

最终，他们去了西宁。

云朵奉命来西宁的高原训练基地采访正在这里进行高原集训的游泳队，林梓则是自掏腰包跟来的。

采访的任务比较简单，主要是八卦一下几个知名运动员的训练状态，介绍一下高原训练的好处。

来之前，唐一白在微信里对云朵说他们“累成了狗”，云朵还不信，等上了高原，嗯，别人累没累成狗不知道，反正她自己已经成狗了。

这里空气中的氧气含量只有水平线的四分之三，多走几步路就大喘气，而这样的条件下唐一白他们还要每天游一万多米，想想就痛苦。

来到游泳馆，出乎意料地，云朵发现运动员们的精神状态都还不错。

她陆续采访了几个教练，咔嚓咔嚓一顿拍照，最后采访袁润梅教练和伍勇教练时，正好他们两个人站在一起，各自看着自己的得意门生，云朵觉得挺有意思，便举着相机把池边和水下加在一起的四个人同时照了进去。

祁睿峰和唐一白游回来时，都露出水面，扶着岸边朝云朵打招呼。

到这时，云朵对教练们进行的采访差不多该收工了。

林梓站在她旁边，握着手机低头看，旁若无人地对她说：“老大，我们去青海湖玩吧？”

唐一白听到这话，仰头看伍勇，笑嘻嘻道：“伍总，我们也去青海湖玩吧？”

伍勇抖着胡楂冷笑。

祁睿峰长臂一伸，轻轻拽了一下袁师太的裤脚，萌萌地说：“袁师太，我也想去青海湖。”

袁师太低头看他，笑得特别亲切：“闭上眼睛。”

祁睿峰不明所以，但还是照做了。

袁师太抬脚朝他厚实的肩膀上一踹：“我送你去青海湖！”

祁睿峰很心碎地被踢进了水里，溅起一大片水花。

袁师太“行凶”完毕，转头对云朵说：“这个就不用报道了。”

云朵捂嘴笑着点头。

目光一转，她看到唐一白正仰头笑吟吟地望着她。

见她看过来，他朝她挑了挑眉，眸光映着水光，澄亮干净而波光荡漾。

云朵移开目光，对林梓摇头道：“我们不去。”

“为什么？”

“我晕水。”

林梓轻哼：“这个借口很烂。”

云朵和林梓离开后，伍勇似笑非笑地看着自家爱徒：“不是女朋友？”

唐一白摇头但笑不语，转身一头扎进水里，灵活敏捷的身体在蔚蓝清澈的水中冲开一道笔直的波痕。

云朵和林梓在高原训练基地停留了两天，除了游泳队，还顺便采访了一下来此集训的两个省田径队。

这个高原训练基地建设得很不错，可惜周边特别原生态，也没什么好玩的地方。林梓仍吵着想去一百多公里之外的青海湖，云朵让他自己去，最后他只好跟着她回了 B 市。

而唐一白还要在那里训练半个月。

回到单位后云朵又忙开了。

她跟着水上项目，不只要跑游泳新闻，还有跳水和花样游泳，然后呢，由于资历浅，偶尔会被老记者抓去打杂。值得高兴的是，钱旭东对云朵的态度有了改观，至少面子上很过得去，之前的流言并没有扩散壮大的机会。

其实云朵特别想知道幕后黑她的人是谁，可惜她实在想不出自己得罪过谁，于是连林梓都想不出好办法，她只得作罢。

转眼到了四月底，这一天，云朵因为跳水冠军赛的稿子，正在单位加班，突然收到了唐一白的微信。

唐一白：在做什么？下班了吗？

云朵：加班！

唐一白：加班到几点？

云朵：不知道，反正会很晚，明天要出刊。你有事吗？

唐一白：我回家了，想请你吃饭，这顿饭拖两个月了。

云朵：你家在附近？

唐一白：对。

云朵：今天好像不行，我都不知道几点才能完工。

唐一白：宵夜也不行？

云朵：不行！你早点休息，改天请我吧。

唐一白：太晚回家不安全。

云朵：没事，没事，我有小弟护送。

云朵发完这句话，抬头望了一眼坐在前面工位上的林梓。他正趴在桌上睡觉，身体有规律地起伏着。

要说林梓这个小弟，虽然专业技能都没开启，但很忠心，知道云朵要加班，就主动留下来等着送她回家。

从报社回到租住的房子要步行十五分钟，云朵倒不怎么害怕，她觉得 B 市的治安很好，毕竟是“天子脚下”嘛！可是这几天，附近贴了不少公安局

下发的通缉令，要追捕某个四处流窜的杀人犯，林梓知道后，总是感觉自己的生命安全受到了威胁，还多次提醒云朵要小心。今天她加班，他更不放心她一个人走夜路了。

云朵很是感动。她一个人跑到北方打拼，实在太缺爱，别人对她的一丁点儿好都像甘霖一样，何况林梓对她不止一丁点好。

她抓起自己的碎花小外套，轻轻地盖在了林梓的身上。

下了班，林梓把她送回家时，已经快十一点了。

云朵轻手轻脚地进门，客厅里一片漆黑，只有过道里留着一盏廊灯。她在廊灯下找自己的拖鞋，不出意料地又没找到，只好朝着客厅轻轻呼叫："二白……二白……"

沉睡中的二白被她叫醒了，叼着一双拖鞋飞奔而来。

二白乃宠物界的一朵奇葩，它通过看电视自学了叼拖鞋的技能，且能一下子叼两只，特别给它的种族长脸，只是它从来不叼别人的，只叼云朵的拖鞋。每当云朵换下拖鞋后，它就会鬼鬼祟祟地跑来把它们叼走藏好，等云朵回来，它又会献宝似的叼过来。每次干完这种傻事，它都特自豪地摆着尾巴等待云朵的鼓励。

云朵拿它没有办法，在它那充满期待的眼神中，她每次都忍不住摸它的头，而这直接助长了它做傻事的气焰。

闲话莫提，云朵换好拖鞋，和二白一起向客厅走去。

路过厨房时，里边走出一个人来，差一点和她撞上。

云朵定睛一看，是唐妈妈。

唐妈妈穿着真丝睡衣，一脸睡意，看到云朵，有些不高兴："你怎么现在才回来？"

"我……吵到你了？"

"没有，我刚刚喝水。"

"哦，那……"云朵犹豫了一下，说出了一个可怕的猜测："您不会是想我了吧？"

"哈！"唐妈妈突然笑了一下，像是想到了什么极其有趣的事情，她轻轻地拍了一下云朵的肩膀，"早点睡。明早我要请你吃早饭，不许拒绝。"

“啊？哦。”

唐妈妈突然间的友好让云朵有些纳闷，不过她太累了，此刻也没精力想什么，草草洗漱睡觉。

由于昨天睡得晚，云朵被闹钟叫醒时，很是不情不愿。

她揉着眼睛，脑袋昏昏沉沉的，梦游一样飘到了洗手间。

洗手间里传来隐隐的流水声，云朵反应迟钝，习惯性地推开了门。

接下来的一幕可以排进她此生最震惊的十大镜头——她看到了一个男人，一个正在淋浴的男人。

他背对着她，个子很高，腿很长，宽肩窄腰，身上无一丝赘肉，身材超级棒。上方喷头洒下来的水像是细雨一样落在他的肩背上，反弹出细小的水花，在他白皙的皮肤表面浮起一层薄薄的水雾。大部分水则汇聚成数道小溪，蜿蜒地向下流去。

做梦了吗？看来最近压力太大了。

还是这样大尺度的春梦，全裸出镜！原来我是一个如此重口味的人吗？她呆呆地想。

就在这时，那人似乎感觉到了异常，转过身来。

时间像是突然变慢了，云朵只觉眼前的画面仿佛一帧一帧地在播放。

他缓缓地转身，轻轻抹了一把脸，伸手关掉喷头。

她先是看到了他湿漉漉的胸肌，然后视线向下移，腹肌，再向下移……一览无余。

云朵惊讶地瞪大了眼睛。这个梦太给力了，像人体教学片一样高清无码，虽然是在梦里，仍觉得好羞涩。

她赶紧把视线往上拉，然后看到了他的脸——一张唐一白的脸。

云朵的眼睛立刻直了。

唐一白的眼睛也瞪圆了，震惊到无以复加，一脸“我看到了上帝”的表情回望着她。

两个人像两只呆鸟一样傻愣愣地互相望着，谁都没了反应。

随着他俩的嘴巴越张越大，云朵忍不住揉了两下眼睛。她多么希望等她揉完眼睛，眼前的画面就会消失，她发现自己正躺在床上，刚才的一切只是梦。

然而没有，这个梦太坚挺了！

云朵快疯了，她的感觉很不好，心里压着一个非常疯狂的念头，正不甘寂寞地要破土而出。

她一狠心，伸手朝自己脸上甩去——快醒醒啊浑蛋！

可是，她的手被半路截住了，唐一白轻轻松松捉住了她的手腕。

皮肤上潮湿滑腻的触感像是莫大的刺激，让她瞳孔微微缩了一下。她愣愣地盯着他的脸，看到了他眸子里自己的影子，她的表情像是见到鬼一样。她看到他睫毛上未干的细小水珠，折射着微黄的灯光，像一颗颗纯净的黄水晶。

连细节都这么逼真，怎么可能是梦啊？云朵好绝望。

这时，唐一白一句话打破了她最后一点希望，他轻声说道："不是梦。"

"啊——"云朵尖叫一声，那声音比二白被踩到尾巴时还要惨厉。

她甩开唐一白，转身跑了出去，兔子一样敏捷。

唐一白看到她纤细的身影转了两个弯，像一道闪电一样，一头扎进了她的房间——曾经他的房间。

云朵跑进房间后，把脑袋塞进了被子里。

是唐一白！豆豆就是唐一白！所以房东才姓唐！所以他们家的狗才叫二白！她已经得到过很多提示了，可她依然无法猜到这样的神展开，生活真的比电视剧精彩一万倍！

而且，她把唐一白看光光了！呜呜呜，没脸见人了！

云朵恨不得把自己闷死在被子里，她趴在床上，像雪地里的傻狍子一样一动不动。

过了半天，传来敲门声，咚咚咚……

"云朵？"唐一白在外面叫她。

云朵仍用被子虐待着自己，未给他任何回应。

唐一白锲而不舍地敲着门，而云朵只顾装死，于是两人像是较劲一般，他不停敲门，她不停装死。

这场拉锯战持续了十几分钟，终于以唐一白的放弃宣告结束。

听到门外终于没了动静，云朵松了口气，脑袋从被子里伸出来，她的脸憋得通红，大口喘着气。

她摸过手机，发了条朋友圈发泄：瞎了！

有人秒回了——

浪里一白条：负责。

唐爸爸回到家时，看到儿子正靠在云朵的房间门上玩手机。也不知臭小子看到了什么好玩的东西，咬着嘴唇轻笑，眼睫轻轻掀动。他应该是刚刚洗完澡，头发还湿着，倒是没像平常一样穿浴衣，而是换了 T 恤和沙滩裤。

唐妈妈轻声对唐爸爸说："奇怪了，你也不帅我也不靓，怎么生个儿子这么好看？每次不管他做错什么事，看到他那张帅脸，我就很轻易地原谅了他。"

唐爸爸摇头："谁说你不靓的？你是天下第一美女好不好？没听过'女肖父，儿肖母'这句话吗？生个儿子当然像你，天下第一帅哥无疑。"

唐妈妈横了他一眼。

其实，年轻时的唐妈妈是那种气质型美女，第一眼看并不会让人惊艳。唐一白长得帅，不完全是妈妈的功劳，只能说这小子太会选择性遗传了。脸型和鼻梁随妈妈，个子也随妈妈，高于平均水准线。眉毛和眼睛像爸爸。嘴唇呢，也更像妈妈，不过自己进行了修正，没有妈妈那种清冷的线条，而是偏柔和，笑的时候有点轻佻。总之，他的投胎技能 max，且自带 PS 系统。

此时，看到自家儿子在云朵小姑娘的房间门口靠着，唐爸爸便问："豆豆，你已经看到云朵了？"

唐一白轻轻嗯了一声，答道："她已经看到我了。"

唐爸爸并不知这话中的深意，只是说道："那你守在人家小姑娘的门口是要做什么，骚扰她吗？"

"不是。"唐一白说着，走到客厅坐下。

他低头刷新朋友圈，发现刚才云朵发的那条信息已经删掉了，他不禁莞尔，给云朵发了条信息：已截图。

云朵没有理他。

唐爸爸追到客厅，不依不饶道："别以为我不懂，你肯定是看到云朵长

得漂亮，后悔了。我告诉你，晚了。不要以为你是我儿子，我就能容忍你骚扰咱家房客。”

唐一白有些无奈：“爸，我真没有。”

“呵呵！”唐爸爸冷笑，“知子莫若父，你从小就流氓。小学一年级就带女同学回家做作业，还一次带三个。”

唐一白无奈地看着他：“这都什么时候的事情了您还提？而且，那也不是我带回来的，是她们跟回来的。”

他很无辜好不好？刚上小学时学校离家很近，他上下学不用爸妈接送，某一天放学回家时就被同班同学尾随了。他还傻乎乎地以为大家顺路，本着团结友爱的原则用自己的零花钱给她们买了糖芋苗。等吃完零食，她们就集体跟到了他的家门口，说想跟他一起做作业，于是唐爸爸买完菜回到家时，就看到家里一下子多了好几个小朋友。儿子的朋友这么多——虽然都是女孩子——唐爸爸很高兴，做了好多饭菜。做完饭后觉得不太对劲，他就问女孩子们有没有和家里说，小孩子做这种事也心虚，都没跟家长说明去向。

好嘛，这下乱了套，唐爸爸赶紧给三个孩子的家长打电话，又打电话到学校。那边几个家长找不到自家小孩，都急疯了，正在学校闹，接到电话，便风风火火地赶到了唐一白家。可想而知，几个家长都不会有什么好脸色，唐爸爸赔笑半天，把他们送走了。走的时候，几个家长意味深长地劝唐爸爸，要好好教育自己家的小孩，不然以后会长歪的。

那次，唐一白被爸爸妈妈批评了，第二天去学校又被老师批评，老师还威胁他说以后再出这种事就不要想着戴红领巾了。总之，他被三个女同学坑苦了，往事真的不堪回首。

现在，唐一白不想回忆这件事，就问妈妈：“妈，你饿不饿？”

唐爸爸听到这话，果断跑去厨房了。

唐妈妈是一个守信用的人，说要请云朵吃早餐，就一定要请。何况云朵是她的人证，昨天晚上臭小子还阴阳怪气地问她为什么不“租个姑娘”回来，今天她当然要看着云朵打他脸。

于是，她去敲云朵的门，咚咚咚：“云朵？起床了吗？”

等了一会儿，房门才轻轻打开。

云朵扶着门，小声说道：“阿姨。”

唐妈妈有些奇怪地看着她：“你怎么了，脸这么红？”

“我……不太舒服。”

“要不要紧？送你去医院？我这儿有免费劳动力。”

“不用，不用！”云朵一想到那个免费劳动力是谁，就感觉头皮发紧。

“那就洗漱吃早餐吧，吃完早餐再休息。”

唐妈妈说话像是在下达命令，云朵一不小心又服从了：“哦，好。”

云朵收拾完毕时，唐爸爸已经把早餐摆上了餐桌。

长方形的原木餐桌上放着小米山药粥、蒸玉米、煎蛋、小笼包，还有水果。粥是出门晨练前煮好的，小笼包是回来时在楼下买的。

云朵坐在餐桌旁，面对热气腾腾的早餐，很沉默。

唐爸爸和唐妈妈并肩坐在她对面，理所当然地，唐一白坐在了她身边。

唐妈妈清了清嗓子，对云朵说：“云朵，还没给你介绍呢，这是我儿子，唐一白。”

唐一白叹了口气，语气有点忧伤：“爸、妈，你们果然不关心我。”如果他们看到他的专访，早该知道他和云朵认识。

唐爸爸哼了一声：“不关心，你能长这么大？”

还是唐妈妈看出了端倪：“你们早就认识？”

云朵解释道：“叔叔、阿姨，我是一个体育记者，知道唐一白的。”顿了顿，她补充道：“只是不太熟。”

唐一白轻笑一声，低头小声说：“是吗？”

云朵埋头吃着早餐，前所未有地快，咀嚼的速度像小松鼠一样。

唐爸爸和唐妈妈对视一眼，都看到了对方眼中不同寻常的意味。

吃过早餐，唐叔叔和唐妈妈都去上班了。

云朵很遗憾不用上班，今天是她的休息日。

她想要溜回自己的房间，却被唐一白挡住了去路。

唐一白低头看着她，温声说道：“还在生气？”

云朵垂头答道：“没。”

“对不起，我只是开个玩笑。”他解释道。

“没什么，我只是……需要冷静一下。”她需要时间消化这样的事实，以及这样的尴尬。

唐一白还要说什么，这时，他看到二白摇着尾巴过来了，嘴里叼着个网球。它走到云朵身边，低头把网球放下，然后抬头满眼期待地看着她。

云朵每次都无法拒绝这样的眼神，最终还是带着二白出门了。

唐一白像个保镖一样跟在身后，以至于这一人一狗看起来特别威风。

唐一白眼里的唐一白：忠诚的护花使者。

云朵眼里的唐一白：勤劳的铲屎官。

二白眼里的唐一白：可恶的第三者。

两人一狗来到离家不远的一个宠物公园，这里猫狗很多。

二白的脾气好，从不招惹是非，因为做过绝育手术，也不近女色，整天只知道傻吃傻玩。云朵把网球扔出去，它高高兴兴地捡回来，放在地上等着她再扔。

唐一白捡起网球，嗖的一下扔出去，网球像一颗飞逝的流星般奔向远方的小树林，转眼间不见了踪影。

二白望着网球的运动轨迹发呆，背影那个萧瑟啊！然后它突然转过头，委屈地看着云朵——看不到了。

云朵无奈地看了一眼唐一白。

唐一白只好带着二白踏上了寻找网球的“征程”。

云朵留在原地，摸出手机和陈思琪聊天。

云朵：不小心看到男人的裸体怎么办?

陈思琪：看情况。身材好吗?

云朵：好!

陈思琪：那个地方，饱满吗?

云朵：……

陈思琪：你看到谁的了?

云朵：唐一白。

陈思琪：啊……

陈思琪：唐一白是祁睿峰的，你为什么偷看他？你这个流氓！

陈思琪：快说，他那里大不大？我早就想知道了！

陈思琪：隔着泳裤目测误差比较大！

云朵：……

陈思琪：所以，你是在跟我炫耀吗？很好，你成功了！绝交！

云朵：只是不知道怎么面对他，感觉好尴尬。

陈思琪：明明是你赚到了，你还有什么不满的？人家唐一白说什么了吗？祁睿峰说什么了吗？

云朵：……

陈思琪：矫情！

难道真的是我矫情了吗？云朵陷入了自我检讨中。

她也不是小孩子了，知道男人的裸体长什么样，生物课上都学过的，所以如果真的不小心见到了，也没必要大惊小怪吧？看人家唐一白多淡定啊！

没什么大不了的，大家都是成年人，都是文明人，她又不是想非礼他，对吧？

云朵这样做着心理暗示，然后她的手机响了，她接起来：“喂，令晨哥？”

捡球归来的唐一白脚步顿住——令晨哥？

云朵并没有发现他，仍低头讲着电话：“嗯，没有忘记……好啊……好，晚上见……不用，我打车过去……那好，谢谢令晨哥。”

挂断电话，她一转身，见唐一白正神色古怪地看着她。

他问道：“你认识我表哥梁令晨？”

“嗯，唐叔叔介绍我们认识的。”

这个人文质彬彬的，待人温和，云朵对他印象不错。他们之前约好一起吃饭，她已经答应了，时间定在今天晚上。反正双方都没有对象，不如试着接触一下，做不成情侣还可以做朋友嘛。

唐一白抿了抿嘴，随手把球丢给二白。

他说道：“你一直这样叫他，‘令晨哥’？”

“对啊，不然叫什么？他比我大五岁。”

唐一白似笑非笑地看着她：“怎么没听你叫我‘一白哥’呢？”

云朵有些好笑："还'一休哥'呢！你只比我大一个月而已。"

"大一天也是大。"他说着，挑眉轻笑，"来，叫声'一白哥'。"

云朵不理他，弯腰和二白玩。

唐一白却不依不饶："你以后都要叫我'一白哥'。"

"豆豆哥。"

唐一白顿时满脸黑线。

看着云朵和二白在一旁玩得愉快，唐一白摸出手机，给梁令晨发了条信息：表哥，好久不见，晚上一起吃饭吧！

梁令晨：今天不行，我约了人。

唐一白：我不介意。

唐一白直到中午都没有要回游泳队的打算，云朵很好奇。

对此，唐一白的回答是："刚从高原下来，可以休息一天。"

云朵已经能坦然与唐一白相处。正如陈思琪所说，占便宜的是她，她又有什么好矫情的。

中午，云朵做了蛋炒饭、芹菜炒金针菇和蚝油生菜。

唐一白只不过帮她打了四个鸡蛋，却吃掉了四分之三的饭菜，他自己也觉得过意不去，出门买了个大西瓜回来。

云朵是小清新重症患者，把西瓜瓤挖成圆圆的小球盛在透明无色玻璃杯里，特别艳丽漂亮。

唐一白心灵手巧学得很快，帮她挖，结果他挖一个她吃一个，吃得肚皮都圆了。

云朵吃饱西瓜后，唐一白就抱着剩下的西瓜盘腿坐在沙发上，慢悠悠地挖着吃。

云朵坐在一旁看着他，觉得今天的他很不一样。

以往她看到的他，无论是温和的还是霸气的，都是作为一个运动员的存在，像浓郁的水彩画，虽然色彩明亮热烈，到底线条粗疏，只能见其一面，而今天的他完全脱离了运动员的身份，更加生活化了，如一个镜头悄悄偏离了焦点，照进了不为人知的角落。

这样的他，才是最真实的他吧？首先作为一个普通年轻人的真实。

唐一白兀自吃着西瓜。

云朵突然说："我给你拍张照吧？"

他知道这是她的职业病，看到人就想拍照，于是点点头，轻轻用鼻音嗯了一声。

云朵拿出相机，选好角度，连续拍了几张。

她选的角度很特别，午后的阳光透过薄纱窗帘照进来，在地板上投射了一片边界模糊的光斑，光线反射，折到镜头前，形成迷离的光晕。唐一白侧对着阳台坐在沙发上，身处光影之中，轮廓清晰而深刻，像古老的雕塑。他的面庞因背光而显得模糊，侧脸却越发俊朗。T 恤和沙滩裤宽松舒适，衬得他身材稍显清瘦，裸露在外的手臂放松地弯曲着，修长的手指间夹着一个不锈钢勺柄，阳光照得他肌肤像干净的玉石。

云朵将照片调成了黑白色，给他看，等着他业余的夸奖，却没想到唐一白看罢说："娘兮兮的。"

"这是艺术。"云朵辩解道。

他抻了一下自己的 T 恤，提出了建设性意见："脱了衣服再照一张？"

云朵一下子想到了某个少儿不宜的画面，脸腾地红了。

"咳！"唐一白用一种看流氓的眼神看着她，"我是指上衣。"

不等她同意，他就把上衣脱了，露出完美的肌肉。

云朵摆弄着相机，看着镜头里的人，觉得打着赤膊吃西瓜这种画面真的跟艺术毫无干系，似乎更接近抠脚大汉的气息，何况，关键时刻还有一条蠢狗乱入。

二白站在旁边，仰头看着唐一白手里的西瓜，眼神充满渴望。

云朵无奈地放下相机："你给它吃点吧？好可怜。"

唐一白振振有词："长幼有序，我吃完才能给它吃。"

云朵顿觉无奈："这个词语真的可以这样用吗？"

唐一白吃了会儿西瓜，终于把剩下的赏给了二白。

二白吃得那叫一个欢实啊，弄了一脸西瓜汁都毫不在意。

吃完后，它不小心把瓜皮顶在了脑袋上，便开心地顶着瓜皮到处转，乍一看像是西瓜成了精。

云朵啧啧摇头，每当她以为它不能更蠢了，它都会用实际行动打她的脸。

唐一白有些无聊："我们看片子吧？"

云朵找了一部她看过但唐一白没看过的搞笑电影，用U盘接到电视机上看。

唐一白出门去便利店买了些零食，爆米花、开心果、果汁……都是给云朵买的。

视频调好，隔光窗帘拉好，两人各就各位，坐在沙发上。

他和她挨得很近，近到他稍一偏头就能看到她亮晶晶的眼睛。

这时，二白摇着尾巴走过来，特别自觉地爬上了沙发，挤在两人中间端坐，专注地盯着电视屏幕。

唐一白："……"突然想打死它是怎么回事？

电影的笑料很足，云朵第二次看，仍被逗得捧腹，不停地咯咯笑着。

唐一白的笑点很高，倒是没觉得电影有多好笑，可是每当听到云朵的笑声，他就忍不住跟着牵起嘴角——奇怪了，笑声也会传染吗？

电影看完，休息了一下，云朵回房间了。

过了一会儿，唐一白看到她走出来，吓了一跳。

她换了一条白底带浅绿色小碎花的长袖连衣裙，浅蓝色漆皮带蝴蝶结的浅口平底鞋，头发披散下来，斜戴着一个和鞋子差不多颜色的小发夹，整个人打扮得清纯甜美，黑亮浓密的长发披在肩上，又散发着淡淡的妩媚气息。

唐一白惊得张大了嘴巴："你做什么？"

云朵走到玄关那里的穿衣镜前——她的房间目前没有那么大的镜子——她扯着裙子左看右看，答道："晚上要和人出去吃饭，所以换件衣服。你觉得这一身怎么样？"

唐一白差点脱口而出"很好看"，不过他及时地抿住了嘴，反问："你至于吗？"

"这是基本的礼节。"还有一点云朵没说，她的职业是记者，整天在外面疯跑，穿衣以实用为主，穿漂亮衣服的时候很少，有这种机会她当然要好好过一把瘾啦！

她在镜子前转了个圈，裙摆像波浪一样，她再次问："这一身好看吗？"

"还行！"唐一白顿了顿，寻找合适的说辞："就是有点用力过猛，不够自然。"

“是吧？我也觉得碎花和蝴蝶结略显幼稚。”

云朵回去又换了一套，这次唐一白的评价是：“老气横秋，做作。”

再换，女神必备的白色长裙，还穿了高跟鞋。

唐一白摸着下巴说：“衣服很漂亮，人就一般了。”唉，又撒了一个弥天大谎。

云朵换来换去，把所有衣服都穿了一遍，也没得到唐一白的肯定。

她苦着脸说：“你的眼光真高。”

唐一白安慰她：“没关系，以后会有机会买到好衣服的。我觉得你与其弄巧成拙，不如清新自然的好。”

“怎么个清新自然法？”

“你今天上午遛狗穿的那一身就很好。”

上午她穿的是格子衬衫和牛仔裤。

云朵有些迟疑：“会不会太随意了？”

“相信我，男人都喜欢自然美。另外，你不要化妆，头发扎起来不用散着，否则和衣服不搭。”

“真的？”

“到底你是男人还是我是男人？”

云朵最终选择相信真男人。

然而，这种信任只维持了三十分钟，当梁令晨开车来接她，她看到他西装革履打着领带时，突然发现自己做了一件多么愚蠢的事，她竟然相信了一个运动员的穿衣品位。

唐一白轻轻推了一下她：“云朵，上车。”

云朵上了车，然后看到唐一白也上了车。

云朵：？

唐一白对梁令晨说了一句话，算是解答了她的疑惑：“表哥，谢谢你请我吃晚饭。”

梁令晨轻轻嗯了一声。

云朵心想：梁令晨应该是担心和她不熟悉，所以请了唐一白一起吃饭，到时候不会冷场。嗯，想得还挺周到。

三人来到一家高档西餐厅，里边的客人个个衣着精致，只有云朵和唐一

白穿得特别随意，还不如侍应生穿的好，跟梁令晨坐在一块，他俩像是沙县小吃送外卖的。

云朵幽怨地看了唐一白一眼，发现他正抿着嘴角，极力忍笑。

看，这就是误交损友的下场。

梁令晨长得斯文俊秀，去年医学博士毕业，目前在一家三甲医院工作，可以说年轻有为。他谈吐自然，让人有种如沐春风的感觉，云朵便听他说着一些专业领域的见闻——她喜欢听别人说自己的事情。

唐一白一边吃东西一边随口聊几句，后来他按着餐巾纸折折叠叠的，像个智障儿童一样。

云朵也不知他在玩什么，等晚餐结束时，他竟然递给她一只小兔子——一只用餐巾纸折叠的肥肥的小兔子。

"送给你。"

"好可爱。"云朵捏了捏小兔子的耳朵。

"像你。"

她有些窘："我有这么胖吗？"

唐一白垂着眼睛没有说话。

结完账的梁令晨转身，恰好看到他厚脸皮的表弟眉目低垂，眸光尽敛，眼角眉梢的笑意像是要溢出来般，他不禁有些错愕。

之后，梁令晨一直很沉默，云朵向他表达谢意时，他只是淡淡地嗯了一声，看了看她，嘴唇轻轻动了一下，终究什么也没说——现在的场合不好，表弟还在一旁虎视眈眈呢！

他要去取车时，唐一白说道："表哥，我送云朵回去就好了。你明天还要上班，早点休息。"

"没事的。"梁令晨摇了摇头，看着云朵，目光中带着一丝期待。

云朵却也摇头："令晨哥，你不用麻烦啦，我们自己打车回去。"

我们？

梁令晨还想说什么，唐一白却扶着云朵的肩膀轻轻推着她走，边走边说："好了，好了，表哥再见！"

从力量对比来看，云朵在唐一白面前就像一个木偶一样，他要怎样她就只能怎样，于是她不得不朝路边走去，边走边摇手和梁令晨告别。

梁令晨站在原地，看着他们重叠在一起的背影，无奈地叹了口气。

如果一个女孩不愿麻烦一个男人，绝非好事。

常言道：人在江湖飘，哪能不挨刀。打车打多了，难免遇到一两个不靠谱的司机，而云朵今天遇到的这个司机就极其不靠谱，更可怕的是，他还装出了一副很靠谱的样子，直到最后也不知拐进了哪里，他无奈地一拍方向盘："对不起，我迷路了。"

唐一白本来在和云朵说话，并没有注意行车路线，此刻听到他这么说，便问："你怎么不早说？"

云朵也奇怪："您没有导航吗？"

"没有。"

不认识路，没有导航，还如此淡定，这位师傅的自信心真是与生俱来的坚不可摧啊！

云朵无奈地看着唐一白。

唐一白向车窗外望了望，说道："算了，离得不远，我们就在这里下车吧。"

两个人就这样莫名其妙地在离家一公里开外的地方下了车。

唐一白对附近很熟悉，领着云朵钻进了一条胡同。

云朵走了一会儿，感觉很不对劲。胡同里空无一人，民居里也没有灯光，四周空荡荡、阴森森的，安静得有些诡异，人走在其中，任何响动都会被放大，好像马上就会惊动此地蛰伏的各路鬼祟般。

路灯已经废弃了，唯一的光源便是天上的月亮——今天的月亮很圆，像是一只巨大的眼睛在盯着他们。

云朵的神经渐渐绷紧，连呼吸都放轻了一些。

她轻轻扯了一下唐一白的衣角："你不会是故意的吧？"

"故意什么？"

云朵左右看看，抱怨道："这里这么黑。"

唐一白乐了："你怕黑？"

"不是。"云朵矢口否认，解释道："就是感觉怪怪的，这胡同里怎么没人呢？"

"以前有的。"唐一白轻声说道。他的声线飘忽，像是被什么思绪扯住了。

云朵心里一咯噔：“为什么现在没有了？”

“陆续发生了一些怪事，一些……以人力无法抵抗的怪事。再后来，一夜之间，这里所有人都不见了。”

“啊！”云朵吓得惊叫出声。

“怎么了？”唐一白似笑非笑地看了她一眼。

她抖着声音问：“为、为什么不见了？”

“因为拆迁，都搬走了。”

“……”

万万没想到真相是这样，云朵觉得自己白出了一身冷汗。

她有些愤怒，抱着胳膊瞪他：“神经啊！”

月光下，她的眼睛明亮如星辰，因为生气，腮帮子鼓鼓的，雪团一样。

唐一白有些好笑，特别想捏捏她的脸。

他突然对她说：“你身后那团黑影是什么？”

云朵嗤笑：“再信你，我就是猪。”她说着继续向前走，但还是很不争气地扭头向身后瞟了一眼。

一看之下，她顿时大惊失色，那里真的有个身影在晃动。

黑灯瞎火的，那个角落又背光，月光照不到，刚才那个影子几乎和墙壁融为一体了，而现在它走出来了……哦，不是它，是他——一个人、一个男人。

他的头发又乱又长，遮住了额头，上身穿着一件破旧的短袖背心，上面印着某啤酒厂的广告，深蓝色短裤发白发旧，一双布鞋已经破到露出了脚趾。

这一身衣服破破烂烂的，倒像个拾荒者。

在这样一个阴暗而僻静的胡同里，突然冒出这样一个人，任谁都会心里发慌。

眼见那人朝他们走来，云朵不知该如何应对，她朝路边让了让，心想：没准他只是个过路的，让他先过就是了。

唐一白却突然把云朵扯到自己身后，警惕地看着那人。

那人终于走得近了些，云朵看到了他的脸，然后她只觉得脑袋里轰的一声，心率狂飙，四肢僵硬。

是他，是那个杀人犯！公安局最近到处张贴通缉令追捕他，林梓好几次

忧心忡忡地把通缉令给她看，所以她印象特别深刻，已经能把上面的内容一字不落地背下来了。

这个通缉犯是本地人，懂格斗，前后共杀过六个人、重伤一人，死者包括一名警察。

此刻，这个杀人如麻的罪犯出现在云朵面前，吓得她脸色惨白，一时竟然忘了该作何反应。

唐一白突然重重地推了她一把，接着吼道：“跑！”

几乎是本能，云朵朝着路口跑去，可是跑出去几步后，她突然反应过来，她走了，唐一白怎么办？想到这里，她立刻停下来转身看向他。

这时，那个丧心病狂的杀人犯已经扑上去和唐一白打斗起来，唐一白赤手空拳，而杀人犯手里赫然多出了一把明晃晃的尖刀。

唐一白很少和人打架，没什么战斗经验，幸亏他身材高、力气大、反应快，一把抓住那人握刀的手腕，让他伤不了人。

两人这样僵持着，突然那个杀人犯一抬膝盖，重重地撞上了唐一白的小腹。

唐一白吃痛闷哼，手上力道却不减，死死地握着那人的手腕。

这时，唐一白余光扫到云朵停了下来，急道：“你快跑！跑出去！”

杀人犯着急解决掉唐一白，突然不管不顾起来，他松开手丢掉尖刀，用身体猛撞唐一白。唐一白冷不防被他撞了个趔趄，向后退了两步，杀人犯飞快地捡起尖刀再次扑了上来。

唐一白一没经验，二没武器，顿时占了下风。他朝路口方向望去，云朵的身影已经消失，他不禁悄悄松了口气。

杀人犯举刀又刺。

唐一白晃神的工夫，没来得及做出反应，待看到刀光时，吓出了一身冷汗，连忙闪身去躲。

杀人犯的动作却突然停滞，保持那个姿势呆立不动，像是被人点住了穴道一样。过了几秒种，他的手突然松开，咣当一声，尖刀掉在了地上，然后，他整个人也跟着倒了下去。

杀人犯倒下后，云朵纤瘦的身影出现在了唐一白眼中。她手里抱着一个带棱角的混凝土块，棱角上沾着点点血迹，她的一张小脸吓得惨白，全无血色。

看到唐一白安然无事，她突然浑身失去力气般，手中的混凝土块滑下去，重重地落在了地上。

她踉跄着退了一步，唐一白连忙上前扶住她，只觉得她的双手冰凉，没有一丝温度，脸色依旧惨白，两眼无神，原本晶亮水润的眸子此刻如蒙尘一般。

看到她这样子，唐一白莫名地心口发紧，有些心疼，还有些难过，一把将她搂进了怀里。

她因惊吓过度，身体软软的。

他不敢太用力，一手扶着她的腰，一手轻轻抚着她的后背，柔声说道："好了，没事了。"

云朵没有说话，任由他搂着，脸贴在他的胸前。

唐一白感觉到她的呼吸喷到了他的胸前，隔着一层 T 恤，微微的热量渗透到胸口的皮肤上，又透过皮肤钻进了他的心里。

他摸了摸她的脑袋，不吝赞美："云朵，你很棒，是你救了我。"

云朵依旧没有说话，身体软软地靠在他胸前，突然抬起双臂，环住了他。

唐一白把杀人犯的背心扒下来，撕成两半，然后系在一起当作绳子，把杀人犯的两只手绑在了身后。绑结实后，他打了报警电话。

地上的人昏迷未醒，云朵借着月光，看到地上有一摊血，是从杀人犯的后脑勺流出来的。她的心沉了沉，小声问唐一白："他会不会死？"

他该死，可是一想到她成为结束他生命的人，云朵就从心底泛起一阵冷意——她从小到大连鸡都没杀过，现在就杀人了吗？

唐一白弯腰在杀人犯的鼻端探了探，说道："放心，他没死。"他担心云朵在这里待着难受，便说道："你去大路上等警察，我一个人在这里看着就好。"

云朵固执地摇摇头："我不。"

她的脸色依然惨白，好在终于开口说话了，眼里也有了些神采，唐一白总算稍稍放心。说实话，他真怕她吓出个好歹来。

不过话说回来，她虽然胆小，却有勇气袭击亡命徒，这份果敢着实让他敬佩。

唐一白知道云朵的担忧，普通人无论如何都不愿做杀死同类的事，

于是安慰她道：“不管他是死是活，云朵，你今天都救了更多的人。我们只是看到他，他就要杀我们，如果有别人看到，他也会毫不犹豫地杀别人。”

云朵点了点头，说道：“你为什么说是我救了很多人，其实是我们两个啊。”

唐一白笑了：“是啊，我们两个。”

警察的工作效率出奇地高，没一会儿，他们就听到胡同外响起了警车鸣笛声。

小小的胡同呼啦啦一下子来了好多人，还有武警。他们走近时看到两个年轻人站着，地上躺着个裸着上身的男人，男人的手被反捆着，翻过男人的脸一看，正是那个让他们咬牙切齿的杀人犯。

领队警察惊讶莫名，又十分感激，走上来和唐一白、云朵一边握手，一边道谢。

把人交给警察不算完事，唐一白和云朵还要跟着回警局做笔录。

到了警局听警察一讲，云朵才知道这个杀人犯有多可怕——他以前上过武术学校，而且具备一定的反侦查能力，根据警方的犯罪心理专家分析，他具有反社会人格，杀人的时候心态特别放松。

云朵听完一阵后怕。

唐一白也有些感慨，如果不是他抄近路走那条胡同，他们就不会撞上这个杀人犯。他当时问云朵“身后那团黑影是什么”完全是一句玩笑，哪知道这句玩笑真引出一条鳄鱼来。如果他当时不开这个玩笑呢？那人或许会放过他们，也或许会从背后偷袭结果他们。根据这个杀人犯的反社会人格，后一种可能性应该更大吧？

警察听完事情经过后，开始佩服这两个年轻人了。这个男生还不到二十二岁，也没有格斗经验，面对持刀歹徒时丝毫不惧，还能冷静地分析形势，先帮同伴争取时间，这份心理素质绝对比金刚钻都硬。人和人打斗，有时候拼的就是一股胆色，而这个年轻人用他的胆色征服了警局的所有爷们。当然，这个软萌的小姑娘也很给力。一般姑娘遇到那样的情况多半就吓得走不动道了，她还能趁机偷袭歹徒，不用说了，胆识过人。

警察做完笔录，让两个年轻人留下家庭住址和联系方式，当看到这对俊

男美女的家庭住址一模一样时，他笑了：“原来你们是夫妻呀。”

云朵红了脸：“不是。”

“我懂的，我懂的。”警察亲切地拍拍唐一白的肩膀，“九月份才能领证呢。”

唐一白哭笑不得，也没解释什么，领着云朵就走了。

走出警局，云朵轻轻抽回手，低头说道：“我已经好了，不怕了啊。”

唐一白却重新牵起她的手，摊开她的手心看，看完一个又看另一个。

她的手心有几道细小的伤口——那个混凝土块太粗糙，摩擦着她的手心，才造成了这样的小伤口。

他微微拧起眉：“怎么不说？回去擦点消毒药水。”

他的手心很热，云朵只觉得自己的手背像是放在了一个小火炉上。她有些别扭，再次抽回手，手指微微蜷着，低头说道：“怎么不说你自己？你也受伤了，回去要擦药。”

唐一白沉默了一下，突然说道：“云朵，对不起。”

云朵有些奇怪：“为什么要说对不起？”

“是我带你走那条胡同的，我们本来不用从那儿走的。如果你真出了事，都是我造成的。”

“不是这样的。”云朵认真地看着他的眼睛，“如果我们走另外一条路未必不会遇到坏事，没准有车祸呢。有些事情谁也预料不到，就不要往自己身上揽。而且……”她突然笑了，眼睛弯成了月牙，“谢谢你在危急时刻没有丢下我，而是舍身救我。唐一白，谢谢你。”

唐一白轻轻弹了一下她的脑门，笑道：“就为这个感动？我怎么可能丢下你。”

两人回到家时已经很晚，唐一白的爸妈都已经睡了。

云朵要去洗澡，唐一白拦住她说：“洗完澡不要睡，帮你擦药。”

浴室是一个充满新鲜回忆的地方，就在这里，她今天早上看到了唐一白的裸体，三百六十度全方位大尺度无码写真，这让她怎么能够好好洗澡？一拧开淋浴开关就仿佛看到了唐一白雾气朦胧中的背影，一转身就想到他转身的那一刹那，一低头就感觉再次看到了……真是够了！

这个澡云朵洗得前所未有地快，洗完走出来时看到唐一白正在客厅里摆弄药箱，他从里面取出碘伏和活血化瘀的药膏，放在了茶几上。

二白已经被惊醒了，饶有兴致地看着药箱。

一般被二白盯上的东西，都逃不掉惨遭分尸的命运，因此唐一白警告地看着它，朝它摇了摇手指。

云朵走过去，拿过碘伏。

唐一白说："等我一下，一会儿我帮你涂。"说着他也去洗澡了。

这点小伤何必麻烦别人，唐一白走后，云朵用棉签蘸着碘伏把两个手心的伤口都涂好了，等唐一白一身湿气地走回来时，看到她两个手心都是浅褐色的。

她举着两只手晃了晃："我已经涂好啦，不用你帮我。"

唐一白轻笑："哦，那你帮我涂吧。"

云朵："……"

他走到她身旁坐下，撩开衣服，露出了小腹上一处碗口大的瘀青。其实他身上的瘀青有好几处，只是这一处最厉害，不过好在他并未受刀伤。

云朵本来想拒绝的，可是看到他伤成这样，她便把话咽了回去，只是问道："疼吗？"

"不疼。"

她有些担忧："去医院看看吧？万一……"万一有内伤呢？

"没事！如果他有那么厉害，我们早就挂了。"他说着，将药膏塞到她手上。

云朵用手指挑了药膏，轻轻涂在他腹部的瘀青处。

他小腹上不见一丝赘肉，实在让人羡慕、嫉妒得很。未受伤的地方肌肉线条清晰匀称，像完美主义者雕刻的石膏模型。从男人角度来讲，他的腰真够细的，却并非细得纤弱娘气，而是柔韧有力，像美人鱼一般。

她见过许多次他完美的腹肌，而这一次可以摸到，感觉很奇特，像是垂涎已久的天价珠宝突然可以试戴，有些意想不到，也有些诚惶诚恐。

她轻轻揉着他的伤处，小心翼翼的，像是在抚弄一件艺术品，而她的眼神纯净，不带一丝杂念。

她柔嫩的指肚与他的小腹触碰、摩擦，唐一白感觉很舒服，而这种舒服

不是皮肉上的，是直达心底的说不清道不明的愉悦。

云朵还在认真地擦着药膏。

她坐在他身旁，扭着腰太累，只好半跪在沙发上。

唐一白见状，干脆躺倒，头枕着沙发扶手，两腿弯曲，从上方绕过云朵的双腿，给她留下活动的空间。也幸好他腿够长，留出的空间还蛮大的，这样云朵就可以坐在沙发上帮他擦药了。

他从下往上看她的脸——由于两人的身高差距，他很少从这个角度看她——她的脸上总算褪去了惨白，此刻双颊红润，眼睛低垂，认真地看着他的小腹。她的嘴唇是自然的淡红色，唇角微微翘着。刚洗过澡，她的头发还湿着，随意而散乱地披在肩头，有几绺头发在耳侧垂了下来。唐一白也不知自己的强迫症犯了还是怎么的，特别想帮她撩上去。

见她一直不说话，唐一白没话找话，笑问她："哥身材好不好？"

云朵觉得这个人忒自恋，更可恶的是人家真有自恋的资本。

本着实事求是的精神，她答道："我很羡慕你，腰上一点赘肉都没有。"

唐一白很满意这种回答，他笑道："你也可以的，经常游泳吧。"

"我不会游泳。"

"我教你。"

云朵摇摇头："我不想学。"

他有些奇怪："为什么？"

"我晕水。"

唐一白讶异道："原来你真的晕水？"

云朵好笑道："这还能有假的？骗人很好玩吗？"

他若有所思地看着她："为什么晕水？"

"以前溺过水，差点死掉，后来就有心理阴影了。"她说着，表情有些痛苦，可见那心理阴影很深。

唐一白便收住这个话题，只是说道："涂完之后你帮我按摩一下，力气大一些。"

云朵翻了个白眼："你还真不拿自己当外人。"

唐一白笑而不答，眯眼看着天花板，感觉腹上指尖的力道真的大了些，能让他的伤处有些痛感。他抽了一口气，说道："好，你可以再用力一些……

嘶……怎么轻了？云朵，再用力一些。”

路女士推开卧室的门，便听到客厅里传来儿子的声音：“云朵，再用力一些。”

路女士脑中警铃大作，她轻手轻脚地走出卧室，看到她的儿子正仰躺在沙发上，云朵则坐在沙发一头，侧脸看着她儿子的……下半身？

虽然看不到这两人在做什么，但是从儿子那兴奋中夹杂着丝丝痛苦的话语来看，他们还能做什么？

路女士当场大怒：“禽兽！！！”

陡然出现的一声斥骂，把云朵吓了一大跳，手中的药瓶不小心就扔出去了，好巧不巧地，正砸在一旁二白的前爪上。

二白惨叫一声，夹着尾巴滚回自己的狗窝了。

唐一白也惊得坐起来，扭头一看是他妈妈，抱怨道：“您这是在梦游？”

路女士并未走近，担心自己看到不雅的一幕，只是冷笑：“要脸吗你们？要做什么滚进屋里去做。”说着还冷冷地看了一眼云朵，心想她竟看错了这个姑娘，才跟混账小子认识多久，就这么上手了？

云朵被她瞪了一眼，实在有些莫名其妙——擦个药而已，至于吗？

唐一白已经明白过来他妈为什么生气了，不禁哭笑不得：“妈！”说着站起身，把自己腹上的瘀伤亮给她看：“我们只是在擦药。”

路女士看到他受伤，顿时既担忧又生气：“怎么回事，又受伤了？”

“轻伤而已。路上遇到个小混混，打了一架。”唐一白不敢说实话，如果告诉他妈他跟一个反社会杀人犯搏斗了，她就该跟他搏斗了。

“光知道打架，不学好！”路女士训了他两句，见他真没什么大碍，便回卧室睡觉了。

留下唐一白和云朵大眼瞪小眼。

云朵也不是傻子，此刻已经明白过来，红着脸，撇过头去不看他。

唐一白看看她红得滴血的耳垂，视线向下移，落在她的手上。她因为尴尬，正在掰手指头玩，纤细白皙的手指如葱段一般。刚才就是这样的指尖在他小腹上摸来摸去的，他妈妈还误会在摸他那里……赶紧停下，不许想！

“那个……”

云朵刚张口，唐一白连忙说道：“好了，晚安！我们睡觉吧……不是，

你去睡觉吧，然后我也去睡觉。谢谢你帮我擦药，晚安！”他说着，也不等她回答，起身奔向书房。

云朵呆了呆：“晚安。”

闹了一晚上，她确实困了，擦了擦手指便去睡了。

安静的客厅里，一直假寐的二白悄悄睁开眼睛，见四下无人，高兴地跳起来，欢快地跑到沙发上，叼着药箱拖到了自己窝里。

第五章

怦然心动

第二天，云朵起床时唐一白已经走了，他今天必须归队。

路女士没有晨练，而是在教训二白。它把药箱咬碎了，药物弄得到处都是，一片狼藉。它也知道自己做错了，趴在地上一动不动，扭着脸不去看路女士。看到云朵走出来，它盯着她想要卖萌求支援。云朵哪里敢支援它，低着头假装没看到。

今天她没有采访任务，便去单位坐班。

一到单位，林梓便过来兴奋地告诉云朵，那个杀人如麻的歹徒已经抓到了，据说抓到他的是两个见义勇为的普通市民。

云朵端着一副高手范儿，笑而不语。

她终于明白为什么那么多人爱当无名英雄了，这种“你崇拜的那个大英雄就是我，不过我不告诉你”的感觉真的很不错。

然而她没有得意太久，公安局的领导便带着锦旗来到了她的单位，要正式感谢这位见义勇为的好市民。

他们来得太高调，连刘主任都被惊动了。

警车在门口一停，有人以为报社有人犯案，等看到那面锦旗时，一个个啧啧称奇——锦旗上印着云朵的名字，还有“见义勇为，弘扬正气”八个字。真是奇怪，云朵不是采编中心那个小姑娘吗，入职不到一年，她做了什么见义勇为的事？

出于好奇心，好多人跟在警察后面，想要弄清真相。

刘主任在楼上闻风而动，警察找到云朵时，刚好他这位领导也在场。

警察当着许多人的面把云朵的英雄事迹讲了一遍，换来大家由衷的热烈的掌声。

刘主任与有荣焉，觉得“见义勇为，弘扬正气”那八个字是他教出来的。

云朵特别不好意思，红着脸从警察手中接过锦旗。她环视一周，连刘主任都在给她鼓掌，只有林梓的脸色有些阴郁，不知道怎么回事。

发完锦旗，警察又给了云朵一张支票——通缉令上明确写了提供重要线索者奖励十万元。其实云朵和唐一白是生擒了那个歹徒，警察们觉得奖励应该不止十万，只是由于没人预料到会有这样的事发生，只能按照规定最高奖励十万。

十万块，对于现在的云朵来说就是一笔巨款，她小心翼翼地接过了那张支票。

警察又问：“请问你男朋友的工作单位是哪里？或者还在上学？他昨天资料上没填，我们今天去他家里，也没有找到他，打电话也没人接。”

云朵已经懒得解释男朋友的问题了。她心想：幸好唐叔叔和路阿姨都上班了，否则知道儿子和歹徒打架，肯定特别后怕。不过，有这么一个见义勇为的儿子，也是一件十分骄傲的事吧？

唐一白到底是个运动员，也算公众人物，虽然目前知道他的多半都是圈内人以及某八卦论坛潜伏的色女，但是如果大家知道另外一个见义勇为的人是唐一白，肯定会成为新闻焦点，到时候也许就众人皆知了，只是不知道这样会不会对他造成困扰。

想到这里，云朵对警察说：“我今天打电话问问他吧，他的职业比较特殊。”

警察点点头：“好的。如果可以，我们希望亲手将另一面锦旗交到他手上。”

送走警察后，云朵刚想给唐一白打电话，就接到了他的来电，也不知道这算不算心有灵犀。

云朵刚接起电话，就高兴地说：“喂，唐一白，警察奖了我们十万块钱。”

听着云朵兴奋的语气，那边的唐一白隐隐放宽了心——他原本还有些担忧云朵今天的精神状态，毕竟昨晚受到的惊吓不轻。

唐一白笑道：“是吗？警察真是太客气了。”

“嗯嗯，我们要怎么分呢？一半一半？”

“不用给我了，你留着交房租吧。”

云朵有些窘：“房租用不了这么多钱。”

“那就多交几年。”

简直没法和他沟通，云朵只好说道：“不管，你把银行账户发给我，我打钱给你。另外，今天警察问我你的工作单位，他们想送锦旗给你。”

“不用那么麻烦了，让他们快递给我就行。”

“那可是锦旗啊！锦旗哪有快递的？”

唐一白笑道：“那怎么办呢？”

云朵有些无奈：“算了，我帮你拿吧。”

“谢谢你！我到底什么时候才能请你吃饭？”

云朵早就把这事忘了，哪有人请客吃饭像催债一样的。

她答道：“什么时候都可以，看你的时间吧。”

“那就明天吧。”

“好。”

两人约好了时间和地点，唐一白挂了电话，然后他就听到身后传来伍勇的怒吼：“唐一白，又偷跑去玩手机，不想混了吧？！”

唐一白赶紧把手机放好，跑回去，笑道：“打个电话而已。”

伍总没好气地看他一眼，最后目光落在他小腹的瘀青上，怒道：“这是什么，你要炼成内丹了吗？！”

“不是……”这什么比喻啊，他又不是妖怪。

唐一白只说自己打架斗殴受了伤，并表示可以正常训练。

伍勇到底还是心疼他，给他削减了今天的训练任务。

哪知这臭小子竟然得寸进尺：“伍总，我明晚训练完后想出去一趟。”

“做什么去？”

“请一个记者吃饭。”

“云朵？”

唐一白没有回答，伍勇却也不需要他的回答，只是警告他：“去吧。不过我把话说在前头，你谈恋爱我不管，但不要因为美色耽误正业。”

什么跟什么呀？唐一白也懒得解释，一头扎进水里，开始了今天的训练。

阶段性训练完毕，唐一白在岸边看到了祁睿峰。

祁睿峰扶着泳池里的分隔绳，贼兮兮地看着他："你明晚要和云朵吃饭？"

唐一白警惕地看着他，不答反问："问这个做什么？"

祁睿峰有些得意："不要否认，我都听到了。"

唐一白直觉他没什么好话，转身要游开，祁睿峰的胳膊却像长臂猿的一样，一伸手就抓住了他的手腕。

祁睿峰说道："我也要去。"

"不可能。"唐一白颇为无奈，这人也太无耻了，他已经被坑过一次了，难道还要被坑第二次？

祁睿峰却冷笑："你不让我去，我就告诉明天和向阳阳，到时候就不只是我去了。"

唐一白仰天长叹，他竟然被祁睿峰威胁了。

不知道怎么回事，今天的林梓看起来郁郁寡欢，而且脾气有些暴躁。程美穿了条漂亮的裙子，问他好看不好看，他直接回答"不好看"，把程美气得够呛，红着脸就走了。

云朵偷偷地查了一下大盘走势，还好，没有崩盘，那他到底为什么不开心呢？

恰好林梓看到她在看大盘走势图，不屑地冷笑道："赚点血汗钱就想投股市了？十万块扔股市连个响都听不到！"

他的语气太让人不爽了，云朵也有些气："喂，我只是想知道你为什么生气！"

林梓愣了一下，随即撇过脸去，小声说道："还不是因为你？"语气依然气人，气焰却没那么嚣张了。

云朵奇怪道："我怎么惹你生气了？你不如直接说，阴阳怪气的，我又不懂！你是女孩子吗，还要别人来猜心事？"

他突然一手扶着她的桌子，一手扶着她座椅的靠背，弯下腰来看着她。

两人离得很近，云朵被圈在一个狭小的空间里，看着他修长的身影压下来，她感到很不自在。他的脸还是那样苍白，眉眼狭长，眸光冷冽。她看到

了他眼睛里自己的影子，表情有些愣怔。

云朵移开眼睛不和他对视。

他终于开口了，说道：“你能耐真大啊！敢和杀人犯斗殴？”

“不是我啊！”她解释道，“打架的另有其人，我只是偷袭一下，补个刀。”

他逼视着她：“就是你那个传说中的男朋友？”

“呃，这是个误会，他不是我男朋友。”

他僵直的手臂微微放松了一下，眉角微不可察地悄悄舒展，轻轻一哼：“不管是不是，把你置于那样的险境，他都是个脑残。”

云朵不喜欢听到他骂唐一白脑残，解释道：“当时我们纯属无奈，那个杀人狂是个变态，谁看到他他就杀谁。唐一白还让我先走了呢。”

“唐一白？”

她看到他轻轻皱起了眉，脸上有淡淡的不悦。

云朵觉得他此时的心情应该属于“我的好朋友有秘密却不和我分享”这样的忧伤，她忙亡羊补牢地解释：“我们……刚好顺路。”

林梓十分不屑地哼了一声：“谁关心你们顺不顺路。”他说着，直起腰，转身回到自己工位坐下。

云朵在他身后笑问：“小林子，你关心我呀？”

他也不回头，只是答道：“你想太多了。”

她心情好好的：“明明就是关心我。”

“你很自恋。”

云朵看着他瘦削的背影，捧着脸笑：“姐发财了，请你吃饭啊？”

“十万块就是发财？原来你对发财的定义如此之低。”

又被鄙视了，云朵怒道：“有没有人对你说过，你一张嘴就让人特别想抽你？”

“没有，认识我的人都很喜欢我。”

“……”呵呵呵，从没见过如此厚颜无耻之人。

云朵并没有嫌弃林梓的厚颜无耻，中午时依然要请他吃饭。除了林梓，她还邀请了程美，然而出乎意料地，程美拒绝了。

平常在单位时，他们俩经常和程美一起吃饭，三人像铁三角一样牢固。

云朵抱怨林梓：“看吧，都是因为你，程美生气了。”

林梓特别有自信："我说过我人见人爱，她不会真生我的气。"

"呵呵，那你去叫她一起吃饭试试？"

这时程美恰好从门口经过，朝里面望了一眼，林梓便趁机朝她挥手："小美女，真的不打算和我们一起吃饭吗？给个面子，云朵请客，我们狠狠地宰她一顿。"

程美低头翘着嘴角："好吧。"

云朵下巴差点掉下来。

她看着程美，笑道："我终于知道你的死穴了，是不是谁喊你美女你就跟谁走啊？"

程美红着脸，像个害羞的小媳妇："你讨厌！"

第二天，云朵接到唐一白的提醒电话，让她不要忘记赴宴，以及，不用打扮得太漂亮。

云朵特别窘，原来唐一白真的喜欢朴素如农民的装扮啊？

他在电话里欲言又止，也不知有什么难以启齿的话。

云朵问道："你到底想说什么吗！"

唐一白长叹一口气："等你到了就知道了。"

等她到了约定的餐厅时，终于明白了唐一白的意思——祁睿峰又来了。

"你们真不愧是好基友啊！"她忍不住感叹，"像对方的影子一样不离不弃。"

唐一白的脸黑了一黑，郑重地澄清："我们不是基友。"

祁睿峰很高兴："云朵，好久不见。"由于身高差距，无论他从哪个角度看她，都感觉像是在睥睨众生，让人倍感压力。

云朵摸了摸后脑勺，心想：也不是很久，上个月刚见过。

由于祁睿峰的知名度太高，即便是三个人，也需要包间。

云朵坐下之后，唐一白和祁睿峰像两大护法一样分坐在她两边。跟他们的身形一比，她显得有些渺小，有种分分钟要被挤扁的感觉。

服务员要了祁睿峰和唐一白的签名，然后看着他们三个人，说道："像是爸爸妈妈带着孩子来吃饭。"

云朵一脸窘相地看着她，不用说了，CP党无处不在。

祁睿峰被逗乐了，翻着菜单给云朵看："乖宝宝，给你点一个冰激凌。"

云朵扭脸，假装不认识他。

祁睿峰又问唐一白："你说我们谁是爸爸，谁是妈妈？"

唐一白同样扭脸，假装不认识他——谁要和你凑爸爸妈妈？

三人在这种愉快的气氛中点了菜，然后祁睿峰拿出手机向云朵推荐他最近在玩的游戏。云朵一看，哈，消消乐？这个游戏简直无处不在，好像全国人民都在玩。

她看到他目前的关卡数，感觉十分诧异："你已经打到这里了？比我还厉害！"总感觉以他的智商到不了这个层次啊！

祁睿峰笑得有些嚣张："那是当然，我的好友里数我最厉害。"

"佩服，佩服。"云朵由衷地赞美他，"你是怎么做到的？"

"我实力出众，就像我的 1500 米自一样，so……"他想了一下，终于眼前一亮："so easy。"他说这句话时的腔调很反常，抑扬顿挫的，像是在唱歌一样。

"啊，你都能拽英文了。"云朵有些唏嘘。

"当然了，在国外接受采访时一般都是讲英文，这有什么好奇怪的？"

她感觉不对劲："可是我没见过你的英文采访，好奇怪啊！"

唐一白突然插口道："因为他英文太烂，烂到有损形象的程度，所以国内电视台一般不会播出。"

云朵咋舌："有这么夸张？那得有多烂呀？"

"反正中国人听不懂，外国人也听不太懂，就是不知道二白能不能听懂。"唐一白说着，看到祁睿峰焦黑的脸色，莫名地心内油然生起一股报复的快感。

揭了哥们儿的短，他却一点心理负担都没有——本来就不该出现在这里的人，用不着给他面子，哼哼。何况又不是当着别人，只是当着云朵的面说，而云朵又不是外人……

唐一白沉浸在瞬息万变的奇妙思绪里，突然被祁睿峰打断："你闭嘴！"

"好啦，好啦！你的游戏借我玩一玩好不好？"云朵怕他发火，重要的是知道这位奥运冠军的英语水平竟如此令人心酸，她也有点不落忍，于是岔开话题。

祁睿峰相当大方地把手机塞给她，然后他一手扶着她椅子的靠背，挨近

了观看。

不愧是接近关底的关卡，实在太变态了。云朵一边感叹这关何其变态一边抓耳挠腮，玩得特别小心翼翼。

祁睿峰在一旁指指点点，看到云朵反应这样慢，有些鄙视：“你很笨。”

“我这是谨慎，而且你的方法不对。”云朵有些无奈，他所谓的“实力出众”真是让人看不透呢。

唐一白坐在一旁，看着他们两个挤在一块玩游戏，突然有种被冷落的感觉。他看见祁睿峰把胳膊搭在云朵的椅背上，低着头，脸离她很近，竟觉得这画面有些刺眼。

“不要玩了。”唐一白说道。

然而，那两个人玩得特别专心，根本不理会他。

只剩下最后一步时，屏幕里还有七个冰块没有消掉，云朵摇了摇头：“玩不过了。”

祁睿峰提醒她：“笨死了，快用锤子。”

“没有锤子啊！”

“买。”

“啊？”云朵以为自己听错了，疑惑地看着他。

祁睿峰却伸手，并不夺手机，只是在屏幕上点啊点。

云朵连忙去看手机，祁睿峰却不满道：“真不讲究，我输密码的时候你不要看。”

“哦。”云朵赶紧闭上眼睛。

祁睿峰看她慌忙闭眼睛的样子，忍不住笑：“真傻。”

等祁睿峰说“好了”，她才敢睁开眼睛，然后她就看到道具栏里多了十把小锤子。

云朵：“……”

祁睿峰见她愣怔，便轻轻推了一下她的手臂：“发什么呆？快用。”

云朵的表情几变，问道：“所以，你一直都是用这种方式过关的？买道具？”

一把小锤子好几块钱，却只能使用一下，十分不划算，云朵从来没买过付费道具。眼前这位仁兄却一口气买了十把小锤子，眼都不带眨一下的。这

只是一关，他之前过了那么多关，都是怎么过去的呢？这才是他“实力出众”的真相吗？买锤子？

祁睿峰莫名其妙地看着云朵：“有什么不对吗？”

“没！”云朵摇了摇头，“就是觉得，花那么多钱，肉疼。”

祁睿峰乐了：“如果钱能买到快乐，我为什么不买呢？反正我有钱。”

她竟然觉得他说得很有道理，不过，最后一句话真的好欠扁。

云朵一怒之下点着小锤子把冰块啪啪啪全部敲掉了，不得不说，那感觉真的好爽。

过了这关后，她一脸的满足感，直了直腰，然后不经意一扫，看到唐一白正一脸阴郁地望着他们。

他的脸色阴沉沉的，眼睛微微眯着，盯着他们，目光如炬，仿佛小宇宙即将按捺不住，分分钟就要变身的节奏。

见云朵看过来，他咬着牙说道：“把手机放下。”

云朵轻轻地放下了手机。

他抓住她的椅子，用力往自己身边拉了一下。椅子腿和地板产生了强烈的摩擦，那一刻，云朵感觉自己坐在了颠簸的拖拉机上，心脏悠了一下。

“拖拉机”停住时，云朵和他挨近了许多，他把筷子放在她的餐盘前，朝她微微一笑：“吃饭。”

祁睿峰是一个心特别大的人，在饭桌上和云朵有说有笑，以至于云朵被他的没心没肺感染了，也就不去深究唐一白是不是生气了——唐一白脾气那么好，才不会生气，一定是在开玩笑。

吃完饭，唐一白要送云朵回家，祁睿峰也要跟着去。唐一白本来想拒绝的，却不知突然想起什么，他笑道：“好吧。”

于是，三人打车往云朵家去。

快到目的地时，副驾驶上的祁睿峰奇怪地看着窗外：“唐一白，这不是去你们家的方向吗？”

唐一白答道：“对，就是去我们家。”

“喂，我们是送云朵回家。”祁睿峰有些不满。

唐一白斜睨了坐在他旁边的云朵一眼。

车里光线太暗，她的表情看不清楚，只是看到她微微偏开头，掩着嘴巴

轻轻咳了一下。

他的心情突然愉悦起来——有些事情，仅存在于他和她之间，旁人无法触及。

祁睿峰还在抱怨："唐一白，你太无耻了，你想回家为什么不早说？"

唐一白淡定地扔出他的炸弹："云朵就住在我的房间。"

云朵：这话感觉怪怪的啊！

祁睿峰果然没声音了。他一脸严肃地回望他们两个，在没有得到云朵的否认后，他确定唐一白并没有开玩笑。不过这话真的很像个玩笑，难道他们两个已经拜堂了？

"咳！"云朵突然有些心虚。

最初知道她竟然租了唐一白家的房子时，她只是觉得这番巧合令人震惊，即便看到了唐一白的裸体，也没让她有这种心虚的感觉，可是现在面对祁睿峰飘忽的眼神，她突然就心虚了，仿佛某个不该被人知晓的角落遭到窥探。

她低着头解释道："我租房子时租到了他们家，你说巧不巧？"

祁睿峰却是满脸狐疑，不相信会有这么巧的事，同样也不相信亲爸妈会把儿子的房间租出去。他疑惑地问唐一白："你爸爸妈妈不要你了？你是不是亲生的？"

"我是亲生的，我们家还有房间。"

祁睿峰不屑地发出一声冷笑："我不信，当我傻吗？"

唐一白无奈道："好吧，我和云朵该扯证了，就等我年满二十二周岁，所以她住进了我们家，这下你信了吧？"

云朵顿时窘迫："你不要乱讲啊！"

祁睿峰看看唐一白，又看看云朵，最终还是摇头："我不信。你亲她一下试试？"

唐一白手掌按住云朵圆润小巧的肩头，轻轻一带，两人的距离便瞬间拉近。云朵眼睁睁地看着他的身影压下来，她惊得眼睛都瞪圆了——这位大哥，你不是要来真的吧？要不要这么拼啊？

她吓得拼命向后靠，靠椅却阻挡了她逃避的路，于是她紧紧贴在椅背上，退无可退，就这么眼睁睁地看着那个影子越来越大。

昏暗的车中她看不清楚他的表情，只能感觉到陡然欺近的陌生气息，像

是绵延的丝线，紧紧环绕住她。她的心脏突然剧烈跳动起来，血液奔涌着冲向大脑，耳朵持续轰鸣着。

她紧张得一动不动，他缓缓地靠近，近在咫尺。她突然想要推开他，却发现自己的两只手已经被他牢牢地按在座椅上，无力动弹。

他要亲我了，唐一白要亲我了……她满脑子都是这样的念头。

就在这时，她眼角闪过一片亮光，晃得她眼睛禁不住眯起来。她本能地追着那片亮光，看到祁睿峰已经换了个姿势看着他们。原来他担心看不清楚，把手机调成了手电筒模式，光源正对着他们，他自己则是一脸的兴趣盎然。

看到唐一白停下来，祁睿峰不满道："亲啊！怎么不亲了？"

唐一白低声咒骂了一句，坐回自己的位置，闭了闭眼，压下心中的澎湃。

——他竟然真的想要亲她！

那股兴奋劲儿，像是吸血鬼陡然闻到了鲜血的香气，激动着，渴望着，几近失控。

这种感觉那样陌生，他在之前二十多年里从未感受过。这感觉又是那样强烈，强烈到他根本无法控制自己，如果不是祁睿峰打断，他就真的亲下去了。

这要命的感觉是……是……还能是什么！

他靠在座椅上闭目养神，神色平静，内心却如波浪翻涌。

到底是从什么时候开始的呢？第一次见面吗？不，不是。她给他的第一印象只是很好玩，甚至有些滑稽，最多算可爱而已。他见过的可爱女孩子一打一打的，不可能那么容易喜欢上她。后来呢？在学校又见过她一次，那时候只不过相对来说不算陌生人，她依然是可爱的，不然他也不会逗她，可那玩笑也与喜欢无干。再后来呢？她辅导他英语，他对她充满感激，这时候是否已经染上了不一样的情愫？

再后来……唐一白惊讶地发现，他和她认识后的每一次相见、每一次相处，甚至每一次通话或者网上聊天，他竟然都能清楚地记得，历历在目。闭上眼睛，他们的交集便成串地清晰地排列在一起，形成一条独特的轨迹。唐一白知道自己记忆力不错，但也不至于强大到这等地步，连她高兴时微微颤动的睫毛都能记住，连她生气时冷硬得仿佛刚从冰箱里拿出来的糖块一般的声音都能记住。

他却寻不到这无端爱意的始点，仿佛悄无声息，她就走进了他的心里，

如春夜清凉的雨水，润物无声。

他轻轻地叹了口气，侧头看她。

她埋着头，声音冷硬地说：“以后不要开这种玩笑了。”

唐一白愣了一下，随即像是被一盆冰水浇了个透——所以，他不仅是喜欢她，而且是单相思吗？

他闷闷地嗯了一声。

前面的祁睿峰丝毫没有感觉到后座气氛的微妙，他自顾自说道：“好吧，现在我相信你们的关系是纯洁的了。”

唐一白心想：已经不太纯洁了。

云朵直到下车都没说话。

到目的地后，唐一白担心他妈妈见到他后会生气——他回来是为了送人——所以也没下车。

见云朵下车后一声不吭，他有些郁闷，摇下车窗叫住她：“云朵。”

“嗯？”云朵转身看他。

“再见。”他说道，努力笑得人畜无害。

“哦，再见。”她朝他摇了摇手。

祁睿峰也觉察出一丝不对劲，等出租车掉头后，他用责怪的语气对唐一白说：“你把她吓到了。”

唐一白气不打一处来：“是你让我亲她的。”

祁睿峰理直气壮地说道：“我让你干什么你就干什么，怎么以前你没这么听话呢？说不准是你自己意图不轨呢！”

他这句无心的话，却正戳中唐一白的心事，唐一白冷哼一声不理他，低头给云朵发了条信息：吓到了？

过了一会儿，云朵回复他一个问号。

唐一白解释：刚才，只是开个玩笑。

云朵：嗯，没事。

唐一白：真的没事？

云朵：你放心，我是不会误会的。

忍住看到这句话后的烦闷，唐一白回复她：那就好。

云朵看着这三个字，心想：这根本不是误会不误会的问题好吧？

她发现自己可能对唐一白抱有那么一丁点儿不切实际的想法，不过也不一定，男女之间的感觉，有时候就是一刹那，大家脑抽了而已，过了那一会儿，自然会归于平静。

对的，就是这样，她只是有那么一瞬间的心动，这不代表她真的喜欢他。

被一个帅哥压着要强吻，任谁都会有点小激动吧？这没什么大不了的。

这样想着，云朵内心得到了一丝安慰。

然而这份安慰并没有持续太久，当她洗完澡躺在唐一白睡过的那张床上时，某些奇怪的思绪像野草一样疯长起来。床单和被罩都是唐一白用过的，云朵间接地闻到了唐一白身上的气息。她知道这是幻觉，因为她前几天刚换洗过，然而如此理智的认知根本无法阻止她感官的走火入魔，她躺在了唐一白的床上，她盖着唐一白的被子……她像是被唐一白的气息包裹住一样。

真是要疯了。

云朵红着脸坐起来，下床打开电脑，在网上重新订购了一套床单、被罩。

自那晚之后，云朵半个月没见到唐一白，她的心情也渐渐平静下来，换了新的床单、被罩之后，又每晚都睡得格外踏实，这让她更加坚信之前那片刻的心跳加速只是一时的心动，无须在意那种。

然而，她心底深处又仿佛有一片角落被占据了，无人能看清，无人能触碰。

有时候，她还想见到他，只是想见一面，随便聊聊天那种。云朵觉得这和老朋友之间的思念差不多，毕竟，她也经常想念陈思琪嘛。

五月下旬的某天下午，云朵在完成采访任务后，与梁令晨一起喝了杯茶。

这也是梁令晨主动提出来的，他非常怀疑，如果他不主动找云朵，云朵是想不起来找他的，这让他多少有些挫败。想他梁令晨，家世、样貌、学历、人品，样样不缺，一直以来从不缺追求者，怎么到云朵这里，他的魅力就打折扣了呢？

云朵忙得昏头，收工之后，又因为公事耽搁了一下，等到了约定的茶室，梁令晨已经等了一会儿。梁令晨给她凉了一杯茶，温度刚刚好，她也不讲究，

端起来一饮而尽，特别豪迈。

梁令晨温和地笑了起来。

喝完茶，云朵说道："对不起啊令晨哥，单位有个比我还新的新人出了点状况，我救了一下火，真是抱歉让你等好久。"

梁令晨闻言摇头道："不用和我这样客气，而且，迟到是女孩的特权。"

其实云朵不喜欢享受这样的特权，她跟人见面一般都很准时。

她吐了吐舌头，问道："令晨哥，你今天找我有事吗？"

"没事就不能找你吗？"

"哈，不是呀。"

"今天确实有一件事想和你说。"他笑了笑，抬起两根手指，轻轻地扶了一下鼻梁上的无框眼镜，"云朵，其实一开始我和你见面，完全是碍于长辈的面子，打算见过之后好交差。"

云朵挠了挠头，傻笑道："我也差不多啦。"

"可是见面之后，我发现你无论外貌还是性格都很对我的胃口。"

云朵不知道该怎么接这个话。

梁令晨却追问道："那么我呢？你觉得我怎么样？"

她只好继续傻笑："令晨哥你……挺好的。"

梁令晨看着她的眼睛，失笑道："所以，你这是在给我发好人卡了？"

云朵不知道该怎么回答，好像无论答"是"或"不是"都不太合适。

恰在这时，桌上她的手机叮叮地响了两下，她连忙拿起手机看消息，以此来化解这个问题背后微妙的尴尬。

梁令晨扶着茶杯，认真地看着她。

他看到她展颜笑起来，笑容温暖明媚，有些晃眼。

她什么时候这样对他笑过呢？没有，从来没有。

他微不可察地叹了口气，问道："看到什么了，这样高兴？"

"是唐一白。"云朵笑着，轻轻晃了一下手机，"他说他要去澳洲外训了，在海边会被晒得很黑，等他回来就变成唐一黑了。"

梁令晨也被逗笑了，笑过之后他有些诧异，这是他认识的那个唐一白吗？在他的认知里，这个表弟最大的特点就是早熟、沉稳，很少见他如此鬼马的一面。

云朵放下手机，梁令晨又帮她倒茶，边倒边说："云朵，你是不是怕我向你表白，请你做我的女朋友？"

云朵沉默不言。

梁令晨又道："你放心，我之前确实有过这样的想法，不过现在，我决定放弃了。"

云朵悄悄地松了口气。

梁令晨却有些失落了："你一点也不好奇为什么吗？"

"呃，为什么？"

"你心里装着别人，暂时容不下我。"

云朵张着嘴巴，惊讶地看着他。

"所以，我只好在很喜欢你之前，选择放弃。"他说。

晚上，云朵收到了祁睿峰发来的信息。

祁睿峰：下个月六号下午四点我要飞去布鲁斯班，到时候会有很多粉丝前来送行。你是我的粉丝，我当然要提醒你。不用谢。

云朵：……

云朵：我既然是你的粉丝，当然会密切关注你的一举一动，所以不需要你的提醒啦！

祁睿峰：……

云朵：你放心吧，我是一定不会去的。

祁睿峰：……

祁睿峰：唐一白也去。我们去同一个俱乐部外训，只是教练不一样。

云朵现在不能看到"唐一白"这三个字，总有种心虚的感觉。都怪梁令晨，说话干吗那么犀利？

她犹豫着，问祁睿峰：唐一白怎么不自己和我说？

祁睿峰：他说怕影响你工作。

云朵：难道你不是这么想的吗？

祁睿峰：不是。工作和偶像比，当然是偶像更重要一些。

云朵：真是让人佩服的价值观。

祁睿峰：那你到底去不去送行？

云朵：去啊！我都是你的忠实粉丝啦，怎么可能不去？为了偶像就算被炒鱿鱼也要去！

祁睿峰：很好，这才是我的粉丝。

云朵心想：这是邪教吧？

六月六号，云朵如约来到了机场。

为了透出自己脑残粉的气质，她做了一块手牌，上书“祁睿峰千秋万代一统江湖”。这块手牌像一个炮塔，不仅个头很大，而且内容霸气，她在机场亮出来时，一下子吸引了很多人的目光。那一瞬间，云朵觉得自己简直是脑残粉中的战斗机，邪教领袖一般的存在。

祁睿峰没说错，来送行的粉丝果然很多，不过在众多峰粉中，零零散散地夹杂着一些“白粉”——这个充满犯罪感的称谓正是唐一白的粉丝们给自己起的昵称，不知道他们到底是怎么想的。据资深白粉陈思琪交代，他们的粉丝群在网上聊天时，曾多次遭到网站的重点监控，不知是真是假。

云朵职业病犯了，在主角未到场时，随机采访了这两个群体。

问峰粉为什么喜欢祁睿峰。

粉丝答曰：

“因为他蠢。”

“他中二。”

“我受虐狂呀！”

……

云朵悄悄抹汗，又采访白粉。

答曰：

“帅！”

“帅！”

“帅！”

……

由此，云朵得出一个惊人的结论：唐一白只是靠脸在吸粉，而真正用个人魅力征服粉丝的，是祁睿峰。天哪！

等了没多久，主角登场了，鲜花、掌声、尖叫、舞动的手牌，这些都是必须的。

云朵的手牌最霸气，所以她最先吸引了祁睿峰的目光。

唐一白和祁睿峰并肩走着，自然也看到了她。

他看见她举着的“祁睿峰千秋万代一统江湖”的手牌，“祁睿峰”三个字实在刺眼。

两人走到云朵面前时停了下来。

祁睿峰满意地点头：“干得不错。”

云朵把手牌挡在身前，遮住半张脸，没有理会祁睿峰，而是偷偷去瞟唐一白。他还是那样英姿挺拔，面容俊美。

周围的粉丝很激动，挤得她左摇右晃，周围声音嘈杂，然而她还是清晰地听到了自己的心跳声，扑腾，扑腾……

才多久没见面，要不要这么痴啊？

唐一白也在看她，他的目光有点幽怨，像是幽静湖面上突然响起的箫声，浅浅地痴缠，深深地控诉。

云朵保持着遮脸的动作，朝他打了个招呼：“嗨。”

“为什么没有我的？”他终于没忍住，问道。

云朵微微偏头：“啊？”

他指了指手牌上祁睿峰的名字。

“咳咳咳！”云朵有些不好意思，解释道：“我以为你喜欢低调。”当然主要原因不是这个，她才不会告诉他，她是因为心虚才没有写他的手牌。

不少粉丝拥挤着想要他们签名，原本祁睿峰一直被围堵着，这会儿白粉们终于挤上前，纷纷让唐一白签名。

“这里，这里！”一个热情的粉丝指着本子对唐一白说，“麻烦你签在祁睿峰的上面。”

这是什么奇怪的要求？唐一白有些困惑。

不过，特意把名字签在别人上面，感觉像是要压别人一头。唐一白是不会对祁睿峰做这种事的，于是很稳妥地签在了他名字的旁边。

云朵笑道：“幸亏你没听她的。”

“怎么？”

她但笑不语。

有些事情是不能说出口的，比如你名字在祁睿峰的上面，那就成了白睿党的护身符。

唐一白见云朵只是笑，方才压下去的烦躁又涌上心头。

他摇摇头，朝她伸手：“手给我。”

大庭广众之下，这样子不好吧？

见云朵发呆，唐一白自顾自地拉起了她的手。

游泳运动员的手掌都偏大，她柔软的小手放在他宽大的手心里，像停靠在海岸的一只小船。她低下头，脸上禁不住生起一阵燥热。

唐一白在她的手心签了自己的名字，然后说道：“记住，我喜欢高调。”

云朵愣愣地看着他转身离去的背影，直到消失后，她才摊开手掌，看着掌心黑色端正的三个字，自言自语道:“难道这预示着你逃不出我的手掌心？”

祁睿峰登机后，还在念叨云朵，可见“千秋万代一统江湖”八个字多么深得他心。

他问唐一白：“你说云朵会不会暗恋我？”

“不可能。”唐一白斩钉截铁地摇头，语气也像铁一样，又冷又硬。

祁睿峰却不这样以为：“怎么不可能？她可是我的粉丝，粉丝暗恋偶像有什么不可能的？”

唐一白面无表情地解释：“你比她高三十多公分，如果她想要亲你，跳起来都够不到，所以你们之间是不可能的。”

这话真是以理服人啊！

祁睿峰深以为然地点头：“也对。那就不用拒绝她了，袁师太让我现在不要谈恋爱。”

袁师太不许祁睿峰谈恋爱，这事唐一白知道，无非是怕他分心，影响比赛成绩。事实上，许多教练都或明或暗地不许手底下正在出成绩的运动员谈恋爱，主要是运动员的黄金职业期太短暂了，女朋友嘛，三十岁再找都来得及，但金牌错过了就是一辈子。虽然祁睿峰已经有一块奥运金牌了，可谁会嫌自己的金牌多呢？况且，就目前国内的体制和舆论情况而言，金

牌往往不只是运动员一个人的事，而是关乎一大群人的付出和期待。再联系祁睿峰的双商，他谈恋爱说不好会谈出个惊天地泣鬼神，于是袁师太向他下了严格禁令。

和这些残忍的灭绝人性的教练一对比，伍勇教练就显得有些另类了，毕竟，他经常关心唐一白的感情生活．动不动就问“这个是不是你女朋友”“那个是不是你女朋友”“少年你竟然还没谈恋爱”这类没营养的问题。

其实，这些问题背后隐藏着伍教练深深的担忧。

职业运动员是一个年轻的群体，也是一个躁动的群体，他们没时间谈恋爱，不代表他们不想谈恋爱，毕竟他们的荷尔蒙从来没短缺过，甚至比普通人更多。比如祁睿峰十七岁就被女粉丝诱拐去开房——后来被教练解救了，比如明天年纪轻轻已经学会了跟花游队的小姑娘们贫嘴，等等。可以这么说，一个内心不安分的运动员，才是一个正常的运动员。

唐一白却不是这样。无论看脸还是看身材，他都是整个游泳队最具观赏价值的运动员，没有之一。他是游泳队的队草，由于女队一直选不出队花，他也兼任了游泳队的队花。这样一个帅哥，性格又特别好，情商也高，即便是他沉寂的那三年，追他的姑娘也是前赴后继，排着队像是等待下锅的饺子一般。连食堂的盛菜小妹都喜欢他，以至于炒菜小弟每次看到他都苦大仇深的。就是这样一个人，他却从来不近女色，无欲无求，过着老和尚一样的生活。

“不近女色”在以前是多么有境界的一个词汇，而在腐文化盛行的今天，这个词看起来就有点可怕了，伍总的脑洞难免开得有些大。退一步讲，就算唐一白不腐，可是一直这样压抑人性，也会容易成为变态吧?

伍总不愿意看到唐一白成为变态，所以看到唐一白终于愿意和小姑娘搞搞暧昧了，他老人家特别欣慰。

六月的布鲁斯班还是冬季，不过气温并不是很低，大概相当于北京的秋天。海水的温度二十度上下，已经不适合下水，唐一白等人的训练都在室内。

虽然一下子跨越了半个地球，但训练生活并没有太大变化，同样累而枯燥——运动员的成绩都是汗水堆出来的，尽管每一个运动员都有这样清晰的认识，可是疲惫与思想觉悟无关，它是身体的本能反应。

云朵他们这些记者，只是从数字上来感受身为运动员的不易，比如唐一

白每天至少要游一万两千米——这还只是水上训练，不包括陆地上那些五花八门的身体训练——如果不亲身感受一次，普通人很难体会那种累到昏天黑地、累到刻骨铭心的疲惫。

如此枯燥又疲惫的生活，必然需要点精神调剂品，于是没过多久，唐一白和祁睿峰这两个亚洲小伙便成了游泳俱乐部女队员们的目标。亚洲人的肌肉没有欧美人那么结实，即便是唐一白这样的职业运动员，也比欧美职业运动员更显瘦削，不过亚洲人的身体线条更精致漂亮一些。

不知她们是贪新鲜还是花美男的审美风已经波及欧美体育圈，有空的时候，几个姑娘就喜欢往唐一白身边凑，路上打个招呼也抛媚眼，甚至有一个胆大的姑娘晚上训练完去敲唐一白的宿舍门。

唐一白简直无语，都快累成狗了，谁耐烦理她们！

这天吃午饭时，两个人刚坐下，又被姑娘们围观了。

金发美女安吉丽娜坐在唐一白身边，托着下巴朝他抛媚眼，问唐一白：“唐，我的头发好看吗？”

知道唐一白的英语水平不太好，所以她特别体贴地放慢了语速。问完这句，她又说：“你们中国的女孩子没有金发吧？”

唐一白缓缓答道：“我喜欢黑色的头发，不算很长，特别柔软，像瀑布一样。”他突然笑起来，眉目低垂，目光温柔，笑容和煦温暖，像此刻海边的阳光。

安吉丽娜愣愣地看着他的笑容：“你真好看。”

正在这时，一片阴影突然遮住了他们。唐一白奇怪地抬头，见是贝亚特。

贝亚特，英国人，十九岁，主攻项目是短距离自由泳，今年100米自最好成绩是47秒80。他到澳洲外训是慕名而来，这个俱乐部的弗兰克教练在指导短距离自由泳方面很有心得，曾培养出两个世界冠军，而贝亚特相信自己将成为第三个。

来了之后他却发现，弗兰克教练好像更喜欢那个叫唐一白的中国人，总是夸他。不止教练喜欢他，姑娘们也都喜欢他。简直岂有此理，那人瘦得像一只羊，凭什么都喜欢他?

此刻，贝亚特居高临下地看着唐一白，眼神充满了蔑视。

唐一白在他这样的目光中低头默默地吃饭。

贝亚特有些尴尬，大声说道："唐，我要向你挑战。"

"嗯？"唐一白抬起头看他，"什么意思？"

"我们进行一场比赛，今天下午怎么样？"

"我下午还要训练。"

"你不敢吗？"

唐一白轻轻地摇了摇头："你去问弗兰克教练吧，他答应之后我才能答应。"

"哼！难怪弗兰克教练喜欢你，做他的应声虫很好吧？"

唐一白不再理会他，低头继续吃饭。

祁睿峰就坐在他对面，虽然没听懂那个贝亚特在说什么，但是从表情看也不是什么好话，于是他光荣地肩负起了怒瞪贝亚特的工作。为了彰显气势，他站了起来，比贝亚特还要高大一些。

贝亚特丢下一句"等着输得哭鼻子吧"，然后扬长而去。

吃过午饭，祁睿峰给袁师太打电话汇报情况，唐一白独自去海边散步。

他背对着大海，自拍了一张照片，发给云朵。本来想发条文字信息，但是他突然特别想听一听她的声音，于是删掉文字，改为了语音信息。

唐一白："在做什么？"

隔了一小会儿，云朵的信息便回复过来了，也是语音："哈哈，唐一白，你拍照的技术好烂！"

唐一白听得面露疑惑，不是因为这句话，而是因为这话的背景里似乎有个男人在说话？他把这段语音信息来回播放了好几遍，最终确定，确实有个男人在说话，只是听不清楚在说什么。

他心想：她此刻应该在单位，有同事说话很正常。

虽然这样想，他还是有些烦躁，便又问了一遍："在做什么？"

云朵："看夕阳。"

看夕阳？他和她的时差只有两个小时，她去哪里看夕阳？

唐一白更觉不对劲，问道："哪里的夕阳？"

云朵同样发了张自拍，背景是一片海岸，暮色沉沉，夕阳已经落下去了，岸边的房屋都亮起了灯，她对着镜头笑得很灿烂。她身后是一个男人侧坐的

身影，脸被她挡住了，看不到。

唐一白心口紧了紧，说不出的郁闷。

云朵又发了条语音信息：“是爱琴海。”

爱琴海，她和一个男人去了爱琴海？他们坐在海边聊天看夕阳，这么浪漫的事情她在和别人做！

唐一白咬了咬牙，虽然知道自己这样想很没道理，云朵有她的自由，她想跟谁看海就跟谁看海，可是他依然很不高兴。他差点质问她那个男人是谁，不过他及时控制住了，采取了迂回战术。

唐一白：“一个人去的？”

云朵：“不是，和我小弟一起，他非要吃希腊烤羊肉。”

小弟？云朵不止一次提过这个人。唐一白脑中浮现出一个单薄而苍白的身影，这样弱的男人怎么配得上她？

咬了咬牙，唐一白酸溜溜地说：“还挺浪漫的。”

云朵：“一般一般啦！如果他不是那么聒噪就更好了。”

唐一白还想多套点信息，可是这时有个队员来叫他了：“唐，弗兰克教练找你。”

他只好匆匆说了再见。

云朵听说唐一白要去找教练，便放下了手机。

身边的林梓特别有眼色，见她不聊天了，递给她一小瓶酸奶：“尝尝这个酸奶，希腊特产，大蒜味的。”

大蒜也能做酸奶吗？云朵十分好奇，接过来打开喝了一口，然后她快哭了：“这是什么鬼啊？”

林梓咬着吸管低头，一脸坏笑。

云朵怒问：“你那个是什么口味的？”

“小麦草。”

“没收！”

林梓也不反抗，直接把他喝了一半的酸奶递过来。

云朵接过，低头看了一眼他用过的吸管，再抬头，看到他正似笑非笑地盯着她。

暗淡的天光下，她没有捕捉到他眼中那别别扭扭的期待。

云朵才不会吃他的口水，她抽出吸管直接扔掉，撕开箔纸，对着瓶口喝起来。

一边喝着酸奶，云朵问："你为什么一定要来希腊？就为了吃烤羊肉吗？"

林梓看着暗沉夜幕下深蓝色的海面，答道："我答应过我妹妹，带她来看爱琴海。"

云朵顿住，侧头探究地望着他。他表情淡淡的，看不出是怀念还是悲伤。

她小心翼翼地问道："你……是不是把我当成你妹妹啦？我们长得很像吗？"

林梓扭头认真地端详她的脸，看了一会儿，答道："不像！我妹妹比你漂亮多了。"

云朵撇了撇嘴："我还不信了，无图无真相。"

林梓摸出手机，调了一张图片给她看："真相。"

云朵一看到图片主人公，便哇地惊叹出声。

确实是个大美女，五官立体，肤白胜雪，眼带秋波，正笑望着镜头。她自拍的角度是平视，和现在网络上流行的那种自上而下的拍摄不一样，这样清新自然的画面最能呈现一个人真实的五官。可惜她自拍只能拍到上半身，不能看到整个身材。不过想想就能知道，这样的美女身材一定很棒。

拍摄的场景是在室外，因为镜头容量太小，看不出具体地点，她身后有两三个人。

云朵仔细端详着图片，突然指着其中一个背影："这个后脑勺好像唐一白哦！哈哈。"

唐一白找到弗兰克教练时，弗兰克教练告诉他："唐，你下午可以和贝亚特比赛，我会给你加油。"

唐一白淡淡地点头："好，谢谢。"

弗兰克教练从不掩饰对他的偏爱，此刻见他神色落寞，弗兰克教练有些疑惑——和唐一白接触的这些天，他认为这个年轻人的心态很好，绝不会因对手的强大而担忧沮丧。

可能是运动员们的娱乐生活实在有限，唐一白和贝亚特的友谊赛惊动了整个俱乐部，许多人跑来围观。姑娘们分成两部分，一拨给贝亚特加油助威，另一拨站在唐一白这边。

如果单看个人最好成绩，贝亚特要领先一筹，但是这个领先程度零点一秒不到，并不能说明问题。而东方的男人总是带着一股神秘感，姑娘们喜欢他，弗兰克教练也喜欢他……种种与比赛本身没有干系的因素结合起来，唐一白的支持率竟然和贝亚特持平了。

祁睿峰领着一撮人在唐一白身后喊他的名字："唐一白！唐一白！唐一白！"

也就是多年基友唐一白，才能劳动祁睿峰的大驾，亲自当拉拉队队长。

他身边的姑娘、小伙们跟着喊，很快学会了唐一白名字的全称。后来不少人回忆，他们学会的第一句中文不是"你好"，不是"谢谢"，而是"唐一白"。

唐一白站在出发台上，看着波动的游泳池里的水，深呼吸几口气，收拾起乱糟糟的心情——嗯，要比赛了，虽然是一场无关紧要的比赛。

令枪一响，两人都以常人感到惊叹的反应迅速入水。

唐一白入水后并没有感觉到以前比赛时的那种紧张感和剧烈的心跳，他的情绪有些混乱，无论如何也收不回来。

弗兰克教练站在祁睿峰身边，摇头叹了口气，对祁睿峰说："唐的状态不好，他出发时应该比贝亚特更快。"

祁睿峰："？"

弗兰克教练："……"

两人大眼瞪小眼地瞪了一会儿，祁睿峰最后朝弗兰克教练微笑着点点头，然后继续说道："唐一白！唐一白！唐一白！"

弗兰克教练：……

其实国家队请了一个当地的翻译，只不过翻译此刻不在场。弗兰克教练本想头头是道地和祁睿峰这个世界冠军一起分析一下，现在也只能在一边孤独寂寞了。

弗兰克教练所料不错，唐一白确实状态不够好，最终贝亚特以较大优势赢得比赛，成绩是 47 秒 82，差点刷新自己今年的最好成绩。

唐一白只游出了48秒30，和他目前的正常水平相差有点大。

祁睿峰把他从水中拉起来。

上岸后，唐一白抹了把脸，脸色有些阴郁。

贝亚特走了过来。作为一个胜利者，看到唐一白郁闷的脸色，他心里那个得意啊！

他刚想开口嘲讽，唐一白却向他伸出了右手，他不禁愣住了。

唐一白有些不耐，主动握了一下他的手："祝贺你，你的表现很出色。"接着不等他反应，转身离去。

基本的竞技礼节，唐一白做这些都不用过脑子，而这样简单的行为却为他赢来了掌声。

祁睿峰跟上去，有些担忧地问他："你没事吧？胜败乃兵家常事，不要太在意。"

祁睿峰长这么大能说出的文言文语句，一个巴掌都能数过来，"胜败乃兵家常事"就是其中之一，而当他把这句话说出来安慰别人时，已经代表这位天才最高规格的关怀了。

唐一白摇了摇头，他在意的不是输赢，只是他心情实在不好。

弗兰克教练交代了下训练任务，然后叫住唐一白："唐，我们聊一聊。"

"嗯。"

唐一白的英语听说水平也是半吊子，一两句简单的还行，多了就需要放慢语速，偶尔还得借助词典——反正手机里装着这个软件，也算方便。

弗兰克教练说："唐，你是一个很有天分的运动员，可是这段时间，你的状态不太稳定，你知道为什么吗？"

"为什么？"

"你不够专注。"

唐一白沉默不语。

弗兰克教练继续说道："你比我更应该清楚，运动员需要投入百分之百的精力，不该有一丝一毫懈怠，你却不够专注。我很想知道为什么。"

有些话对好朋友说不出口，对父母说不出，对亲密的老教练说不出，对这个认识不到一个月的外国教练，唐一白却毫无压力地说了："我喜欢一个女孩子。"

弗兰克教练笑了：“是安吉丽娜吗？”

“不是，是一个中国女孩子，我们认识八个月了。可是，”唐一白神色黯然，“她却和别的男人去爱琴海看夕阳。”

“你为此难过吗？”

他点了点头。

弗兰克教练摇头道：“孩子，你还是不明白你真正的麻烦是什么。你打算和她约会吗？”

唐一白抿了抿嘴：“我不知道她会不会接受。”

“唐，我听说你们中国的教练不允许运动员谈恋爱。”

“是的，担心影响训练。教练，你也是这样的想法吗？”

弗兰克教练笑着摇了摇头，棕色的短发随之轻轻晃动。他的眼睛是浅蓝色的，像海一样深邃，透着睿智的光芒。他说道：“我不会干涉别人的私事，但是我有一点忠告。如果你只是想做一个普通的运动员，那么你可以尽情地追求所爱，可是如果你想要成为一个伟大的成就非凡的运动员，唐，我的看法和你们中国的教练是一样的，你需要做到绝对的心无旁骛。谈恋爱会分散你的注意力，使你无法保证百分之百地专注。我知道你雄心勃勃，想当世界冠军，而我认为在你成为世界冠军之前，正确的做法是先把心上人放一放。”

唐一白垂着眼眸，没有说话。

弗兰克教练拍了拍他的肩膀：“知道吗，你就像是为水而生的人，虽然你的身体比例并不完美，但是你的水感很好，你在水中就像是一个精灵，并且你很聪明，你比他们……”他指了指不远处泳池中的几个运动员：“你比他们加起来都聪明。你知道这多么难得吗？你还有很出色的心理调节能力。唐，我带出过两个世界冠军，我相信，你将成为第三个。”

唐一白的眉角微微动了一下，他看着弗兰克教练，眼底涌起了浅浅的波澜。

八月初，大半个中国都进入了火炉模式，不同的是有的地方是烤，有的地方是蒸。

B市已经持续了好几日的桑拿天，许多人躲在空调房里，在室外一动就是一身汗。

云朵请了一天假，特意去机场迎接外训归来的唐一白。

至于祁睿峰，那是买一送一。

她这边其实也买一送一了——她的小弟林梓非要跟着去。

考虑到唐一白也喜欢高调，云朵带了两块手牌，正好一人举一块。林梓举两个月前她做的那个“祁睿峰千秋万代一统江湖”，她自己举新做的那个更大的，上书“浪里白条，谁与争锋”八个大字。本来林梓建议写“浪里白条，天下第一”的，可是云朵对他的语文水平相当自信，所以坚决不采用。

她今天穿了条湖蓝色的及膝长裙，布料轻盈，衬得她肌肤胜雪，气质灵动。她的头发松松地绾起来，露出额头，更显成熟一些。这一身打扮，连林梓都说好看，她自己更觉满意。

掐指一算，两个月没见唐一白了呢！

网络使人与人之间的距离缩小，她经常和他聊天，可是他后来渐渐地忙起来，话也就变得少了——不管怎么说，在手机上敲打一万字，也不如当面说一句话。

云朵和林梓，美女俊男，在机场一站，十分抓人眼球，甚至有人以为他们是明星而上前求签名。林梓来者不拒，全都签上了自己的大名。云朵没他那么厚脸皮，笑着跟人解释他们不是明星。

在机场等了一会儿，云朵觉得不对劲：“怎么今天的粉丝这么少？”

林梓答道：“你真是太含蓄了，这里只有我们两个粉丝。”

“奇怪，其他人呢？”

“我猜他们的行程没有公开，所以粉丝们是不知道的。”

“啊！”

两人傻乎乎地站在一块，举着巨大的手牌，像大海中的一座孤岛。

挤在一群人中扮脑残粉还好，如果只有两个人，怎么看怎么奇怪，云朵赶紧把手牌收了，低调地等待。

唐一白一出来就看到了云朵。她穿着漂亮的连衣裙，绾着头发，亭亭玉立，像是湖面一朵盛开的蓝色荷花。他怔怔地看着她，目光像是黏在了她身上，不自觉地，心跳突然加快了几分。

祁睿峰碰了碰唐一白的手臂：“嘿，那不是云朵吗？”

唐一白没说话，迈开长腿朝云朵走过去。

云朵笑嘻嘻地抬手朝他们摇了摇："嗨！"

多日不见，唐一白的皮肤果然晒黑了些，但也不至于成为唐一黑。他现在的肤色比小麦色稍微深一些，显得五官更加立体，一双眼睛更亮了。

唐一白嘴唇动了动，却只叫了她的名字："云朵。"

祁睿峰点点头，奖励性地看了云朵一眼："看来你对我还算忠心。"

两个人都无视掉了林梓。

唐一白无视他是不想理他，祁睿峰无视他是觉得他既然是云朵的小跟班，而云朵是自己的忠粉，那么他在他看来就是不值一提的角色。

唐一白静静地看着云朵，她今天真的很漂亮。连衣裙的圆领开得不大不小，紧贴着雪白的肌肤，露出精致的锁骨。刘海梳上去，露出光洁的额头，发际细碎的无法梳拢的头发俏皮地贴在额角。

他的视线在她脸上轻轻地扫来扫去，甚至有些贪婪，而当云朵和祁睿峰说完话看向他时，他却急忙垂下眼睛，掩饰自己的情绪。

他的心底突然涌起浓浓的失落感，雾霾一样挥之不去。

"走吧。"唐一白说着，拉着行李箱当先离开，再没看云朵一眼。

云朵有些不知所措，站在原地愣怔地看着他的背影，自言自语道："是因为我打扮得不够朴素吗？"她真傻，怎么会忘记最关键的一点呢?

她忠诚的小弟站在她身边，听到了她的自语，他说道："不是。"

云朵精神一振，望着他，等待他合理的解释。

他说："是因为他不喜欢你。"

云朵顿时窘极了。

看着唐一白坚定又决然的背影，云朵心中有点酸。

祁睿峰不明所以，见唐一白走得那么急，他也跟了上去，走之前还对云朵说："快点。"

才不!

云朵赌气般一步不动，盯着他们的身影气鼓鼓地道："就算不喜欢我也不用这样嘛！辛辛苦苦来接你，谢谢都不说一声！很了不起吗？我的偶像是祁睿峰，又不是你！"说着说着，她真的有些气，于是问林梓："你

说是不是？”

林梓特别给她面子，猛点头：“就是！”

看着她气得鼓鼓的腮帮子，他眼中竟染上了一丝不易察觉的笑意。

他说：“老大，我们去吃哈根达斯吧？”

云朵无奈地瞪他一眼：“就知道吃！”一点都不理解我的忧伤。

两人最后还是去吃了哈根达斯。

一般情况下，云朵这样的穷人吃哈根达斯的第一步就是搜一下有没有团购优惠之类的，而当林梓看到她又打开了那个绿油油的团购软件时，决定反抗一下——根据以往的经验教训，团购能买到的东西都不是最热最新款。

他轻轻按了一下她的手腕：“我请。”

“总不能每次都让你请。”云朵不以为然，固执地搜索团购。

“云朵！”林梓的声音突然变得郑重起来，“我可以每次都请，只要你愿意。”

“嗯？”云朵奇怪地抬头看他，对上他平静无波的目光时，她问道：“为什么？”

“因为你穷。”

“……”有理有据，无法反驳！

祁睿峰追上唐一白后，抱怨道：“你走那么快干吗？云朵的小短腿，追不上我们。”

唐一白脚步顿住，回头望去，却只看到了云朵的背影——她和她那个奇怪的跟班并肩走着，背影越来越小。

祁睿峰奇怪道：“她不是来接我们的？”

唐一白呆呆地望着她的背影，沉默不语。

她生气了吗？他突然觉得难过起来，心中像是堵了块东西，沉重烦闷而无法排解。他有股冲动，很想追上去，牵起她的手，逗她笑，把她领回家。

这样想着，他的脚步也真的动了。

然而，只是迈出一步，他就骤然停了下来，低头看着脚边的黑色行李箱，神色有些颓然。

自己做出的选择，总要坚持下去。

唐一白叹了口气："走吧。"

"去哪里？"

"回队里。"

两个人打了辆车，往训练基地驶去。

车上，唐一白一直望着车窗外。

祁睿峰这样神经大条的人都察觉到了他的情绪有异，便问他："你怎么一下飞机就没精神了？"

"没事，只是有些累。"

"哦，那你睡一会儿。"祁睿峰便不再说话，自顾自地玩起了手机。玩了一会儿，他忘记了自己刚才让唐一白休息，轻轻碰了一下唐一白的肩膀："嘿，原来云朵去吃冰激凌了！"

唐一白扭头看向祁睿峰的手机屏幕。

祁睿峰正在微信上和云朵聊天，刚才云朵发给他一张冰激凌的照片——很漂亮的冰激凌。

唐一白别开眼睛不再细看，干脆闭目养神。

祁睿峰又说："我才不爱吃甜食呢！一会儿把这个冰激凌发给明天，馋死他，哈哈！哎，如果云朵非要请我吃，我还是可以给她面子尝一口的。"

唐一白觉得他有些聒噪。

祁睿峰仍喋喋不休着："我还以为她是来接我们的呢，没想到跑这么远只是为了吃冰激凌。你说她也真是的，明明看到我们了，为什么不客气一下呢？大不了我请客……"

唐一白不耐烦地打断他："你不就是想吃冰激凌吗，扯这么多废话？男人爱吃冰激凌不丢人。"

祁睿峰扭开脸："谁爱吃那玩意！"

"那就闭嘴。"

祁睿峰有些不高兴："喂，你到底是怎么回事？！"

"抱歉！"唐一白摇了摇头，长长地吐出一口气，抬手轻轻地按了按眉心，缓缓地睁开眼睛，"峰哥，我想回家一趟。"

“嗯？”这回轮到祁睿峰跟不上唐一白的思路了，他奇怪道，“为什么？”

“不为什么。很久没见爸妈了，想回去看看。”

“你不是说先去找教练吗？”

唐一白没再解释，只是说道：“你先回队里吧，我自己再打辆车。师傅，麻烦您在前面停一下，我下车。”

“等一下。”祁睿峰拦住他。

“怎么了？”

“嗯，我很久没去你家玩了。”

云朵吃完冰激凌，心情稍微好了一点。

她和林梓打车回到市区，两人都有些无聊，便去商场逛了逛。

商场一楼有好多名表店，林梓随便选了一款戴在腕上，举着手问云朵：“好看吗？”

“好看。”

林梓点点头：“好，要了。”

走到另一家店，他又试了一款，问云朵好不好看。

云朵正低头看着柜台，漫不经心地抬头瞥了他一眼：“好看。”

“好，包起来。”

云朵的眼皮跳了跳，想想那两块表的价格，她都跟着肉疼。

接下来她学聪明了，林梓再问她好不好看，她都只说“一般”，果然，林梓没再买手表。

两个人逛进一家首饰店，云朵看到一款漂亮的蓝宝石镶钻吊坠，顿时挪不动脚了。

导购微笑着说：“喜欢可以试戴一下，这款很显气质。”

以云朵目前的经济实力，把自己卖了也不够买这吊坠的，不过试试又不花钱，那就试试好了。导购帮她戴好后，她在镜子前左看右看，越看越舍不得摘下来。

导购笑道：“女士，您戴这个蓝宝石吊坠很漂亮，颜色也和您的衣服特别配。这款吊坠我卖过好几个，戴在您身上的效果是最棒的。”

林梓侧头看着云朵，目光柔和：“喜欢吗？”

好喜欢！

可是再喜欢也得还给人家啊！

云朵让导购帮她摘下来，她轻轻地鼓了一下腮帮子："不、不太喜欢呢。"

林梓知道她在说谎，立刻说道："我看很漂亮。我买给你可以吗？"

云朵扯了扯嘴角："不要，感觉像是要被你包养了。"

他摇摇头："还有两个月是你生日，我提前送你生日礼物不行吗？"

"不行，太贵。"

云朵接下来也没逛街的兴致了，两个人在商场外面分开，各自回家。

目送着云朵走进地铁，林梓转身回了商场，买下了那款吊坠。

出了地铁还要步行十分钟才能到家，云朵走了一会儿，就出了一头汗。她看到路边有饮品店，便买了一杯鲜榨西瓜汁。等西瓜汁时，她随意地翻着价目表，突然问道："你们这里还有鲜榨石榴汁？"

"有的。"

"哦，那给我来杯石榴汁吧。"

"小妹，你的西瓜汁已经在榨了哦。"

"啊？"云朵只犹豫了一秒钟，"那再加一杯石榴汁吧。"买不起蓝宝石她还买不起果汁吗？两杯就两杯，喝一杯倒一杯，哼。

喝着石榴汁，云朵想到了唐一白。那个秋天的校园里，他和她开玩笑，咬着吸管坏笑的样子，清晰地浮现在她的脑海里。她心里突然又酸又软，像是委屈，又不太难过，转瞬又变得怅然若失了，神经病一样。

回到家时，云朵一手握着石榴汁杯，无名指和小指并拢钩提着装着西瓜汁的塑料袋，空出另一只手去开门。

她用钥匙拧了拧，发现门并没有锁，于是疑惑地推门而入。

客厅沙发上并排坐着两个人，而这不是重点，重点是那两人的姿势，为什么祁睿峰会趴在唐一白的肩头？不止如此，他的脑袋还一个劲儿地摆动着，一下子转向电视机，一下子又立刻转回去，肩膀也微微抖着，难道是在哭？

天啊！祁睿峰趴在唐一白的肩头哭，这是什么情况？难道这才是唐一白不喜欢她的真正原因？

那一瞬间，云朵想得有点多，不过她很快否定了这个大胆的假设——唐

一白肯定是直的，笔直笔直的。

唐一白望向门口时，二白叼着云朵的拖鞋欢快地跑了过去。

云朵换好拖鞋后，看见祁睿峰也恢复了正常。

他靠在沙发上，朝云朵点点头："你回来了。"然后又看了一眼电视，顿时咆哮："为什么停在这里？"

云朵走进客厅，好奇地看向电视，画面上是一个面目可怖的鬼怪。

原来是在看恐怖片，难怪祁睿峰会那样做，敢情是吓的。

云朵有些好笑，不可一世的祁睿峰怕看恐怖片吗？

她说道："不要害怕，都是假的。"

祁睿峰不服气道："谁怕了？"

"说起来，情侣都是一起看恐怖片的。"

"不会吧？"

两个男生都困惑地看着云朵。

云朵笑眯眯地道："是啊！因为女孩子吓到了，可以钻进男孩子怀里嘛，就像你刚才那样。"

祁睿峰顿时起了一身鸡皮疙瘩："谁钻他怀里了？！"一边说着，一边赶紧离唐一白远远的。

唐一白无奈地看着云朵，眼底却浮起淡淡的笑意。

云朵假装没看到他，把西瓜汁递给祁睿峰："西瓜汁，请你。"

"谢谢！"祁睿峰接过来喝了一大口，凉丝丝、甜沁沁的，口感相当不错。喝完这一口，他有些奇怪："没有唐一白的吗？"

唐一白抿了抿嘴，目光中带了一丝期待。

云朵却对祁睿峰笑笑："我的偶像只有一个。"

唐一白的神色暗了暗。

祁睿峰摆摆手："你不要说得这么直接，唐一白以后也会成为世界冠军的。"

"关我什么事？"云朵说着，放下东西去洗澡了。

今天为了接唐一白跑了小半个 B 市，出了一身汗，结果人家还不领情。

云朵在卫生间时，二白特别喜欢把脑袋探进去，无论她做什么它都要看一眼。当然，她上厕所和洗澡时它看不到，它就会在外边挠门玩，像个变态

色狼一样。

祁睿峰看见那条哈士奇不停地挠卫生间的门，对唐一白说："连狗都喜欢漂亮姑娘。"

唐一白起身，拿起云朵随手放在茶几上的果汁杯，鼻子凑近吸管，轻轻嗅了几下，酸酸甜甜的，带着一股石榴特有的清香，他再熟悉不过了。

他突然笑了，唇角弯弯的，眉目生动而温柔。

祁睿峰伸手挡着眼睛不想看电视，自然也没有看到他的表情。

祁睿峰说道："我们不要看这个电影了，换一个，看柯南吧？"

"柯南，你看不懂，看龙猫吧！"唐一白说着，坐回来，手里还握着那杯果汁。

祁睿峰看见他若无其事地把吸管凑近，喝了一口。

祁睿峰看呆了，谴责道："你怎么能偷喝云朵的西瓜汁呢？"

"这不是西瓜汁，这是石榴汁。你知道我最爱喝石榴汁了，我忍不住啊，这能怪我吗？"他大言不惭，一脸无辜。

他的无耻感动了祁睿峰，祁睿峰也觉得他忍不住是可以理解的。

云朵洗完澡后换了纯棉的短袖T恤和短裤，朴素得像个男孩子。

她走进客厅时，看到电视画面已经变了，此刻正播放着一部动画片，是她爱的宫崎骏的。

她绕过沙发，看到唐一白正拿着她喝了一半的果汁，一口一口地喝着，悠然自在。

"喂！"云朵很无奈，与此同时，脸庞有些发热，毕竟他在用她用过的吸管。

"嗯？"唐一白咬着吸管，含混地应了一声，同时抬头去看她。

他的眼神柔亮干净，春水一样动人，此时似笑非笑地看着她，目光中带了些意味深长。

云朵呼吸一滞，突然什么话都说不出来了。

最终，《龙猫》也没看完，因为二白太喜欢那只龙猫了，它一出现，二白就吐着舌头扒电视柜，尾巴摇个不停，它还多次试图舔屏。祁睿峰怕电死它，

就把电视关了。

“玩点什么呢？”祁睿峰有些苦恼，想了一下，突然眼睛一亮：“我们玩斗地主吧？我很久没玩过了。”身为职业运动员，他玩游戏的机会不多。

云朵今天请了假，闲着也是闲着，于是欣然接受了这个提议。

唐一白也没有异议。

云朵一人独霸长沙发，祁睿峰坐在一旁的单人沙发上，唐一白则搬了张椅子坐在茶几另一边——云朵对面。

云朵唰唰地洗牌，动作飞快，看得祁睿峰一阵惊叹。

茶几和沙发的距离有点大，云朵这样的身长只能向前倾着身子。她的T恤宽松，由于重力作用，布料垂下，领口便不再贴着锁骨，而是出现了一个月牙形的空隙。唐一白坐在她对面，刚好能看到那领口下乍泄的一点点春光。

“咳！”他有些赧然，心跳快了几分。

他移开视线，见祁睿峰还在为云朵的洗牌技术折服，稍稍松了口气，突然说：“我们坐在地毯上玩吧。”

祁睿峰问道：“为什么？”

唐一白睁眼说瞎话：“二白也想看。”

他取来一条地毯，方形，浅灰色，料子纤细柔软，人的皮肤贴上去，感觉特别舒服。地毯放在茶几和电视之间，云朵坐在上面，大腿并拢，两条小腿歪向同侧。唐一白视线一低，就能看到她线条优美的小腿和精致的脚踝，以及掩在地毯绒毛里的纤细脚掌。

他强迫自己撇开视线，过了一会儿，又忍不住看了过来。

真是要完蛋了，为什么现在无论看到她身体的哪个部位，都有种被蛊惑的感觉？

相比唐一白的心猿意马，云朵和祁睿峰就专注多了。

不过，唐一白分心不代表会落下风，三把下来，他赢了三次，其中两次是农民，一次是地主。

他在祁睿峰脸上贴了第三张纸条，然后又拿起一张，要往云朵脸上贴。

云朵眼看着他靠近，有些怯意，忍不住向后躲。

他却突然按住她的肩膀：“别动。”声音很轻，却极温润，像山里缓缓

流淌的清泉。

云朵便愣住了。

肩上的手很有力道地钳制着她，掌心热烫，隔着一层衣料向她传递着热量。

她睁大眼睛看着他欺近。

他的眸光温和而认真，像是眼里只有她一个人般。

他抬起手，将纸条按在她的脸上，然后，为了贴得牢固一些，他捧着她的半张脸，食指在纸条沾水的地方轻轻按了一下。松手时，他的拇指指肚不经意间在她的唇角轻轻摩挲了一下，很轻的力道，却似乎留下了无比深刻的痕迹。

唐一白坐回去洗牌，表情自然得很。

云朵的内心却开始咆哮了——这位贴张纸条都贴出了调情般的高度，要是真的纵情花丛，还能有对手吗？！我为什么会喜欢这样的妖孽？这辈子还有泡到他的希望吗？！

“云朵，快摸牌。这一把，我们赢回来。”祁睿峰提醒愣怔的云朵。

“哦。”算了，还是斗地主吧，不要想太多了。

第四把，唐一白果然又是地主。

祁睿峰很幸运地出了一个十张的顺子，唐一白表示没辙。可是为了这个顺子，祁睿峰把自己手上的牌拆得零零散散的，出完顺子后只能一张一张地出了，很是可怜，所以接下来又变成了唐一白和云朵斗法。

云朵最后还剩三个“2”、一个“4”、一个“Q”，而双王已经下去一个了，她觉得自己赢的机会还是挺大的。

唐一白攥着五六张牌，笑眯眯地看着云朵：“你还剩些什么？”

云朵有些窘：“哪有你这样问的？”

“是不是三个‘2’、一个‘4’，还有个什么，‘Q’？”

“……”她惊得眼睛都瞪大了。

祁睿峰看看唐一白再看看云朵，最后问云朵：“是吗？”

云朵面无表情——不要问这种尴尬的问题好不好？

她鼓着腮帮子：“啰唆什么？快出牌。”

唐一白出了一对“3”，挑眉看着她：“管不管？”

云朵心塞地拍出两个“2”。

用两个“2”去管两个“3”，真的好奢侈啊！

这回，她剩下的牌一点战斗力都没有了，可是如果不管的话，唐一白也只剩三张牌了。

现在云朵手里还有一个“2”、一个“4”、一个“Q”，她知道唐一白手里有大王，而他另外的牌只要有一张比“Q”大，她就输了。

当她还抱有一丝侥幸心理时，唐一白却直接亮牌：“你输了。”

他还剩一个大王、一个“6”、一个“K”。

祁睿峰问唐一白：“你怎么知道云朵有哪些牌？”

“算牌。”

祁睿峰不信：“你怎么算得出来？我就不会算。”

唐一白答道：“我小时候得过奥数竞赛一等奖。”

云朵对他这种隐藏学霸属性的行为很无语——身为运动员就该好好地发扬四肢发达、头脑简单的风格，却非要跟我们这些书呆子抢风头，无耻！

接下来又玩了几把，祁睿峰逐渐成为纸条重灾区，脑门、脸蛋、鼻子、下巴，都被贴满了，还好留了眼睛给他。

虽然被欺负成这样，祁睿峰依然玩得很嗨，唐一白想推牌，他还不许。

突然，外边有人敲门，祁睿峰离门口最近，起身去开。

云朵默默地洗着牌，突然听到门外传来一阵撕心裂肺的惊叫。

客厅里的两个人急忙跑过去。

云朵看到门口一个穿着某物流公司马甲的小哥，正脸色惨白地背靠墙捂着胸口，地上散落着几个快递包裹。

他惊魂未定地看着祁睿峰：“对、对不起，我以为是个怪物。”

云朵看看祁睿峰，他人高马大的，还一脸白纸条，确实像个怪物，她顿时忍不住哈哈大笑起来。

她眼角余光一扫，看见唐一白也在抿嘴笑，眉目生动如画。

像是感受到了她的目光，他一扭头，对上了她的视线。

她心跳怦然，转身回了客厅。

晚上，唐一白没有等回爸爸妈妈，他打了个电话，才知道今天是爸妈相识二十五周年纪念日，夫妻俩出去约会了，不会回来太早，他们也就不可能等老爸回来做晚饭了。

三人出去买了好多食材，回来后在餐厅放了一个电火锅，自己煮火锅吃——大夏天躲在空调屋里吃火锅，那感觉怎一个“爽”字了得。

吃完火锅又吃了点水果，看了会儿电视，唐一白就把祁睿峰轰走了。

祁睿峰本来还想蹭个觉的，极可怜地说：“我可以睡沙发。”

唐一白摇头：“我家的沙发装不下你。”

“我可以忍。”

“我不能忍。”

是的，他不能忍受夜幕降临之后祁睿峰还存在于这个房子里。虽然峰哥以前也在他家留过宿，可是以前云朵没来，而现在不一样了。尤其是云朵和祁睿峰说的话明显比和他说的多，这让他怎么大方得起来。

祁睿峰离开后，屋内的气氛突然变得有些微妙。

云朵坐在沙发上，心不在焉地看着电视。

唐一白走回来，坐在了她的旁边。

云朵目不斜视，注意力却都在他的身上。她的手指一下下轻轻摩挲着遥控器的边缘，有些紧张。

两人突然可以独处了，唐一白竟也有些局促，他的两只手规规矩矩地放在大腿上，侧着头看云朵的脸：“你今天……”

这时，一阵开门声打断了他的话。

唐一白扭头望去，见他的爸爸妈妈终于回来了，不过回来得真不是时候。

唐爸爸没注意到儿子的眼神有异，只是说道：“豆豆，我和你妈妈在外面看到小峰了，你怎么没留他过夜呢？”

“嗯，不方便。”唐一白含糊其辞。

路女士走过来，把手中一个小巧的纸袋放在云朵面前，然后她坐下，对云朵说道：“一个香港朋友送的。我不用这个牌子，还没拆封，你不会嫌弃吧？”

“给、给我的？”云朵有点受宠若惊。

路女士点了一下头，算是回答。

云朵拿起纸袋，看到里面是一套化妆品，牌子她不认识——她的化妆技

能还没觉醒呢！

她感激地看着路女士："谢谢阿姨！"

唐一白也瞥了一眼纸袋，见里面装着的是化妆品，顿时笑道："妈，云朵还年轻，天生丽质，不用化妆。"

云朵奇怪地看着唐一白，满脸写着"你死定了"。

真是的，怎么可以在阿姨面前提年龄问题，并且还要把我拎出来？你死定了，还要害死我吗？

路女士眯着眼睛看着唐一白。

唐一白仿佛听到了他妈妈咬牙的声音，他赶紧起身逃掉："我去洗澡！"

洗完澡，唐一白一身湿气地出来，发现云朵已经不在客厅了，沙发上只坐着爸爸和妈妈，他不禁东张西望了一下。

路女士像是背后长了眼睛，突然说道："别找了，她已经回房间了。"

唐一白若无其事地走过去坐在沙发上，见白色陶瓷碗里盛着洗好的葡萄，他捏了一颗扔进嘴里："不知道你在说什么。"

路女士斜了他一眼，似笑非笑地道："有了媳妇忘了娘！"

"咳咳咳……"唐一白惊得卡了嗓子，狂咳了半天。

唐爸爸说道："豆豆，你们运动员的心理素质不是都特别好吗？看来你还要锻炼锻炼。"

唐一白轻轻抚了几下胸口，顺过这口气后，他不自在地垂着眼睛："你们不要乱说。"

路女士却自信地呵呵一笑，道："这点事情我再看不出来，这双眼睛可以挖了喂狗了。"

唐爸爸说："老婆，你不要这么血腥。话说，你是怎么看出来的呢？"

路女士问："为了讨好小姑娘，把亲妈都得罪了，咱儿子干过这种傻事吗？"

唐爸爸果断摇头："没有！"

唐一白沉默不语。为什么我的妈妈会像福尔摩斯一样？心好累。

见儿子沉默了，唐爸爸问道："你不会还没和她表白吧？豆豆，你这样就不如你爸爸我了。"

唐一白有些郁闷："我现在哪有时间谈恋爱。"

路女士笑了："男人在二十二岁的时候，一没钱，二没权，三没事业，除了谈恋爱，他还能干什么？"

"我有事业。爸、妈，我很喜欢游泳，我希望全心全意做到最好，有朝一日能站到奥运会的领奖台上。你们真的不支持我吗？"唐一白说着，更加郁闷了。

唐爸爸赶紧安抚他："我们永远支持你！"

路女士却敏锐地想到一个关键问题："所以，你打算为了游泳事业牺牲感情？"

唐一白低头没说话。

路女士靠在沙发上伸展了一下四肢，说道："随便你吧，只是到时候不要后悔。"

唐一白当天晚上没睡好，一闭上眼睛，就想到云朵，想到她穿着漂亮的裙子问他，喜不喜欢她。他想说喜欢，特别喜欢，可是他真的说不出口。做人不能太贪心，鱼和熊掌不可兼得，他已经做好了选择，就只能坚持下去，无论如何也不能回头。

竞技体育是极其残酷的职业，他的黄金时期仅剩下两三年，错过了就是一生。他已经失去过一次实现梦想的机会，好不容易找回来了，怎么忍心再次与它失之交臂呢？

如果，等他走过了职业生涯的巅峰时期，她还在原地，他会义无反顾地追求她。如果她已经……

后悔吗？

曾经他的字典里没有"后悔"二字，只有无怨无悔的坚持。他认为选择并没有对错，所以不存在后悔一说。

可是真的不后悔吗，这次？

不后悔的话为什么如此着急地回来？为什么会因为一杯石榴汁窃喜？为什么总是情不自禁地想要接近她？为什么她一个眼神、一个小动作，都能勾起他心中的微澜？他又怎么可能骗过自己。

可是，无论如何，他已经做过一次选择，所以，以后不要再接近她了吧！

想到这里，心脏竟然莫名地疼起来，浅浅的抽痛，挥之不去的难过，在

安静漆黑的夜里，像蚕丝一样包裹着他。他翻了个身，半张脸埋在枕头里，无声地叹息。

第二天，唐一白就归队了。

云朵没看到他，知道他很快要进行亚运会的赛前集训，下次回家要等亚运会之后了，连生日都得在国家队里过。

早上，她和唐爸爸、唐妈妈一起吃了早餐。

唐爸爸为儿子的离开小小地惆怅了一下。

云朵很理解他，毕竟儿子就在本市，才隔着几十公里，却总是一两个月不见人影，哪个当爹妈的遇到这种事情都会很难过。

唐妈妈嘴上不说，心里肯定也舍不得。

吃完早餐，云朵去自己房间找了一本笔记本拿给他们。

成为报社的正式记者后，云朵就买了一个超级大的笔记本，主要是用来粘贴自己发过的稿子。她主要负责游泳项目的采访报道，唐一白的出镜率还算高。

她把笔记本里有关唐一白的稿子都指给他们看。

唐爸爸和唐妈妈头挤着头，从另一个角度看着自家儿子。

云朵在一旁轻声说："唐一白在圈里风评特别好，记者们都挺喜欢他的。"

唐妈妈抬起眼皮轻轻地扫了她一眼："你也喜欢？"

这话正好戳中云朵的心事，她轻咳一声，答道："我……我也挺喜欢这样的运动员的。"

唐妈妈点点头："本子先借给我们，过几天还你。"

"好，尽管拿去。"

时间悄无声息地滑到了八月底，亚运会越来越近。

国家游泳队要召开一次新闻发布会，公布一下队员们的集训情况，以及参赛安排。列席的运动员都是知名度较高的。唐一白成绩不俗，且刚刚被国家队送去澳洲外训过，可见其受重视程度，因此很多媒体都特别关注唐一白的状态。

没想到，他却没有出现在发布会现场。

来之前，祁睿峰还很奇怪地问过他："你为什么不去发布会？是伍总不让你去吗？"

唐一白答道："不是，是我不想去。"

"为什么不想去？你不想看到云朵吗？"

"不想。"

祁睿峰有些蒙："你不想看到她？是因为这个才不去发布会吗？"

"嗯。"

唐一白不会告诉祁睿峰，他只是不敢面对她。每次看到她后他都不再冷静理智，情不自禁地想要靠近她，情感总是处在失控的边缘。

既然如此，何必相见。

虽然，他一直很想她。

祁睿峰怀着一肚子的疑问参加了发布会。

发布会结束后，云朵留下来找到祁睿峰，问道："为什么唐一白没有来？"

"他不想看到你。"

云朵错愕地看着祁睿峰："真的？"

"嗯。"祁睿峰表情有些奇怪，"你做了什么事让他不高兴？"

云朵有些委屈："我不知道啊！我们好久不见了，也不经常联系。"真是讽刺，她一直盼着见他一面，他却根本不想见到她。

更可笑的是，她还带了生日礼物给他。

云朵越想越委屈，眼圈红红的。

她从包里取出用淡紫色塑料包装纸包着的礼物盒，犹豫着还有没有必要送。

祁睿峰看到塑料纸上印满了"Happy birthday"，便问道："这是生日礼物？是给唐一白的吗？"

云朵扁着嘴巴，不想回答这个问题。

"里面是什么？"祁睿峰问道。

"一副泳镜。"

莫名地想到两人初见时他送她的那副，云朵永远记得他当时的笑容，她选礼物时纠结了好半天，最后还是选了泳镜。

祁睿峰若有所思："是不是女孩子送男孩子礼物都喜欢送泳镜？"

“嗯？”云朵听出别样的意思来，“还有别人送过唐一白泳镜吗？”

“对啊！”祁睿峰说着，觉得反正大家很熟了，便把唐一白和花样游泳队队花的二三事说给了云朵听。

云朵听罢，简直五脏俱伤。

所以，他当初送给她那副泳镜只是因为不知道怎么处理掉吗？

哪怕只是对于陌生人的一点点好意，也比这个真相强吧？

她耷拉着脑袋，一脸阴郁。

祁睿峰说道：“这个生日礼物我帮你带给唐一白吧？看到礼物后你们就能和好了，他不是小气的人。”

“不。”云朵只觉得鼻子酸酸的，赌气地撕开精美的包装纸，把泳镜掏出来，递给祁睿峰，“送给你可以吗？”

“嗯？这不好吧？”

“反正我现在不想送给唐一白了，你不要的话我就扔了。”

“别扔，浪费。给我就给我吧！你身为粉丝，送偶像礼物也是合情合理的。”祁睿峰说着，接过了那副泳镜。

“嗯，不要告诉唐一白。”

“为什么？”

“总之，就是不许告诉他，也不许对他说我问起了他。”

“好吧！”祁睿峰看着云朵红红的眼睛，有些不放心地问：“你是想哭吗？”

“谁想哭了！”云朵气恼地转身走了。

祁睿峰带着泳镜回去时，正赶上吃午饭。他和好基友们坐在一起，唐一白、郑凌晔、明天，还有向阳阳。

明天看见祁睿峰拿着一副崭新的泳镜，便问道：“峰哥，哪个姑娘送你的？”

“云朵。”

一句话说完，另外三个闷头吃饭的都抬起头来，神色各异。

唐一白抿了抿嘴，问道：“谁？”

“云朵啊！她是我的粉丝，送我礼物有什么好奇怪的？”

明天问道："峰哥，云朵姐姐会不会暗恋你啊？"

"可能吧？"祁睿峰耸了耸肩，"有些麻烦，袁师太又不许我谈恋爱。"

唐一白突然没了食欲。

他放下筷子："云朵……"这个名字含在嘴里，有些甜蜜又有些酸涩。他吸了一口气，问祁睿峰："她有没有提起我？"

"没有。我们聊了一会儿她就走了。"

"你一定是记错了。"

"真的没有。我还问她要不要采访你，她说无所谓，就走了。"此刻，祁睿峰真的很想为自己的演技点个赞。

唐一白感觉自己的心像是开了道口子，呼呼地往里灌着寒风。

这不正是他想要的结果吗？两不相见，各自心安。

为什么，他还会如此难过？

U0942051